AUTRES HORIZONS

MALDONNES

DU MÊME AUTEUR

CHEZ LE MÊME ÉDITEUR

Y, 1991

Rue de la Cloche, 1992

La Forcenée, 1994

Les Alpes de la lune, 2000

Corps défendant, 2001

La Nuit de la dinde, 2003

Vénénome, 2005

Au fond de l'œil du chat, 2006

Loups solitaires, 2017

Sous le pseudonyme d'Andrea Gandolfo :
Le Plagiat, 1993

En collaboration avec Maruzza Loria :
À la table de Yasmina, 2009

Serge QUADRUPPANI

MALDONNES

Éditions Métailié
20, rue des Grands Augustins, 75006 Paris
www.editions-metailie.com
2021

Retrouvez-nous sur les réseaux sociaux :

ISBN : 979-10-226-1134-3

Je suis né coupable, mais ensuite,
j'ai fait de mon mieux pour le devenir.

Carmelo Musumeci

PREMIÈRE PARTIE

LE POLAR D'ANTONIN

Salina, juin 2010

Dans le Limousin, et ailleurs sans doute aussi, on dit des chats et des chiens que ce sont “des bêtes à chagrin”.

Pendant quinze ans, j’ai vécu avec Rétive, une chatte qui était la mère de tous les chats de tous mes romans. Comme beaucoup de mes contemporains, je m’éveillais souvent vers quatre heures du matin pour ressasser l’argent qui manque, l’amour qui ment, l’amitié qui trahit et l’absence de sens de tout ça et qu’en plus d’être insensé, tout ça, ça va finir car c’est la vie, la vie ça finit toujours mal et puis, en ce point précis de la nuit où je sentais un grand vide dans ma poitrine, Rétive me sautait sur le torse, elle ronronnait dans mon oreille, me léchait le menton, me mordillait le lobe et s’endormait sur mon plexus, et je me rassoupissais au chaud dans son sommeil de chat.

Un seul nuage pesait sur nous, mais il était bien noir : j’étais obsédé par l’unique différence, insurmontable, entre Rétive et moi. Celle de “l’espérance de vie”.

Pendant quinze ans, il ne s’est pas passé une semaine sans que j’aie peur que Rétive meure, et cette peur prenait la forme d’une toujours très vive représentation : je la découvrais au fond du jardin ou au pied du lit ou dans le bois voisin et mon imagination se mobilisait pour éprouver la sensation de son corps mou dans mes mains ou alors déjà raide, et l’ampleur de mon chagrin, les sanglots des premiers moments et le vide sans fin de la suite. Pendant quinze ans je me suis dit que c’était là une manière de conjurer un malheur qui n’arriverait peut-être pas avant vingt-cinq années et que peut-être je ne serais plus là pour le ressentir – et je le souhaitais avec sincérité.

Je me disais d'ailleurs la même chose quand j'imaginais aussi, parfois, avant de refouler ça bien plus vite et bien plus loin, la mort d'un être humain aimé. Je détestais la complaisance dans le tableau que je m'en faisais, la nouvelle apprise au téléphone, ou la longue souffrance médicalisée, ou l'accident atroce et bête. Je m'excusais aussi, en mettant cela sur le compte de l'angoisse, peut-être même de ma propre mort. À la fin, je m'abandonnais à une sorte de croyance obscure, jamais vraiment raisonnée : si j'y pensais tant, cela montrait bien que la mort de l'être aimé n'était et ne serait jamais que du fantasme.

Et puis, au bout de quinze ans, Rétive est morte.

Non, il n'y a pas maldonne. Vous n'êtes pas en train de lire les premières phrases d'une autofiction à la française tendance cause animale, mais bien le début d'un polar, et qu'il coïncide avec le récit de ce qui s'annonce comme les derniers temps de ma vie ne devrait pas vous gêner pour vivre par procuration des aventures palpitantes. Je n'écris pas pour vous déranger, bien calé que vous êtes dans votre fauteuil et votre vie à vous. Car vous pouvez certes partager, avec une intensité qui vous est propre, le genre d'angoisse que j'énonce ici en introduction, mais il est peu vraisemblable que vous ayez autant que moi des raisons de craindre, depuis tant d'années, la catastrophe. Car là, oui, quelque part très loin au temps de ma jeunesse, il y a eu, salement, méchamment, maldonne.

Et j'ai toujours su que, même si je n'étais pas coupable de cette mauvaise répartition des cartes qui m'a si bien réussi, je la paierais.

C'était à Malfa, faubourg de Salina, dans le jardin de l'ami Karl.

Karl Heinfeld, dit Carlito parce que Lola, sa première femme, celle de l'époque de la répartition des cartes, était espagnole et l'avait surnommé ainsi, ce qui provoquait un intéressant effet de contraste, car elle était minuscule et qu'il devait peser plus de 120 kilos, répartis sur pas loin de deux mètres de hauteur. Si Lola a disparu, Karl est toujours là quelque part dans l'île, attablé devant un granité aux amandes avec brioche, ou un spritz, ou un plat de rougets de roche à l'orange, ou toute autre chose consommable susceptible de satisfaire sa stase au stade oral, et tandis qu'il mange et boit, il pianote sur deux iPhones et un ordinateur tout en conversant avec Hong-Kong ou Francfort, et s'il s'est un peu tassé, il s'est encore appesanti avec l'âge. Et me voici de retour depuis quelques mois sur sa terrasse, trente-cinq ans après une répartition des cartes qui a joué une influence décisive sur ma vie, la sienne et celle de quelques autres personnes.

En face, le tableau du monde se partage en deux aplats d'égale ampleur, ciel et mer à quelques tons de différence, chaque bleu durci de lumière solaire à l'infini, le bleu persan du haut impeccablement uni, le bleu égyptien du bas ponctué de deux îles, Panarea aux noires falaises et le Stromboli ardoise qui fume d'une fumée très droite. Je suis devant le fourneau de la cuisine extérieure, sur la terrasse au sol de terre cuite et aux piliers coniques, et je prépare le pesto des îles Éoliennes. L'odeur de la chapelure que je fais griller à sec se mêle à celles du figuier dans le jardin en contrebas de la balustrade, parfum lourd des fruits fendus sous la poussée du sucre, éthers exquis et vénéneux des feuilles vernies.

– Antonin Gandolfo ?

Je n'ai rien entendu arriver. Je pivote sur mes talons, sans lâcher le long couteau japonais à lame damassée avec lequel j'étais occupé à trancher très vite et très menu les olives noires, les tomates-cerises et les *cucunci*, fruits du câprier destinés à se mêler aux aubergines déjà frites en train de dégorger leur surplus d'huile sur une feuille de papier absorbant. Avant même d'évaluer la situation, mon regard repère instinctivement, au cou de l'arrivant, à côté de la pomme d'Adam, le point où bat la branche droite de la carotide et, derrière elle, la jugulaire. Ensuite, tout en déplaçant mes pieds pour une meilleure assise, je dévisage le nouveau venu qui vient de déboucher du sentier reliant la maison à la route de la corniche. Et sans l'avoir jamais vu, je le reconnais, avant même qu'il se présente :

– Je suis Guillaume Lepreneur, se présente-t-il. Le fils de Joseph Lepreneur, le droguiste du boulevard Beaumarchais tué en 1986 par votre ami Georges Nicotra.

– Ah, *cominciamo bene.*

Et sur cette expression italienne qui sous-entend que ça va mal finir, je pose le couteau pour m'essuyer les mains au tablier de cuisine.

Deux semaines plus tôt, Olga et moi avons dormi dans l'Oreille de Bouddha. Il s'agit d'une dépression d'une dizaine d'hectares, située vers 3 500 mètres au flanc d'une montagne dans l'État indien du Jammu-et-Cachemire, et dont la forme évoque effectivement de manière frappante celle d'un pavillon auriculaire. On y marche sur du granit désintégré qui se dérobe sous le pied et le seuil du conduit auditif est représenté par l'ouverture ronde d'un puits obscur dans lequel, du fait de la pente abrupte, on serait facilement précipité s'il n'y avait, plantés dans le sol, deux douzaines de pieux de bambou indiquant chacun un point d'acupuncture correspondant à un organe ou une fonction du corps humain et précisé par un petit écriteau en anglais et ourdou délavé par les intempéries. Ayant libéré nos ânes une centaine de mètres plus haut, sur un plateau parsemé de quelques touffes d'herbes, nous avons, l'ânier, le guide, Olga et moi, installé nos deux tentes tout en haut, contre le repli de roche courant au bord de la dépression et qui figurait assez bien l'hélix de l'oreille, sous une protubérance ressemblant au tubercule de Darwin, cette particularité congénitale qui prouverait que nous descendons du singe, à quelques pas du pieu indiquant le point relié aux organes sexuels internes, je ne sais pas si vous suivez.

La légende locale prétendait qu'au bord du puits, on entendait des sons venus des extrémités de l'univers mais nous n'avons pas essayé de le vérifier. Sans doute désireux d'éviter de fatigantes extravagances, le guide nous avait averti que plusieurs touristes avaient chu là-dedans et qu'on n'avait jamais retrouvé leurs corps. Nous avons donc préféré rester près du feu, à contempler l'Himalaya, ces entrailles de la terre exhaussée jusqu'au ciel. Olga a plaisanté sur les heureux effets que notre présence en ces lieux aurait peut-être pour moi : depuis quelque temps, la baisse de mes facultés auditives s'aggrave. Comme le prouve d'ailleurs le fait que je n'ai pas perçu la totalité de la phrase murmurée par Olga avant qu'on s'endorme dans nos sacs de couchage, n'en saisissant que la fin, "je suppose que tu es d'accord ?", ce à quoi j'ai acquiescé à tout hasard.

Comme le prouve encore le fait que je n'aie pas entendu arriver dans mon dos Guillaume Lepreneur.

Ce n'est qu'une semaine après la nuit dans l'oreille du Bouddha que j'ai compris ce qu'Olga m'avait murmuré cette nuit-là, et à quoi j'avais acquiescé. Nous nous trouvions à l'aéroport romain Léonard de Vinci, dans la zone des correspondances. "Bon, puisque tu es d'accord, m'a-t-elle dit, tu vas à Salina sans moi. Je te rejoins dans une semaine. J'ai besoin de faire le point sur nous deux." Et elle m'a embrassé sur la joue avant de filer vers la porte "exit".

Les performances en baisse de mon oreille expliquent donc largement que je me trouve à présent sans ma garde du corps et dans une proximité non sécurisée avec un homme sportif qui doit avoir trente kilos de plus et trente ans de moins que moi, et qui s'est présenté comme le fils des époux Lepreneur. Selon la Justice, la personne ayant appuyé sur la queue de détente du revolver qui, le 5 juin 1986, a expédié trois balles de 9 mm dans le corps de Joseph Lepreneur, n'est pas Georges Nicotra, écrivain et malfaiteur, connu notamment pour son combat contre les QHS, et dont l'assassinat en 1991 a été revendiqué par un groupe dénommé "Honneur de la Police". Mais il semble que Guillaume Lepreneur et moi ayons au moins un point en commun : nous savons que la Justice et la justice, ce n'est pas du tout pareil.

– Et que me vaut le plaisir de votre visite ? je demande.

Le jeune Lepreneur essuie la sueur de son front. Le chemin venant de la route est bordé de figuiers de barbarie en hautes haies hérissées mais elles ne protègent pas du soleil à son zénith : cette partie de la journée durant laquelle je m'abstiens résolument de sortir a commencé. Le garçon ouvre la bouche quand une brusque bouffée de mauvaise humeur me fait reprendre la parole :

– Si vous êtes venu jusque sur cette île pour me demander des comptes au nom de votre père, je vous ferai remarquer d'abord que mon livre ne prend pas parti sur la question de l'innocence de Nicotra. Et ensuite que oui, Nicotra était mon ami, et je n'ai aucun compte à rendre sur mes amitiés à un inconnu qui vient chez moi sans s'annoncer. Je suis ami avec qui je veux.

La belle bouche du nouveau venu s'ouvre sur un sourire charmant.

– Ça sent le roussi, dit-il.

J'ai à peine le temps de penser "il se fout de moi ou quoi ?" qu'enfin l'odeur arrive à mes narines :

– Merde, la chapelure.

Je me retourne vers le fourneau. Roussie, tu parles, elle est complètement cramée. Jeter la poussière noire dans la poubelle à compost sous l'évier, gratter et rincer la poêle, l'essuyer, remettre la poêle sur le feu avec une giclée de chapelure, tout ça se fait très vite. Je baisse le gaz par précaution, me retourne.

Le jeune homme n'a pas bougé. Il me sourit derechef.

– Je peux avoir un verre d'eau ?

Je lui remplis un verre, je le lui tends et le regarde pendant qu'il boit avec un enthousiasme communicatif. Je prends un autre verre, le remplis, bois à mon tour. L'eau du puits est glacée. La chapelure n'a pas encore commencé à griller assez pour odorer, de sorte que je perçois qu'aux senteurs du figuier se mêlent à présent celles du frangipanier. Au-dessus de nous, les gabians s'appellent. Le fond de l'air est doux.

Le garçon sourit toujours. Il est décidément très beau.

– C'est bon de boire quand on a soif, constate-t-il.

À mon tour, je souris, gagné par son allégresse. En même temps, je songe que me voilà, à ma microscopique échelle, confronté au même genre de constat qu'aujourd'hui l'humanité entière : on l'a imaginée mille et mille fois sans s'avouer qu'on croyait ainsi la conjurer, et puis un jour la catastrophe est là, il va falloir vivre avec.

Ou alors, mourir.

En effet, je suis un auteur de polars, et je m'inspire de ma propre vie pour les écrire. Que ce soit le résultat de cette intrication entre ma vie et mon œuvre qui, à défaut d'intéresser un jour d'hypothétiques biographes, a plusieurs fois attiré l'attention de services de l'État, ou que l'imposent les lois du genre, en tout cas, il va bien falloir que dans cette histoire quelqu'un soit tué.

En contemplant le magnifique jeune homme dont je ne doute pas que l'élégance des traits, la silhouette longiligne et les gestes maladroits allumeraient dans l'œil d'Olga de lubriques lueurs, il me revient cette phrase que ma maman, avec sa malice et son aplomb paysan, prononçait chaque fois qu'elle apprenait la mort d'un voisin : “Je préfère que ce soit lui que moi.”

La nuit du Ravaillac

Les règles juridiques de la prescription sont assez compliquées, mais je crois pouvoir raconter ici sans risque pour personne que, le 20 avril 1971, Jean, Philippine et moi sommes entrés armes à la main dans un cercle de jeu semiclandestin installé dans une salle du Grand Café d'Orgon, bourg des Alpilles comptant à l'époque un peu moins de 2000 habitants. Le choix de notre cible avait été déterminé par plusieurs facteurs, dont les deux principaux étaient la proximité de l'autoroute, joignable en trois minutes, et le nom de la localité – car nous avions lu Reich : ses théories sur l'orgone, gigantesque flux commandant toutes les manifestations de la matière vivante, nous semblaient vérifiées par ce qui se passait entre nos corps.

Nous venions de fumer une excellente herbe locale dans une fourgonnette volée la veille, après que Philippine et Jean eurent fait l'amour à l'arrière, accouplement dont j'avais pu suivre depuis la cabine, l'œil au ciel piqué d'étoiles innombrables, l'accompagnement sonore en chacune de ses étapes. Et un peu plus tard, lorsqu'ils eurent bruyamment conclu et qu'ils furent repassés dans la cabine, ce ne fut pas sans émotions mêlées que j'avais remarqué, au moment où elle se penchait pour me passer le joint, la buée de sueur sur le plexus de Philippine. C'est pourquoi, en dépit du scepticisme de la science, je suppose que nous débordions d'orgone quand, à minuit trente, en plein centre-ville, à cent mètres de la gendarmerie, nous avons forcé au pied de biche la porte d'entrée dans un renfoncement de la façade art nouveau de l'établissement. Le vantail à croisillons colorés céda tout de suite et, tout en enfilant nos cagoules, nous avons traversé en trois enjambées la salle du café plongée dans l'obscurité. Le tripot toléré par les autorités sous l'appellation de Cercle républicain se trouvait à l'étage et deux minutes plus tard nous étions en haut de l'escalier.

Une fois la porte vitrée de la salle ouverte et le seuil franchi, nous nous sommes disposés comme convenu, mes deux amis à gauche du chambranle et moi à droite, tandis que Jean lançait d'une voix pleine d'assurance "personne ne bouge, ça va bien se passer", et à cet instant précis où sa belle voix rauque résonnait dans un silence stupéfait, le magnifique élan qui me portait, m'exaltait, m'unifiait si bien aux deux autres, cet élan a disparu sans laisser de trace.

La plus grande partie du mur du fond était occupée par un miroir immense dans un cadre doré à pompeux décor de fleurs, nœuds et rubans. Toute la salle s'y reflétait. Dans la vive lumière que déversait du plafond un amas compliqué de verroteries pendouillantes, je voyais, reflétés dans la glace avec une netteté à peine interrompue parfois par les défauts du tain, les nuques et les faces des présents répartis autour de trois tables, cartes en main. Il y avait là une douzaine de personnes, parmi lesquelles deux femmes dont je me souviens seulement qu'elles étaient très maquillées. La physionomie des hommes se répartissait en deux types : des paysans rougeauds encravatés et trois individus nettement plus élégants, dont l'un nous tournait le dos.

De ce dernier, le miroir nous renvoyait un regard gris qui nous détaillait.

Les photos publiées dans *La Marseillaise* et *Le Méridional* avaient beau être floues et prises dans des moments où il marchait très vite encadré de flics, je l'avais reconnu instantanément. Ange Luciani, dit Ange le Bastiais, présumé chef d'un gang corse de Marseille. Une semaine plus tôt, au terme d'un procès émaillé de nombreux incidents, il avait été déclaré innocent du meurtre de deux rivaux par la cour d'assises d'Aix-en-Provence. Fait exceptionnel, le président du tribunal, au moment de rendre le jugement, avait tenu à exprimer son malaise devant la rétractation de deux témoins clés et la disparition du troisième. Mais à cette époque, il n'y avait pas d'appel possible contre les décisions d'une cour d'assises et Ange était sorti sous les acclamations de ses fans, qui étaient nombreux, en particulier dans certains clubs de supporters.

Au-delà du regard gris, au-delà du barrage de l'assistance assise et de son double reflété, je voyais aussi, dans le miroir, tout au fond, trois cagoulés en jeans et T-shirts : le grand maigre qui venait d'annoncer qu'il ne fallait pas bouger et gardait le canon de son arme levé vers le plafond pour éviter qu'on devine le pistolet d'alarme trafiqué, une fille mince qui pointait sur la salle son fusil de chasse à canon scié et dont les mouvements saccadés trahissaient une tension extrême. Plus un petit râblé qui braquait son fusil calibre 12 à pompe vers sa propre silhouette dans le miroir : moi.

– Qu'est-ce que c'est que ces zozos ? a demandé Ange à la cantonade.

J'ai perçu un mouvement sur ma gauche, j'ai vu bouger le fusil de chasse, je l'ai vu viser le truand et j'ai senti que Philippine allait tirer. La trouille qui me poignait le ventre se dilate, le vide me happe comme quand on s'endort et qu'on rêve qu'on tombe, les doigts de mes deux mains griffent pour empêcher la chute.

La détonation emplit la pièce, effaçant toute autre sensation, aussitôt suivie du bruit de verre cassé du miroir immense qui s'émiette. Il y a des cris, vite étouffés. Silence.

Le recul m'a infligé une violente douleur au poignet, je ne sens plus la main droite, j'ai du mal à la garder serrée autour de la crosse sciée. L'index qui a pressé la queue de détente est maintenant parallèle au pontet.

Tendu comme pour indiquer la cible, il tremble. Ma main gauche actionne machinalement la pompe pour faire monter une autre cartouche et éjecter celle qui a servi. Philippine n'a pas tiré, elle a baissé son arme.

– Mesdames, messieurs, dit Jean en glissant son pistolet dans sa ceinture et en sortant un sac de plastique de sa poche, vous êtes invités à garde votre calme, ce ne sera pas long.

Sur ce, il se dirige vers la table à sa gauche, meuble épais et bas sur lequel s'alignent des rangées de jetons de formes et couleurs diverses devant une boîte métallique où se laissent apercevoir des liasses de billets. Assis derrière la boîte, un caissier muni de manches de lustrine comme dans les films regarde Jean approcher. Moi aussi je le regarde et son calme m'impressionne. Car de mon côté, si je réussis à ne pas m'évanouir et à imprimer à mon fusil un mouvement de balayage que je suppose menaçant, je dois faire de gros efforts pour ne pas tomber en avant tant la frousse m'y pousse.

Une bonne partie des présents est sous les tables, une femme crie puis se tait quand un homme la serre contre lui. Ange et les deux autres élégants sont restés immobiles sur leurs sièges et leurs yeux suivent chacun de nos mouvements.

– Les mains sur la table, dit paisiblement mon ami au caissier. Je veux les voir, insiste-t-il. Bien à plat.

L'autre s'exécute. Bousculant et renversant les piles de jetons, Jean pose son sac, l'ouvre grand, y dépose la boîte.

– Allez, on s'arrache, lance-t-il.

Je suis le dernier sur le seuil, et dans le rôle du braqueur qui couvre la fuite des autres, j'agite encore vaguement mon fusil quand mon regard croise celui d'Ange. Je vois les muscles de ses mâchoires qui se contractent et se détendent convulsivement puis il desserre les lèvres.

– À bientôt, articule-t-il sans cesser de me fixer.

Et là, je prends mes jambes à mon cou.

Plus tard, après avoir roulé si vite sur l'autoroute que les tôles de la fourgonnette entière tremblaient, et comme il ralentissait pour prendre une voie de service, Jean me lança :

– Bravo, Antonin, t'as vraiment bien réagi. Ça avait l'air mal parti mais le coup du miroir brisé, ça les a tous calmés, même l'autre truand.

Je ne réponds pas, ouvre la portière, cours ouvrir le portail dont, la veille, nous avons forcé le cadenas.

La camionnette s'engagea sur la route longeant l'autoroute puis bifurqua sur un chemin de terre qui s'enfonçait dans une pinède. Un cahot projeta sur moi Philippine, qui était assise entre nous, et elle en profita pour me murmurer à l'oreille : "Tu peux arrêter de trembler, va, c'est fini."

– Eh oh, c'est quoi ces messes basses ? se récria Jean.

Le fourgon pénétrait à présent dans une clairière. Les phares éclairèrent en plein notre 2CV. Jean pila à sa hauteur, coupa le moteur, fixa Philippine, insista :

– Qu'est-ce que tu lui as dit ? On a dit qu'on se disait tout, entre nous !

Elle posa ses mains sur les belles mains de son amant et se détourna complètement de moi, penchant son buste vers le pare-brise pour mieux le fixer dans les yeux. Mon regard s'attacha à sa nuque où frisottaient quelques boucles fleurant le magnolia et le frangipanier.

– Je lui ai dit qu'on allait se marier, lui répondit-elle, et comme, perplexe, il me dévisageait par-dessus ses boucles brunes, elle ajouta d'un ton ferme, le fixant toujours : Toi et moi.

Dans les années 70 et jusqu'au milieu des années 80 du siècle dernier, la fêlure de 68 a laissé surgir sur le territoire français et bien au-delà une minorité active dont je n'ai aucune honte ni fierté particulière à dire que j'en étais. Dans cette population, certains comportements allaient de soi. L'illégalisme en était un : du vol dans les magasins au braquage, le choix des moyens dépendant des capacités de chacun, des milliers de personnes s'efforçaient d'obéir à l'injonction que les situationnistes avaient reprise à Rimbaud : ne travailler jamais. Un principe tout aussi répandu et très peu discuté, c'était le rejet du couple – certains ajoutant "traditionnel" pour justifier une liaison durable. Ce que ce rejet impliquait parfois de mensonges à soi-même et de souffrance, toute une littérature de repentis l'a abondamment documenté, mais le degré d'intensité dans les passions et de beauté dans la rencontre qu'il a entraîné pour des milliers de femmes et d'hommes, on est peu équipé pour le deviner, à présent que les sensibilités sont quadrillées par la psychologie des magazines, le moralisme militant et la pornographie. Une chose est sûre, en tout cas : l'idée de se marier ne pouvait susciter que le rire et la dérision.

C'est ce qui me poussait à insister sur ce sujet, deux mois après le braquage d'Orgon, au comptoir du Ravaillac, bistrot polonais situé rue du Roi de Sicile, dans le quartier parisien du Marais. Il était 18 h 30 environ, nous venions de boire notre cinquième Zubrowka, mes sentiments et mes pensées étaient tous concentrés autour des iris noirs de Philippine tandis que je lui répétais pour la troisième fois que je n'arrivais pas à comprendre ce que ça pouvait bien signifier cette réponse qu'elle m'avait faite en entrant dans le bar où trônait un portrait de Lech Walesa : "C'est pour jouer avec le signifiant mariage." Les pupilles de mon amie avaient cette particularité bouleversante, qui les mettait sans doute en syntonie avec la trajectoire énigmatique des corps célestes, qu'elles partaient dans des directions différentes tout en visant le même point. Bref, c'était une louchonne.

– Tu veux te marier pour jouer avec le signifiant mariage ? Alors, moi, je pourrais nous balancer aux flics pour jouer avec le signifiant balance ? Tu sais que c'est mon signe du zodiaque ?

Philippine était très sensible aux questions de signe et de signifiant, car elle était lacanienne et poussait son lacanisme au point de juger chargé de significations profondes le fait d'avoir un jour croisé Lacan dans un ascenseur et *qu'il ne lui ait rien dit.*

– Parle moins fort, dit-elle.

J'avais découvert depuis peu l'existence des trous noirs de l'espace et j'y songeai en me laissant happer par ses pupilles.

– Parle plus clair, lui chuchotai-je.

Elle s'évanouit.

Comme je la rattrapais in extremis avant que son front ne cogne le sol au pied du tabouret, le patron, grosse tête ronde au teint blême, me lança :

– Je veux pas d'histoires.

Je relevai Philippine. Visage blafard et luisant de sueur, elle s'accrocha à moi, puis ses membres mollirent encore, elle me glissait entre les doigts, irrésistiblement attirée vers la position horizontale.

– Vous pouvez appeler... commençai-je à l'adresse du patron mais il me coupa :

– Je veux pas d'histoires chez moi. Emmenez-la.

Je l'emmenai. En la soutenant, la traînant, la relevant quand elle tombait, serrant contre mon flanc son beau corps amolli, je nous rapprochai de la station de taxi de Saint-Paul. Mais à notre approche les véhicules démarraient, fuyant ce dont nous avions l'air – et que nous étions un peu : un duo d'ivrognes. En me collant au capot, je réussis à coincer un taxi qui entrait dans la station. Le chauffeur accepta de nous conduire aux urgences de l'Hôtel-Dieu. Sur le siège, Philippine renversa la tête en arrière et ferma les yeux. Je lui pris la main, ses doigts glacés se serrèrent sur les miens. Ce contact et la vue de la sueur sur son front me procurèrent une prodigieuse érection. Je n'avais pas la moindre idée de ce qui se passait.

À l'arrivée à l'hôpital, comme nous prenions pied sur le trottoir à l'entrée des Urgences, au moment où j'allais claquer la porte du taxi, Philippine se plia en deux et vomit à l'intérieur, sur le siège arrière.

Une heure plus tard, après avoir subi l'arrogance d'un apprenti médicastre, nous marchions sur le Quai aux Fleurs. Selon la Faculté, Philippine n'avait rien. De fait, elle avait repris de vives couleurs et là, sous un soleil de juin qui brillait encore comme dans les chansons, au milieu des brassées de mimosa, des gerbes d'iris et des camélias en pot, il faut bien dire qu'elle était ravissante. Au point que je ne pus retenir mes mots.

– J'ai vraiment envie de te draguer, dis-je comme un crétin.

– Tu dis ça pour ne pas le faire ? rétorqua-t-elle comme une coquette.

Du temps passa ensuite, rempli d'intensités multiples, et, le lendemain matin, nous étions dans le studio de la femme dont je partageais la vie mais qui était partie pour un long voyage avec un autre (oui, c'étaient ces années-là) quand le téléphone sonna. Je m'écartai du corps de Philippine pour répondre. Jean.

– Tu sais où est Philippine? me demanda-t-il. Un chauffeur de taxi m'a rapporté hier soir son portefeuille avec ses papiers. Il m'a dit qu'il l'a conduite à l'hôpital avec un homme, c'était toi ?

– Oui, c'était moi, articulai-je après déglutition.

– Le chauffeur m'a dit qu'elle a vomi dans sa voiture et que sa journée était foutue. J'ai dû lui donner un paquet de fric pour le calmer. Comment elle va ?

– Je te la passe.

Philippine, qui était restée couchée sur le ventre, tendit le bras vers moi sans se retourner. Je mis le combiné dans sa main et elle le ramena devant son visage.

– Oui, dit-elle d'une voix neutre, je vais bien. Je rentre ce soir.

Puis elle lâcha le combiné, je le ramassai sur la moquette et raccrochai. La main de Philippine resta suspendue en l'air, dans ma direction. Elle eut un geste d'invite. J'admirai la longue coulée pâle de son corps, le jeu complexe de tensions et de torsions, l'élégante dissymétrie que sa pose imprimait aux épaules, la cambrure, l'arrondi, les rougeurs, l'humidité.

– Viens, dit-elle.

Avouerai-je que la culpabilité envers Jean donna un piquant supplémentaire à notre coït ? Je l'avoue.

Ce que nous ignorions, tandis que nous nous appliquions à tirer de chaque repli de muqueuse le meilleur de l'autre, c'est que la culpabilité allait atteindre des proportions inattendues dans les jours à venir, au point que, sans rompre formellement, nous cesserions de nous voir.

Pendant que Jean fouillait les tiroirs à la recherche d'une liasse dont il ne savait plus où il l'avait fourrée, le chauffeur, pour bien affirmer sa détermination à être payé, avait fait quelques pas dans l'entrée de l'appartement que les futurs époux louaient depuis peu. Ce faisant, il avait aperçu, mal dissimulé par un blouson jeté en travers, un sac ouvert où reposaient des armes et des cagoules. Il avait donc empoché son fric et prévenu la police.

À l'époque les flics disposaient de beaucoup moins de moyens d'investigation qu'aujourd'hui et ce n'était pas encore l'ADN la reine des preuves, mais les aveux. Ils se contentèrent donc de ce que Jean leur livra : oui, il était bien l'auteur du braquage à pied de la place de la Nation en compagnie d'un complice dont, malgré diverses brutalités et traitements dégradants, il refusa de livrer l'identité. Nous avions fait ça lui et moi trois jours plus tôt et *Le Parisien libéré* avait glosé sur ces braqueurs venus en métro et repartis de même. L'imaginatif rédacteur avait vu là une nouvelle manière de fuir visant à déjouer l'intervention policière en se réservant la possibilité, si nous étions repérés, de prendre en otage un usager du métropolitain. En fait, c'était plus simple : la veille du braquage, d'abord surpris par un passant et obligés de fuir, puis lors d'une deuxième tentative, incapables de venir à bout d'un antivol, nous n'avions pas réussi à voler de voiture et avions décidé de varier notre approche. Le même fait-diversier dressa de l'"agrégé de philosophie anarchiste et braqueur" un portrait présentant toutes les caractéristiques d'une fiche des Renseignements généraux, c'est-à-dire qu'il mêlait inextricablement des élucubrations et des amalgames à des détails d'une véracité telle qu'on se demandait comment l'auteur avait pu se les procurer.

Six mois plus tard, Philippine et Jean se marièrent à la Santé, où il attendait son procès. Durant celui-ci, son refus de dénoncer son complice joua contre lui auprès des magistrats professionnels, mais pas, semble-t-il, auprès du jury. Les employés de la succursale de la Banque populaire que nous avions braquée témoignèrent de notre parfaite politesse (en fait, c'était lui qui avait assuré le spectacle, moi je m'étais contenté de pétocher près de la porte en faisant mes célèbres mouvements d'essuie-glace avec le fusil à pompe). Le témoignage d'un jésuite partisan de la théologie de la libération avec lequel Jean échangeait depuis un an au sujet des fondements bibliques du millénarisme, et celui de sa mère, femme de ménage qui l'avait élevé seule, poussèrent dans le même sens, de sorte qu'il ne fut condamné qu'à sept ans de prison, contre les réquisitions du procureur qui en avait réclamé dix en tonnant qu'on en avait assez de ces intellectuels dévoyés. Sa demande de libération aux deux tiers de la peine ayant été accueillie favorablement en raison de sa bonne conduite, et grâce au jeu des réductions automatiques, l'incarcération réelle de Jean ne dura que trois ans et demi, le temps d'échanger avec Philippine une longue, ardente et poétique correspondance. Réunie en une élégante plaquette par un éditeur normand, elle connut un certain succès et dut être réimprimée plusieurs fois.

Depuis la nuit du Ravaillac, je n'ai plus eu de contact direct, ni avec Jean, ni avec Philippine. À une exception près. Peu avant sa sortie, Jean, auquel je m'étais gardé d'écrire pour ne pas attirer la curiosité policière (et aussi parce que je n'aurais pas trop su quoi lui dire), me fit parvenir par un ami commun qui lui rendait visite un mot bref dans lequel il me signalait qu'il avait donné mon adresse à un détenu célèbre rencontré à la Santé : "Tu verras, concluait-il, Georges Nicotra mérite d'être connu."

Au vu de la suite, je me demande encore aujourd'hui quelle part d'humour contenait cette dernière phrase, et si la lettre de Jean était dictée par le désir d'aider Georges ou celui de se venger de moi.

Bien entendu, le nom de Nicotra ne m'était pas inconnu. Né en 1944, deux mois après que son père, antifasciste italien passé dans la résistance française, eut été fusillé par les Allemands, élevé par sa mère dans le culte du père héros, Nicotra s'était toujours présenté comme un continuateur du combat trahi, selon lui, par un Parti communiste français qui avait refusé de faire la révolution en 1945. Extrême pauvreté, mère dactylo, enfance au pied des immeubles de la Cité Blanche à Nanterre. Seul non-Algérien d'une bande, il avait, au début des années 60, participé au braquage de quelques PMU, une partie du butin ayant été, à l'en croire, reversée au FLN. Assez vite arrêtés, ses amis et lui, malgré leur jeune âge, avaient eu droit à la gégène, leurs interrogateurs ayant fait leurs preuves durant cette guerre d'Algérie qui était en train de finir. Après cinq années de détention passées en bonne partie au mitard, il en était ressorti brouillé avec ses complices pour des raisons inconnues. Il avait replongé au bout de six mois à la suite d'une obscure bagarre de bistrot dont un de ses adversaires était ressorti paraplégique. Mis hors de cause pour les blessures infligées à ce dernier, il avait été libéré après trois mois de préventive, et avait fait ensuite trois ou quatre séjours de moyenne durée derrière les barreaux pour violences aggravées sur personne dépositaire de l'autorité publique, cambriolage, vol de voiture... Mais, voilà trois ans, il avait été placé en détention préventive ainsi qu'un complice présumé, dans une affaire beaucoup plus grave, l'attaque d'un fourgon blindé à l'arme lourde. Jusque-là, dans ses relations avec la Justice, il avait toujours reconnu les faits. Mais cette fois, il se déclarait innocent.

Dans l'attente de son premier procès d'assises, il avait écrit un livre, *Flinguez-le!*, ainsi intitulé d'après un cri lancé à l'adresse des flics par les badauds au moment de son arrestation tumultueuse dans un bistrot de Nanterre. L'ouvrage avait eu plusieurs recensions élogieuses et Michel Foucault l'avait cité dans son cours au Collège de France. Au-delà de la description des fatalités sociales menant à la délinquance et d'une dénonciation implacable du système pénitentiaire, on y percevait, assurait un critique du *Nouvel Observateur*, des dons d'écriture certains. "Un écrivain est né, concluait-il, et que ce soit derrière les barreaux ne fait en somme que le placer dans une longue et respectable tradition française." Des auteurs, des universitaires, des comédiens et des chanteurs s'intéressaient à son cas et un comité de défense s'était constitué.

Dans le milieu libertaire et ultra-gauche que je fréquentais, on se tenait à distance de sa cause, précisément en raison du soutien que lui apportaient ceux que nous appelions les Grandes Têtes Molles de notre Époque. Je collaborais alors à plusieurs revues confidentielles, vendues surtout dans une librairie des Halles et dans un kiosque du Quartier latin. Dans l'un de ces périodiques à parution irrégulière, *Quetzal* (du nom d'un oiseau incapable de vivre en détention), qui militait pour l'abolition des prisons, j'avais critiqué la "stratégie innocentiste" de Nicotra.

"Innocent ou coupable, pontifiais-je sous pseudonyme, ce n'est pas la question. Ce n'est pas aux représentants d'un ordre social qui tue chaque jour de fatigue ou d''accident' sur les chantiers et dans les usines, qui fait mourir vite avec ses 'bavures policières' ou lentement en imposant de perdre sa vie à la gagner, ce n'est pas aux chats fourrés et aux chaussettes à clous de décider pour nous ce qui est juste et injuste. Quand nous aurons détruit le capitalisme nous nous poserons la question de la bonne manière de régler les conflits entre nous. En attendant, se déclarer 'innocent', c'est donner à croire, implicitement, que les autres, les 'coupables', méritent ce qui leur arrive : la surveillance panoptique, la gamelle infecte, les humiliations quotidiennes, l'infantilisation, les tabassages et le mitard, l'impossibilité d'aimer et les jours sans fin et sans espoir."

Je fus donc étonné par le ton de la lettre de Nicotra, que je trouvai dans ma boîte quelques jours après que fut parvenu par porteur le message de Jean :

Cher Antonin,

Nicotra nie. Le cas de Georges N. devrait t'intéresser. Ton ami un temps emmuré avec moi m'a fait lire ton papier dans Quetzal *et j'ai ressenti à ton égard cette fraternité qui lie les réprouvés. Pourrais-tu demander un permis de visite ? Maintenant que l'instruction est close, je pense qu'on te l'accordera sans difficultés et j'ai des choses à te raconter.*

À bientôt, j'espère,

Georges N.

J'hésitais. La curiosité me poussait à lui répondre favorablement. Mais j'éprouvais une grande répugnance à l'idée d'entrer en contact avec l'institution pénitentiaire autrement qu'en distribuant des tracts devant une prison ou en manifestant sous ses murs pendant qu'une émeute s'y déroulait. De toute manière, je ne prendrais pas de décision avant une bonne semaine : j'étais sur un coup.

Nous étions au début de l'année 1977, j'avais trente ans et je me disais qu'il faudrait que je décide ce que je voulais faire quand je serais grand. Les mésaventures de Jean s'ajoutant à quelques autres qui suivirent m'avaient décidé à interrompre ma carrière de braqueur. Le coup de fusil dans le miroir du café d'Orgon avait en effet entraîné deux conséquences. La première, c'est que dans le réseau d'irréguliers politisés que je fréquentais, entre certains cabanons sur les hauteurs d'Aix-en-Provence, quelques bistrots marseillais et les squats de Belleville, j'avais acquis un prestige embarrassant. À l'époque où Jean n'avait pas encore plongé, durant les nuits blanches où s'échangeaient substances psychotropes et fluides corporels, il ne manquait jamais, à un moment ou à un autre, de raconter à une assemblée de jeunes exaltés la détonation, le grand miroir s'effondrant et la sidération des joueurs, truands compris. Philippine se contentait d'écouter en tirant sur le joint, un demi-sourire sur ses lèvres si joliment ourlées.

La deuxième conséquence, c'était qu'aux heures où j'aurais dû dormir, je tremblais, les yeux écarquillés sur ce qui se serait passé si je n'avais pas, par pure trouille, pressé la détente : Philippine aurait tiré et tué. Dans le film que je me faisais sur ma vie, cette scène-là n'était pas prévue : le sang qui gicle, la tête ou la poitrine qui explose... non, mon cinéma était bien différent : économe de moyens, tout en ellipses, sans effets spéciaux ni ralentis, à mille lieux du gore. À la fois nonchalants et vifs, nous entrions, nous braquions et nous ressortions avec le butin. Plutôt *Panthère rose* que *Horde Sauvage*. L'essentiel de la pellicule servait d'ailleurs à montrer l'implacable justesse de nos discours et l'acuité de notre critique du Vieux Monde. Comme la précédente, notre Nouvelle Vague à nous reposait sur peu d'action et beaucoup de bavardages.

C'est pourquoi, dans les mois qui avaient suivi l'interpellation de Jean, sollicité sur plusieurs coups destinés à renflouer les caisses et payer les avocats, je n'avais pu refuser ma participation mais avais exigé de remplacer les balles à sanglier ou les chevrotines de nos cartouches par des bouchons en liège qui pouvaient faire mal mais sûrement pas tuer. (Oui, nous sommes des précurseurs méconnus dans l'invention du flash-ball.) Puisque nous voulions libérer les vies humaines de la dictature de l'argent, il eût été malvenu d'en supprimer pour du fric. L'argument porta. Fût-ce le résultat de cette baisse de notre puissance de feu ? En tout cas, sur trois braquages, deux furent des fiascos. Au premier chapitre de *Colchiques dans les prés*, roman publié bien plus tard sous pseudonyme, j'ai raconté l'un d'eux, mais en lui donnant une fin tragique alors qu'en réalité, je n'ai pas pensé un instant à tirer sur le caissier qui s'était jeté sur moi. Il en alla de même la fois où, dans une poste, les guichetières, au lieu de nous donner l'argent, poussèrent des cris aigus et bondirent sur leurs pieds en se prenant les cheveux. À chaque fois, la retraite fut piteuse.

Quelques jours après ce dernier épisode, je rencontrai Dominique Salvatore sur le boulevard Arago. Ancien des réseaux de soutien au FLN et des guérillas sud-américaines, souvent absent de France, fin lettré, expert en vins, en armes et en faux papiers, disposant de ressources financières inconnues mais solides, c'était un bon compagnon, généreux avec les amis et les bonnes causes. Il écouta sans mot dire le résumé de nos mésaventures. Puis il alluma un cigare cubain ramené par ses soins, tira une bouffée et, me posant une main sur l'épaule, me dit :

– Garçon, quand on prend un calibre, c'est qu'on est prêt à tuer ou être tué. Sinon, il vaut mieux laisser tomber.

J'avais donc suivi son conseil et, renonçant aux armes, accepté de participer à une vaste opération d'escroquerie à travers l'Europe. Il s'agissait de retirer de l'argent le même jour dans cinq ou six pays différents en utilisant des travellers cheques American Express qui se trouvaient dans des sacs dérobés lors de l'attaque d'un train postal en Irlande, opération menée à bien par une équipe d'une dissidence gauchiste de l'IRA. Au moment d'abandonner les camionnettes utilisées pour le coup, le commando avait placé à côté d'elles les sacs ayant contenu les travellers cheques en les bourrant de papier journal et les avaient brûlés. Pour parfaire la mise en scène, ils avaient pris soin de laisser traîner à peu de distance quelques travellers à demi consumés. Nous étions d'autant plus convaincus que, grâce à ce subterfuge, ces chèques de voyage n'étaient pas signalés aux banques, que nous avions vérifié leur absence sur les listes dont disposaient deux ou trois agences où travaillaient des camarades. Notre imagination pourtant capable de tracer les contours de la société après le grand soir n'allait pas jusqu'à concevoir que les numéros des chèques disparus dans l'attaque fussent tout de même consignés quelque part, par exemple aux sièges nationaux de la compagnie émettrice, et ces limites de notre imaginaire me valurent de connaître pour la première fois de ma vie la sensation des menottes se refermant sur les poignets.

Ça se passait à Amsterdam et l'établissement du centre-ville où je séjournai ensuite était promis à la démolition à la fin de l'année suivante. On était en décembre et tous mes efforts et ceux de mes camarades (j'étais le seul à m'être fait prendre !) visèrent à m'en faire sortir avant qu'on me transfère dans un autre plus moderne d'où je ne pourrais pas apercevoir, comme dans celuici, depuis une minuscule cour de promenade, les reflets colorés du Paradiso sur les eaux d'un canal. L'ancienne église devenue temple d'une culture underground parrainée par l'État et d'où nous parvenaient des échos de concert ne m'était d'ailleurs pas inconnue : quelques années plus tôt j'y avais vendu des gélules d'antibiotique à des touristes en les faisant passer pour des amphètes. De son côté, après sa fermeture, la prison elle-même a été le cadre de mémorables fêtes gay virant à l'orgie et je n'imagine que trop les scènes choquantes dont la cellule que j'ai occupée six mois a dû être le décor.

Les quinze premiers jours furent durs car je croyais que nous avions été balancés et que tous mes complices avaient été arrêtés en même temps que moi. Je fis une grève de la faim jusqu'à l'arrivée d'un avocat de confiance et, par lui, je sus pourquoi j'avais été interpellé : sur une maldonne.

Contrairement à certains libertaires qui laissaient à quelques-uns de leurs spécialistes le soin de fabriquer des faux papiers pour tous (de sorte que quelques décennies plus tard, ils se disputèrent par bouquins interposés pour savoir qui avait été le "Grand Faussaire du Milieu Libertaire"), nous faisions en sorte que les compétences circulent entre nous. Je savais, comme tous mes camarades, utiliser de la pâte dentaire pour imiter les tampons secs de papiers à l'époque si aisément falsifiables. En apposant ma photo sur une des cartes d'identité fabriquées en série dans une imprimerie amie, je n'avais pas pris garde que les compagnons imprimeurs, en manque d'inspiration, m'avaient donné un nom qui ressemblait à un prénom. J'étais censé m'appeler Bernard Bertrand. C'était cette carte que j'avais présentée à l'hôtel amstellodamois où j'étais descendu mais le réceptionniste avait mis mon faux nom dans la case des vrais prénoms et vice-versa. Lors d'un échange dans une des banques d'Amsterdam où j'avais opéré, la caissière s'était aperçue après mon départ qu'elle s'était trompée à mon détriment et son honnêteté parpaillote l'avait poussée à appeler l'hôtel dont j'avais donné l'adresse. Ne trouvant pas mon nom dans la colonne où il aurait dû figurer, le réceptionniste avait répondu que je n'étais pas descendu dans son établissement. Mise en alerte, l'intègre employée avait appelé le siège d'American Express et voilà comment le fils d'une garde-barrière provençale se retrouva quelque temps plus tard en train de planter une fourchette dans la cuisse d'un maquereau surinamais.

Désiré Venetiaan, trentenaire natif de Paramaribo, possédait une masse musculaire triple de la mienne ainsi que des catégories d'entendement assez simples. Par exemple, chez les femmes, il ne distinguait que deux classes : les putes, qu'il pouvait baiser et exploiter, et les autres, qui ne l'intéressaient pas, sauf s'il pressentait la possibilité d'un changement de classification. Bien sûr, sa mère et ses sœurs étaient hors classe et le seul fait d'évoquer leur existence vous valait un regard qui donnait envie de changer de sujet. Avec moi, il se montra amical et généreux. À la suite d'un long séjour obligé en Guyane française, il avait appris la langue officielle de cette contrée et il tirait une certaine vanité à la pratiquer. Hélas, les seuls autres francophones disponibles étaient des petits dealers marocains qui nous fournissaient un excellent shit, mais dont les récits de combines minables étaient vite lassants, même à ses oreilles.

Une des particularités de l'établissement était que nous disposions chacun d'une cellule individuelle et certains, qui se trouvaient là depuis un moment, s'étaient aménagé des nids douillets avec moquette et fleurs artificielles. Une autre était le régime très libéral de détention : entre 9 heures et 17 heures, à l'exception des punis, nous étions libres de circuler sur les coursives et de nous rendre visite. Je profitais peu de cette possibilité, passant mon temps à lire les quelques ouvrages en français et les nombreux en anglais que je dénichais dans la bibliothèque, ainsi que *Le Monde* et *Libération* auxquels mon avocat m'avait abonné, et tout ce que mes amis me faisaient parvenir en fait de périodiques et de livres. Un jour, Désiré Venetiaan frappa à la lourde porte entrouverte, je m'assis au bord de la couchette et l'invitai à prendre place sur l'unique chaise. Le colosse me demanda ce que je lisais, c'était *L'Éducation sentimentale* dans quoi je m'étais replongé pour la deuxième fois (il y en aurait d'autres, à peu près une fois par décennie) et sur sa demande, je lui racontai l'intrigue.

Il parut vivement intéressé par l'épisode où Frédéric Moreau se promène à Fontainebleau avec sa maîtresse pendant qu'on fusille les insurgés de 1848. J'espérai brièvement avoir affaire à un de ces voyous politisés chez qui mes camarades et moi comptions bien trouver un renfort solide quand l'heure de l'insurrection aurait sonné. Puis je m'aperçus qu'en fait, il avait pensé que Frédéric deviendrait le proxénète de Rosanette, ou qu'au moins il saurait tirer un maximum de profit de sa relation avec Mme Dambreuse, et quand je lui contai la mèche de cheveux blancs de Mme Arnoux, symbole de l'amour romantique à jamais inassouvi, Désiré conclut : "Quel con !" Mais il me dit qu'il aimait beaucoup que je lui raconte des livres et m'invita à venir le faire régulièrement dans sa cellule, où, me dit-il en posant son énorme patte sur mon épaule, "on fumait du bon afghan".

Pendant dix jours, je passai tous les après-midi deux heures avec lui. Son haschich était en effet excellent et combattait heureusement l'odeur repoussante qui émanait de lui, mélange de corps mal lavé et de contrefaçons de parfums. On bavardait quelques instants de l'actualité, ou plutôt de ce qu'il avait réussi à déchiffrer laborieusement dans le *Algemeen Dagblad* du jour, puis je racontais un roman. En fait, je m'étais aperçu que cet admirateur proclamé de Victor Hugo, Saint-Exupéry et Hervé Bazin, auteurs découverts, m'assurait-il, dans la prison de Cayenne, n'avait dû les approcher que par un détenu dans mon genre, car il lisait très difficilement. Je pris du plaisir à lui raconter chaque jour un roman différent. *Voyage au bout de la nuit*, *Nada*, *L'Île au trésor*, *Le Trésor de la Sierra Madre*, *Rhum*... tout lui plut mais il fut particulièrement enthousiasmé par *Lolita* et, à la fin de nos deux heures rituelles, il me salua en m'annonçant qu'il allait se branler en imaginant tout ce que Humbert

Humbert aurait dû faire, selon lui, à cette petite salope pour lui apprendre la vie.

Puis, le dixième jour, il m'accueillit le visage sombre et m'intima de m'asseoir sur un ton qu'il n'avait jusque-là jamais employé avec moi. Mais aux heures de promenade je l'avais entendu parler à certains de ses compatriotes et ses éclats de voix soudains avaient l'air de les terrifier. Sous son regard noir et fixe, face à sa masse énorme posée au bord du lit et comme prête à bondir, je n'en menais pas large. Il me dit qu'il avait appris que j'avais de l'argent et que j'en avais donné. En fait, trois jours plus tôt, au parloir, mon avocat, qui était un type vraiment bien et donc n'hésitait pas à enfreindre la loi, m'avait, sans que je le lui ai demandé, glissé quelques billets en m'assurant que ça pouvait être utile en taule. Or, la possession d'argent liquide y était strictement interdite et ça me foutait la trouille de me trimballer avec ça en poche, d'autant qu'il y avait souvent des fouilles inopinées, à corps et dans les cellules. J'avais acheté un peu de hasch (dont la présence était plus tolérée par l'administration que celle de la monnaie) mais il me restait je ne sais plus combien de billets dont je ne savais quoi faire. Pendant trois jours, j'avais pétoché. J'envisageais de jeter le fric dans les chiottes quand Méziane, un Marocain de Barbès qui avait accumulé des dettes à Amsterdam et qui y était désormais tricard, m'avoua qu'il n'avait pas un sou au moment de son arrestation et qu'à sa sortie, dans deux jours, il lui faudrait regagner en hâte la France mais qu'il ne savait pas comment il s'en sortirait sans un rond en poche. Je m'empressai de lui refiler ce que j'avais sur moi en lui faisant promettre, pour la forme, de me le rembourser. “Tu passes au tabac de Château Rouge, mon frère, tu demandes Méziane, et dans la journée je te rends ta thune, promis-juré”, m'avait-il assuré la main sur le cœur avant de filer raconter à toute la taule que j'avais du cash.

– Je te fais fumer gratis depuis dix jours… articula Désiré sans cesser de me fixer d'un air extrêmement mauvais.

Puis il marqua une pause.

J'avais beau connaître par cœur cette musique-là pour l'avoir entendue souvent dans les cours, de la maternelle à la zonzon, j'avais beau ressentir une lassitude teintée d'ironie devant les simagrées machos des loubards que mes croyances politiques m'avaient poussé à fréquenter, j'avais beau avoir une bonne distance intellectuelle face à la comédie du pouvoir et de l'intimidation si répandue chez les irréguliers, qu'ils fussent ou non politisés, là, dans ces 9 mètres carrés de cellule où le corps compact de Désiré occupait, me semblait-il, tout l'espace, j'avais peur.

– Je te fais fumer gratis depuis dix jours, répéta-t-il, parce que je crois que t'as pas de fric. Mais toi tu en as, du fric. Tu as beaucoup de fric, insista-t-il en tapotant de la main gauche le bord de son lit. C'est pas bien, ça, de me l'avoir caché… Pourquoi tu me caches ? Tu te méfies de moi ?

Son regard fouilla mon visage comme s'il cherchait, quelque part entre mon nez, ma joue, ma tempe, une réponse à sa question. Ou alors un point où faire percuter le poing droit qu'il venait de refermer en le posant sur sa cuisse de bœuf. J'ouvris la bouche sans savoir ce qu'elle allait bien pouvoir émettre comme son. Mais il me coupa.

– Tu n'es pas un ami si tu me fais pas profiter, opina-t-il en hochant la tête. Pas un ami. Tu es mon ami, non ?

Ça me rappela un épisode de ma première année d'école primaire. Après une séance de touche-pipi mutuelle avec un élève du cours moyen (l'épisode m'a si bien marqué que je me rappelle son nom, mais je ne le livrerai pas, on ne sait jamais, par les temps qui courent, peut-être risquerait-il, soixante ans après les faits, que sais-je, de finir sur Twitter, de subir l'opprobre de ses voisins et d'être chassé de son appartement), j'avais été pris d'un remords tardif et lui avais déclaré qu'il n'était plus mon ami. Sur quoi, il m'avait coincé dans un coin de la cour de récré et avait commencé à me cogner la tête contre le mur jusqu'à ce que j'accepte à nouveau de partager son amitié.

– Tu es mon ami, non ? insista Désiré.

– Oui, dis-je.

– Alors, tu me dois 200 florins, d'accord ? C'est le prix pour tout ce que tu as fumé.

Comme je restais silencieux, il posa sa main sur mon épaule.

– D'accord ? répéta-t-il.

– D'accord, dis-je.

Puis je me levai et me dirigeai vers la sortie. Avec une rapidité surprenante, il se glissa entre la porte et moi.

– Tu me racontes pas un livre ?

Je n'ai plus aucun souvenir de ce que je lui ai raconté, ni même si le bouquin dont je lui fis le récit existait vraiment, il est très possible que j'aie inventé n'importe quoi, occupé que j'étais par ailleurs à chercher comment m'en sortir. Je savais que même si j'arrivais à me faire remettre rapidement de l'argent par l'avocat et à faire patienter Désiré jusque-là, il ne s'en tiendrait pas là, et m'en redemanderait, ce serait sans fin. J'avais devant les yeux le nez pissant le sang d'un type qui avait croisé son chemin sur la coursive deux jours plus tôt, et les regards craintifs de tous ses compatriotes quand il s'adressait à eux. Ce n'était pas une question de fric. Ma peur était grande, mais tout aussi grande était ma répugnance à me soumettre. Nous convînmes que je lui remettrais l'argent le lendemain, pendant la séance de cinéma hebdomadaire.

Sadisme conscient ou pas, le film que le club cinéma animé par des travailleurs sociaux projeta à une centaine de couillons saisis au collet par la Loi était rien moins que

The Getaway (étrangement traduit par *Guet-apens* dans la version française), excellent thriller de Peckinpah où le braqueur, Steve McQueen, et sa compagne, Ali MacGraw, échappent à leurs poursuivants, flics et truands, et gardent l'argent. Quand la lumière se ralluma, alors que toute l'assistance était encore dans l'état d'euphorie provoqué par cette immorale happy end, et avant que chacun ne s'aperçoive que sa propre vie ne ressemblait pas à ça, je plantai dans la cuisse de Désiré assis à côté de moi une fourchette achetée contre promesse d'un mandat à un rocker anglais marchand d'héroïne, qui assumait la charge de pousser le chariot des repas et de ramasser les couverts après usage. La cuisse du Surinamais était aussi dure qu'elle en avait l'air. Quand j'enfonçai l'ustensile, mon poignet encaissa une telle secousse que j'eus mal pendant quinze jours. Pendant une seconde, ce fut comme s'il ne s'était rien passé puis le sang se répandit sur son pantalon de gym, Désiré me sauta à la gorge et le temps qu'il fallut aux matons pour nous séparer me parut bien long. J'étais à moitié évanoui quand on me ramena dans ma cellule et qu'on claqua la porte.

Habitué des récits de vie dans les prisons françaises, je m'étais attendu à me retrouver nu au mitard après tabassage par les gardiens et, au fur et à mesure que je reprenais mes esprits en me massant le cou, l'apparente mansuétude de leur réaction m'inquiéta beaucoup. Les matons étaient-ils stipendiés par la mafia surinamaise et la porte allait-elle s'ouvrir sur un commando tropical qui me ferait goûter quelques-unes de ses spécialités ? Cette hypothèse me parut la plus vraisemblable et je songeai vaguement à me barricader, à me préparer à me défendre mais les moyens à ma disposition étaient réduits. Je ne me sentais pas de desceller le lit et ces histoires de brosses à dent transformées en poignard meurtrier me laissaient dubitatif. Surtout, une grande lassitude s'était abattue sur moi. J'avais fait ce que j'avais pu mais le pire était encore à venir, c'était comme ça.

Je restai plongé jusqu'au soir dans une espèce d'hébétude affreusement triste. Je pensais à celles que j'aimais, à mes amis, aux quais de la Seine en automne, ce genre de choses. Autour de moi, la prison poursuivait son train-train, des conversations bruyantes naissaient et s'éteignaient, des pas résonnaient sur la coursive, du métal tintait. Le roulement du chariot assorti des bribes de conversation qui l'accompagnaient comme à l'ordinaire m'avertit qu'on devait distribuer la soupe graisseuse et la crème à base d'amidon coloré qui constituaient l'ordinaire du dîner: il était donc 17 heures. Mais ma porte resta close. De temps en temps, j'entendais le bruit léger de l'opercule soulevé avant que l'œil colle à l'œilleton et que le maton mate. Puis ce fut le fracas des portes claquées une à une au fur et à mesure que le gardien passait. La longue nuit du prisonnier commençait.

La rumeur des radios et des télés occupait depuis un moment l'espace sonore, ponctuée de loin en loin de brefs échanges gueulés d'une cellule à l'autre, quand, conformément au règlement humaniste de la pénitentiaire néerlandaise, on frappa à la porte avant que les clés ne cliquettent. La directrice adjointe, jolie femme gaie comme une limande morte, entra. Elle me demanda comment j'allais. Bien, répondis-je. Est-ce que je voulais voir un médecin? Non, merci. Elle m'annonça que Désiré avait été transporté à l'hôpital, qu'il avait déclaré aux policiers de permanence s'être automutilé pour protester contre la durée de sa détention préventive et qu'après avoir été soigné de sa blessure superficielle, il avait été transféré dans un autre établissement. Il ne réapparaîtrait plus dans celui-ci. À moins que je ne veuille porter plainte, on en resterait là. Je serais puni de 15 jours d'interdiction de sortie de ma cellule et quand je quitterais la prison, au cas improbable où je ne serais pas expulsé et frappé d'une interdiction de séjour, il m'était de toute manière recommandé, à titre purement officieux, de ne pas m'attarder à Amsterdam et de n'y surtout pas fréquenter le quartier des prostituées. Mais dans ces murs, je ne risquais rien. La communauté surinamaise adopterait à mon égard une attitude de neutralité. Est-ce que ça me convenait ? Ou est-ce que je souhaitais qu'une enquête soit ouverte ? Non, non, bien sûr que ça me convenait.

Depuis, je me suis beaucoup creusé la tête mais je n'ai jamais vraiment réussi à éclaircir les dessous de cet épisode et de son heureux dénouement. Sur une plaisanterie échappée à Méziane, j'ai cru comprendre que pour les Surinamais, il s'agissait d'une querelle d'amoureux. Que nos colloques n'aient eu que la littérature pour objet éveillait beaucoup de scepticisme. Par ailleurs, certains comportements du rocker grossiste en héroïne m'ont fait soupçonner par la suite qu'il renseignait la direction. Était-elle prévenue de ce qui risquait d'arriver avant même que je passe à l'acte ? Je ne le saurai jamais. Seuls deux points me paraissent acquis : chacun des mouvements des détenus était beaucoup plus surveillé par l'administration qu'il ne m'avait semblé et le transfert de Désiré arrangeait tout le monde, y compris le principal intéressé.

Après ma sortie en avril 1977, j'ai un moment pensé à raconter cette histoire dans *Quetzal* à l'appui de développements sur les démocraties protestantes, leurs capacités à neutraliser les conflits et leur disponibilité à la transparence totalitaire. Mais d'autres intérêts m'appelaient. J'avais rencontré Isabelle et décidé d'aller voir Nicotra en prison.

À ces deux éléments qui allaient orienter ma vie s'en ajouta un troisième : je n'avais pas aimé la sensation d'enfoncer du métal dans la chair d'un autre et je me promis d'éviter de toutes mes forces de l'éprouver à nouveau. Après le chapitre amstellodamois, j'ai décidé que je n'étais guère doué pour la délinquance et j'ai peu à peu orienté mes activités vers des secteurs plus avouables. En lisant les mémoires de Vidocq, je découvris que dans l'argot des bandits de son temps, le faussaire était dénommé "homme de lettres". Je pris ça comme un présage et connus bientôt le confort de savoir quoi répondre quand on me demandait ma profession. Isabelle m'encouragea dans cette voie, je devins écrivain de polar et, plus tard, grâce à Sonia, traducteur, sans renoncer le moins du monde à mes mauvaises fréquentations.

C'est ainsi qu'au début du XXIe siècle, alors que ma mue sociale était déjà bien entamée, je me suis retrouvé embringué dans des querelles à l'intérieur du milieu ultra-gauche anarcho-autonome parisien, déchiré par un désaccord stratégique fondamental entre les casseurs de vitrines et les brûleurs de poubelles. Comme je me moquais également de tous, les uns et les autres proclamaient partout leur résolution à me frapper si je croisais leur route. Durant quelques mois, je me suis donc déplacé dans la capitale avec un tournevis en poche mais quand j'ai croisé l'un de ces joyeux drilles, je me suis contenté d'échanger des injures avec lui et, malgré l'envie que j'avais de le lui enfoncer dans la narine (qu'il avait particulièrement dilatée, comme un aveu d'envie d'être pénétré sabotant le regard perçant et très viril à la mode dans ces milieux), le tournevis est resté où il était. Pendant les décennies qui ont suivi, hormis quelques rares jets de projectiles trop légers pour faire mal en direction des forces de l'ordre, le piquage de la cuisse de Désiré Venetiaan est donc resté le seul acte de violence aux dépens d'autrui que j'aie jamais commis.

Je m'aperçois que pour en arriver à expliquer ce moment où, par un automatisme que m'a enseigné Olga, j'ai repéré sur le cou de Guillaume Lepreneur l'endroit où bat la carotide, il me faudra parler d'Olga, bien sûr, mais avant, d'Isabelle et aussi de Sonia : il y a sûrement des conclusions à tirer du fait que des femmes forment les chaînons reliant le bandit manqué au traducteur installé en passant par l'écrivain dont on redécouvrira un jour l'œuvre trop négligée en son temps (après que la clameur provoquée par le fait divers qui a marqué la fin de sa vie sera retombée). Ai-je été le jouet d'ingouvernables passions amoureuses réorientant ma vie à chaque nouvelle rencontre, ou bien un manipulateur qui a su trop bien tirer parti des attachements féminins que lui gagnèrent ses authenticités successives ? Rien ne dit que la postérité tranchera la question avec la radicalité d'une lame entrant dans une artère, il est bien possible que la chose demeure d'autant plus indécidable que tout le monde, le soussigné compris, s'en tape.

La première fois que mon regard a rencontré celui d'Isabelle, il ne l'a plus quitté pendant deux heures. Dans sa batave mansuétude, la direction de la *Huis van Bewaring* sise Kleine-Gartmanplantsoen, 14, Amsterdam, nous avait accordé cette exceptionnelle durée en considérant que, certes, Maître Isabelle Fournier ne pouvait bénéficier d'un parloir avocat sans limite de temps, sa venue ayant été seulement annoncée par un coup de fil de mon défenseur hollandais (en fait j'appris par la suite que c'était elle qui lui avait demandé d'assurer ma défense) et sans que j'aie eu le temps de la désigner officiellement, mais comme je n'avais aucune visite et que j'étais un détenu sans histoires (je n'avais pas encore fourcheté l'ami Venetiaan), on pouvait me laisser m'entretenir avec elle dans un bureau de l'administration, en la seule présence d'un rond-de-cuir qui se tenait au fond de la salle, penché sur une machine à écrire, hors de portée de nos voix. Bien entendu, rien ne garantissait l'absence d'un quelconque dispositif d'enregistrement sous la table à laquelle nous avions été invités à nous asseoir, mais enfin, cette taule promise à la démolition avait décidément un côté bonne franquette.

Comme je lui en faisais la remarque en prenant place face à elle, Isabelle me rétorqua qu'on pouvait subodorer qu'il n'en avait pas toujours été ainsi, car l'architecture panoptique du bâtiment indiquait qu'il avait été construit pour l'inhumain régime d'isolement total dit pennsylvanien. Elle ajouta qu'elle avait lu dans le train qu'Anne Frank avait été détenue quelques jours dans ces murs avant son envoi vers la chambre à gaz, et que, la même année, deux assauts de résistants hollandais s'étaient soldés par le massacre des assaillants.

Elle me dit cela sur un ton si sévère que je faillis lui faire observer que je n'avais jamais été SS mais je me tus, intrigué tout de même par cet air de réprimande avec lequel elle m'avait abordé. Nous sommes restés une bonne minute sans parler. Elle semblait attendre que je prenne l'initiative. Depuis quinze jours que j'étais incarcéré, j'étais perdu dans un maquis d'interrogations sur l'affaire qui m'avait amené là, je ne savais par où commencer. J'étais conscient de la nécessité de me concentrer pour tirer le meilleur parti de cet entretien avec une membre du barreau de Paris venue à Amsterdam spécialement pour me voir, mais j'en étais constamment distrait par une circonstance qui, au fur et à mesure que les secondes s'écoulaient, devenait toujours plus embarrassante et même, franchement comique : ses yeux me perturbaient.

Iris verts de pierre dure sur fond tendrement humide, ils semblaient dire à la fois “ne me secouez pas, je suis pleine de larmes” et “si tu approches, je mords”. Sans aucun doute, je les fais beaucoup trop causer, ces yeux, influencé que je suis par la suite de mes relations avec leur propriétaire, mais il est certain que pendant deux heures, mon regard est resté attaché au sien comme un toutou au bout de sa laisse. Après une bonne minute de silence, sans se départir de sa moue maussade, elle articula :

– Vous avez le bonjour de Pascal.

J'ai mis quelques secondes à comprendre, puis j'ai articulé :

– Tout va bien chez lui ?

Elle a acquiescé du menton puis a commencé à m'exposer ma situation juridique. La tension qui me serrait sans cesse au corps depuis mon interpellation disparut d'un coup. Je poussai un profond soupir de soulagement et remarquai qu'il y avait des paillettes d'or dans les iris verts.

Pascal était le patron d'un caboulot de la rue Ramponneau dont la kémia était de loin la meilleure de Belleville et après les fèves au cumin, le houmous et les carottes à la coriandre, dès la troisième tournée d'anis gras et de boukha, il disposait sur le comptoir merguez, calamars et abats blancs, de sorte que ses habitués, petites mains de la pègre juive tunisienne, accédaient en douceur à un brouillard lyrique, fait de faconde surjouée et d'échanges tactiles, où se diluait l'importance des arnaques mutuelles et des besogneuses combines qui formaient le fond de leur fraternité. C'est dans l'arrière-salle de chez Pascal, aussi calme que la pièce principale était bruyante, que nous avions préparé l'opération qui avait mal tourné pour moi.

Mais pour tous mes autres complices – parmi lesquels deux filles dont j'étais l'amant –, tout s'était bien passé : tel était le sens du mouvement de menton d'Isabelle. Tout au long des deux heures qui suivirent, nous avons continué à échanger des données cryptées avec les moyens de l'époque, rustiques mais efficaces, et impossibles à hacker : clignements de paupières, accentuation de certains mots, surnoms inventés sur le pouce. J'eus bientôt un tableau complet de la situation, on s'occupait de moi, ma part du butin m'attendait, et selon nos contacts judiciaires, l'accusation de participation au braquage du train postal allait être abandonnée, je ne serais pas extradé en Ulster. Si j'aimais l'odeur de tourbe et la Guinness, l'irrémédiable folie des amis de là-bas, la hauteur de leurs falaises, leur parler saccadé et leurs chants révolutionnaires – surtout quand ils s'élevaient dans un pub secoué par le passage des blindés *brits*, je n'avais aucune envie de faire connaissance avec les méthodes d'interrogatoire de la *Special Branch*. Donc, la vie était belle, ou presque.

Isabelle sortit la première et, mes yeux enfin détachés de ses yeux, je vis que c'était l'ensemble de ce corps en train de s'éloigner qui aurait mérité d'être avidement maté (je précise aussitôt pour mes sourcilleuses lectrices que c'est bien sûr son esprit qui m'avait d'abord conquis). Tandis que je regagnais ma cellule dans un sentiment d'étrangeté absolue par rapport à ce qui m'entourait, mes codétenus qui m'interpellaient, le barouf des portes blindées qu'on claquait, les escaliers métalliques vibrant sous le pas, les gueulantes et les télés, je m'aperçus que cette femme me manquait déjà. Et je me demandais : pourquoi m'avait-elle paru, dès les premiers instants, agacée de ce que j'existais ?

Je pus lui poser la question un peu moins de trois mois plus tard quand je fus libéré puis expulsé dans la foulée, et qu'elle vint me chercher à Orly pour m'emmener dans un gîte rural loué pour l'occasion et où mes amis m'attendaient après avoir chacun effectué des trajets compliqués visant à déjouer d'éventuelles filatures. Isabelle ne répondit pas sur-le-champ à mon interrogation, tout occupée qu'elle était par ses propres manœuvres : bretelle d'autoroute empruntée au dernier moment, démarrage en trombe à l'orange, circulation au ralenti dans un lotissement désert, stationnement sur un parking de centre commercial, etc. Mais quand enfin elle se fut garée devant le portail d'une demeure à colombages en bordure de la forêt de Saint-Germain-en-Laye, elle coupa le contact, se tourna vers moi et me dit :

– Je n'ai rien contre toi en particulier, c'est votre bande qui m'agace. J'ai accepté de m'occuper de ton cas pour faire plaisir à Dominique Salvatore. Lui, il aide efficacement des gens qui risquent tous les jours la mort dans des régimes dictatoriaux. Vous, avec vos discours hyper-révolutionnaires, vous ne participez pas à grand-chose parce que les révolutions des autres ne sont jamais assez pures, trop nationalistes, pas assez prolétariennes, trop autoritaires ou pas assez violentes, et en attendant votre révolution à vous, celle qui abolira sans transition l'État et l'argent, vous avez toujours de bonnes raisons de rester dans votre ghetto de revues confidentielles et d'actions symboliques qui n'existent que quand ces médias que vous vomissez en parlent dans un entrefilet. Et figure-toi que je n'ai pas fait que vous lire, j'ai plusieurs amis qui vous fréquentent et me parlent de vous depuis longtemps… je n'ai jamais eu envie de vous connaître parce que ce qui m'agace encore plus chez vous, c'est votre prétention à avoir un style de vie révolutionnaire, simplement parce que vous gagnez votre argent de manière illégale, je sais que vous donnez un peu de pognon en soutien à diverses causes, mais je sais aussi que cet argent acquis illégalement, vous le dépensez surtout pour vous, pour ce que vous appelez votre "survie", en fait vous le claquez en beuveries, banquets et autres voyages à Venise... Pour moi, votre hédonisme ressemble comme deux gouttes d'eau à celui de ces cadres lecteurs du *Nouvel Obs* que vous abreuvez rituellement d'insultes. Alors, franchement, je vais te dire: votre style post-situationniste, votre arrogance et votre goût de la provocation, c'est de la merde en barre.

J'ouvris la bouche pour répliquer mais elle ne m'en laissa pas le temps:

– Quant à toi, j'ai lu quelques trucs de ta plume dans vos revues à la con et je vais te donner un conseil gratis – c'est bien le seul qui sera gratis, d'ailleurs, tu peux compter sur moi pour envoyer ma note d'honoraires à tes copains... Le conseil, le voilà: t'as un brin de plume et de l'imagination, alors au lieu de courir après un fantasme de révolution, tu ferais mieux d'écrire des romans...

Je la fixai en silence. Son conseil, je me l'étais mentalement adressé, mot pour mot, au fond de ma cellule, au terme de cet examen de conscience que visait d'ailleurs à induire le système pennsylvanien, et grâce auquel j'avais conclu que je n'étais pas doué pour faire bandit politisé, dans la vie.

– Allez, descends, dit-elle comme le silence se prolongeait, je ne viens pas à votre fête, j'ai du boulot. N'oublie pas ton sac.

La bile ayant été versée, la moue grognonne avait disparu de ses lèvres exquises et pendant quelques secondes encore, les yeux verts me toisèrent sans que je moufte. Puis je me tournai pour prendre mon sac sur le siège arrière, posai la main sur la poignée et juste avant d'ouvrir la portière, je lançai:

– Donc, c'est pas aujourd'hui qu'on baise?

Oui, j'étais comme ça à l'époque: un peu con (certaines soutiennent que je n'ai guère changé).

– Aucune envie de baiser avec un petit coq dodu, fut la réponse que je m'étais bien méritée.

Le vendredi 6 janvier 1974, au moment où un fourgon de la société Brink's sort d'un parking réservé aux transports de fonds situé sur l'arrière d'un supermarché à la périphérie de Sin-le-Noble, une 4L surgie d'une impasse l'oblige à piler. De l'arrière de ce véhicule surgit un individu cagoulé muni d'une impressionnante arme longue qui tire aussitôt sur l'avant puis vise le conducteur en lui criant de sortir. Constatant que la munition tirée a pénétré le blindage et fait exploser le moteur, le chauffeur s'exécute. Pendant ce temps, un autre braqueur, qui se trouvait au volant de la 4L, a contourné le véhicule et hurlé à travers la portière arrière qu'il disposait d'explosif et incité les deux convoyeurs présents dans le fourgon à se rendre. L'un d'eux, déjà impressionné par la secousse provoquée par le tir de gros calibre dans le moteur, ouvre et dépose son arme. Le troisième esquisse un mouvement qui déclenche un tir du braqueur, il est blessé sans gravité à la cuisse d'une balle de .357 Magnum. Les trois employés de Brink's sont contraints de se coucher à plat ventre sur la chaussée et surveillés par l'individu muni d'une arme longue pendant que l'autre transfère les sacs dans la 4L à bord de laquelle les deux malfaiteurs disparaissent ensuite. On retrouvera, cinq kilomètres plus loin, derrière un hangar, la 4L ainsi que les traces au sol d'une moto et d'un véhicule 4x4.

La scène du braquage a duré en tout quatre à cinq minutes et n'a pas eu de témoins. Le récit de l'attaque repose donc entièrement sur les déclarations des convoyeurs. Ces derniers sont évidemment placés sous surveillance par la police, qui soupçonne une collusion, mais elle n'aboutit à rien : pas de soudaine hausse du niveau de vie ni de comportement suspect de la part de ces trois employés aux CV irréprochables, qui travaillent tous pour la société depuis plus de dix ans.

Six mois passent avant qu'en août 1975, agissant sur renseignement, les policiers de la Brigade antigang interpellent à six heures du matin Lucien Barnum à son domicile, 6 ter rue Babeuf à Montreuil. Deux heures plus tard, ils arrêtent dans un café de Nanterre un autre individu qu'il a rencontré lors d'un précédent séjour en prison, Georges Nicotra. Selon certains journaux généralement bien renseignés par la police, le tuyau qui aurait mis les policiers sur la piste des deux hommes proviendrait de l'entourage d'un receleur parisien.

Le procès de Georges Nicotra et de Lucien Barnum pour cette affaire s'est déroulé du 4 au 11 février 1978. Les deux prévenus avaient donc déjà effectué près de trois années de préventive, durée exceptionnelle, même pour l'époque, que le Parquet expliquait par "la stratégie de déstabilisation systématique du cours normal de la justice" qu'aurait adoptée la défense de Georges. C'est ainsi que les procureurs, aujourd'hui encore, appellent une défense pugnace dans laquelle les accusés usent de tous les droits que la loi leur accorde. Parmi ceux-ci, il y a le droit de se défendre dans le pré-procès que la plupart des médias, qui entretiennent d'excellentes relations avec les institutions judiciaire et policière, ne manquent jamais de mener, consciemment ou pas. Dans cette première bataille préparant largement le terrain de l'autre, j'avais décidé de prendre ma part après ma première visite à Georges.

De retour de mon séjour néerlandais, j'avais retrouvé sa lettre du début de l'année et décidé d'aller le voir à Fleury-Mérogis. J'avais dit à mes amis que ce serait l'occasion d'un article pour *Quetzal* comparant la vieille taule hollandaise et l'établissement de la banlieue parisienne qui incarnait alors un sommet de modernité, et j'avais bien un tel projet en tête. Mais il n'est pas impossible que, malgré tout le mépris que j'affichais pour la cohorte de défenseurs illustres se pressant derrière Nicotra, ma vanité ait été flattée de ce qu'il voulût me recruter aussi.

Je ne sais pas comment ça se passe maintenant, mais à l'époque pour aller au centre de détention de Fleury, quand on n'avait pas de voiture, il fallait prendre un bus où s'entassaient les familles de prisonniers, expérience dont se seraient délectés un sociologue en mal d'observation participante ou un écrivain en quête de détails vrais et de pittoresque populaire. Quant à moi, dans le car et puis sous l'abri devant la taule et ensuite dans les couloirs où on avance quand on vous appelle et où on s'arrête quand on vous le dit, où on doit répondre à l'aboiement de son nom, lever les bras pour être tâté et laisser fouiller jusque dans les couches du petit, je n'ai pas été surpris de voir que la grande majorité des visiteurs étaient des visiteuses et que l'arbre généalogique de la plupart de ces dames, de ces quelques petits vieux et ces quelques petits jeunes plongeait ses racines dans les colonies françaises. Quelques lectures et quelques rencontres m'avaient déjà donné un tableau suffisamment détaillé de l'enfermement à la française. Et je sortais à peine d'un trimestre dans une maison d'arrêt amstellodamoise. Mais j'ai quand même été pris au dépourvu par le sentiment de brutalité absolue dans lequel on plongeait en franchissant les portes de ce "complexe pénitentiaire" conçu sous la houlette de l'un des architectes les plus représentatifs des Trente Glorieuses, Premier Grand Prix de Rome, président de l'Académie des beaux-arts, concepteur du Palais des congrès de la Porte Maillot, du pavillon de la France à l'Exposition universelle de Bruxelles de 1958, de l'église Notre-Dame de Royan, et d'une dizaine de prisons.

À part les flics – et encore, pas tous –, seuls les matons possèdent ce regard froid qui scrute sans permettre le moindre échange émotionnel, un regard toujours immédiatement ressenti comme une agression, un regard *brutal*. À Fleury-Mérogis, il me semblait que cette brutalité regardeuse s'était matérialisée dans le béton brut, le verre blindé, l'électricité même qui actionnait l'ouverture et la fermeture des serrures et qui faisait régner partout une lumière uniforme et blanche. Avec son alternance d'étroitesse étouffante et d'ampleur écrasante, on eût dit que toute la prison était un œil immense et froid, tour à tour rétracté et dilaté, qui vous scrutait sans haine ni pitié.

Et dans l'entreprise d'enfermement née avec les réformes de ces Lumières européennes qui voulaient tout éclairer pour tout réformer, jusqu'aux plus lointains recoins du monde, jusqu'aux tréfonds des âmes, le panoptique hollandais d'où je venais m'apparaissait comme une grossière esquisse d'un projet dont la construction de M. Guillaume Gillet était, elle, un apogée. Selon les historiens et les sociologues qui avaient traité de son œuvre, elle représentait plus que toute autre ce regard moderne qui, désormais, s'attachait moins à surveiller le détenu dans sa cellule qu'à contrôler les réseaux de communication dans lesquels le prisonnier était pris, ce en quoi cet architecte était bel et bien un précurseur des changements à venir, car il avait bâti un ensemble préfigurant la surveillance généralisée des réseaux qui enserrent désormais la planète. Mais bien sûr, je m'égare et s'il y avait une chose qu'on ne pouvait faire, à Fleury, c'était s'égarer, et donc je me retrouvai, après sas et fouilles, dans une sorte de couloir étroit, assis dans une rangée de sièges alignés, tous occupés, face à une vitre – les dispositifs de séparations ne seraient enlevés que dans quelques années. De l'autre côté, un gaillard un peu gras, un peu chauve, me fusillait du regard, bras croisés.

– J'ai failli attendre, me dit Georges Nicotra.

Il avait parlé d'une voix si puissante que les autres taulards assis derrière la glace et leurs visiteuses qui s'alignaient à ma droite et à ma gauche s'interrompirent un instant. Il y eut un ricanement, quelques chuchotements.

J'avais rougi comme une fiancée réprimandée par son homme.

– Si tu le prends sur ce ton… dis-je en me levant.

Georges éclata d'un grand rire.

– Eh, oh, je rigolais, dit-il.

Sa capacité à changer d'expression d'une seconde à l'autre était impressionnante. Maintenant, son œil pétillait et il avait un sourire fraternel :

– Merci d'être venu, continua-t-il tandis que je me rasseyais. Je suis content de faire ta connaissance.

Autour de nous les chuchotements, éclats de voix, marmonnements, rires et pleurs reprirent. Georges redevint sérieux. Il se tut quelques secondes en me fixant et, les yeux dans les yeux, articula :

– Je sais que pour toi le contraire ne changerait rien. Mais je tiens à te le dire : sur ce coup-là, pour une fois, je suis innocent.

J'ai souri :

– J'aime bien "pour une fois" et "sur ce coup-là". Mais tu sais, ajoutai-je avec le petit rire de celui qui est content de sa phrase, dans le monde tel qu'il est, innocenter un innocent, c'est bien, mais innocenter un coupable, c'est encore mieux.

Il a cillé, et il m'a semblé qu'il réfléchissait quelques secondes avant de rétorquer :

– Peut-être… mais imagine ce que c'est que d'être innocent et d'être enfermé… imagine ce que ressent un renard pris au piège et qui se débat et plus il se débat, plus il se déchire, imagine l'angoisse…

Touché, j'étais. Sa voix de plus en plus triste avait fêlé ma carapace idéologique.

Nous sommes entrés tout de suite dans le vif du sujet : le dossier d'instruction. Éléments à charge : des témoignages accompagnés de reconnaissances sur photo, ou derrière une vitre sans tain, réalisées dans des conditions très discutables. Éléments à décharge : son alibi, des amis avec qui il avait dîné le soir du braquage – un couple d'anarchistes que les jurés risquaient hélas de juger bien folkloriques ; le fait qu'on n'ait découvert chez lui ni armes, ni trace du butin – alors que chez son co-accusé, Lucien Barnum, avaient été retrouvées des cagoules, des armes et des munitions du même calibre que celui utilisé lors du braquage.

Je lui ai exposé ma proposition : une pétition de soutien à faire signer par tout un chacun, de manière à montrer que des milliers de quidams étaient sensibles au sort de Georges et de Lucien.

– Non, pas de Lucien, me coupa-t-il. Il n'est pas d'accord avec ma stratégie, il veut pas faire appel aux médias, lui, c'est un voyou à l'ancienne… mon bouquin, le comité de défense, les articles, les intellos… tout ça, il pense que ça nous nuit plus qu'autre chose. On s'est mis d'accord que chacun assurerait sa défense à sa manière… Sinon, c'est très bien ton idée, je vois d'ici ce que Matué ou Nathan vont blablater en présentant la pétition : “Et voici, monsieur le président, que s'avancent vers vous des milliers, des dizaines de milliers d'honnêtes gens pour vous dire : nous comptons sur vous, monsieur le juge, nous comptons sur vous, mesdames et messieurs les jurés, nous comptons sur votre clairvoyance et votre équanimité pour vous montrer à la hauteur de la foi que nous plaçons dans la Justice de notre pays ! Nous avons pris connaissance de tous les éléments du dossier qui sont désormais du domaine public, et sans vouloir nous substituer aux jurés, nous venons vous dire que nous sommes convaincus…”

Georges s'échauffait, roulant les yeux, et il levait le bras avec le geste que font les avocats pour retrousser leurs manches, il mimait très bien.

– “… nous sommes convaincus de l'INNOCENCE”, tonitrua-t-il.

– Eh, oh, doucement !

L'injonction venait, à notre gauche, d'un jeune Maghrébin (on ne parlait pas encore de beur) qui tenait sa main gauche collée contre la vitre à la hauteur de la main droite d'une vieille dame en costume traditionnel kabyle.

La tête de Georges pivota et, avec cette capacité à passer de l'expression de l'amabilité à celle de la haine pure que je retrouverais seulement, des années plus tard, chez Olga – de sorte que l'hypothèse d'une tare, ou d'un talent, de famille m'a souvent parue plausible, il articula :

– Quelque chose ne va pas ?

Son visage avait blêmi, le menton s'avançait, les yeux s'étaient plissés et les narines dilatées. La lèvre supérieure se retroussait, découvrant les dents.

Une seconde, le garçon qui l'avait interpellé soutint son regard. J'observai la main de celle que je supposais être sa mère, qu'elle continuait de presser contre la vitre, mais avec tant de force maintenant que le dos et les doigts, où s'entrelaçait un délicat dessin au henné, bleuissaient.

– Non, ça va… dit le jeune homme.

Son regard dévia, croisa celui de sa mère, et il baissa la tête.

– Pardon, souffla-t-il.

– OK, répliqua Georges sur un ton neutre, s'il y a pas de problème, pas de problème… Puis il se tourna vers moi : Qu'est-ce qu'on disait, déjà ?

Il avait repris une attitude détendue mais à son demi-sourire, j'ai vu qu'il savourait son triomphe. Nous avons repris notre conversation et nous nous sommes mis d'accord sur les grandes lignes de la Pétition des Anonymes, qui trancherait avec les habituelles protestations, requêtes, suppliques, tribunes et manifestes de personnalités, écrivains, comédiens et chanteurs (les footballeurs et les cuisiniers ne viendraient qu'une décennie plus tard).

Dans le car du retour, j'ai repensé à l'incident et à la satisfaction manifeste que Georges en avait éprouvée, et je m'étais aussi remémoré les employées de la poste d'un village du Vaucluse qui, devant mon fusil à pompe et son célèbre mouvement de balayage, sautaient dans tous les sens comme du pop-corn dans la poêle, notre incapacité à les calmer imposant alors un lamentable repli. Contrairement à Georges Nicotra, à Désiré Venetiaan et à leurs semblables, je détestais faire peur. J'en conclus que, décidément, je ne serais jamais un vrai voyou.

Mais si, pour se lancer à l'assaut du ciel, c'est une armée d'anges que nous avions voulu lever, nous aurions risqué de ne pas recruter grand monde – d'autant que nous, révolutionnaires illégalistes de la fin du XXe siècle, habités d'une sincère révolte mais pas exempts, comme l'avait remarqué Isabelle, de compromissions avec l'hédonisme consumériste, nous n'y aurions même pas figuré. Georges Nicotra n'était pas un ange, mais j'étais sûr qu'il était victime d'un acharnement judiciaire, policier et médiatique. Le démontrer permettait de mieux comprendre Justice, Police et Médias, et donc de mieux les combattre. Telle était la position que j'avais adoptée pour faire accepter à mes camarades le fait que, pour une fois, nous allions nous battre pour une cause individuelle, et jusque sur le terrain honni des médias.

Relayée par quelques journaux nationaux et une myriade de feuilles de choux militantes, la Pétition des Anonymes atteignit, la veille du procès, 5 643 signatures, ce qui était beaucoup à une époque où ce genre d'opération demandait au pétitionnaire l'effort de timbrer une lettre et de la poster. Dommage que les avocats de Georges aient décidé, par deux voix sur trois, de ne pas en faire état. Les deux voix contre étaient celles des ténors du barreau Paul Nathan et Raymond Matué, et la voix pour, celle d'Isabelle Fournier.

Les deux cadors se réservant pour l'audience, ma visiteuse d'Amsterdam avait assuré la continuité pratique de la préparation du procès. C'était elle qui avait régulièrement rendu visite à Georges, subi ses accès de mauvaise humeur et ses moments de dépression, elle qui avait assisté à la plupart des actes de l'instruction, hormis les reconstitutions, où se pressaient les journalistes. C'était elle qui avait parcouru les 17 000 pages du dossier et en avait fait la synthèse que ses deux confrères avaient présentée en conférence de presse (elle avait assisté à cette dernière mais n'y avait dit que quelques mots). C'était elle aussi qui assurait la liaison avec les comités de soutien, et bien que réticent à la contacter, vu les termes dans lesquels nous nous étions quittés, j'avais dû m'y résoudre, les deux autres n'étant jamais disponibles pour me recevoir – sauf les fois où j'apportais de la fraîche, ces liasses de la solidarité destinées à couvrir en partie leurs super-honoraires.

En fait, je suis injuste envers Nathan, qui m'avait reçu à ma première demande, mais c'était pour m'expliquer qu'il était trop débordé pour me revoir ensuite régulièrement, et que je devrais travailler avec Isabelle, mais après quoi, il avait pris le temps d'un échange de vues sur la prison et nous étions tombés d'accord sur la nécessité de sa disparition. Comme il me raccompagnait courtoisement jusqu'à la porte du palier, je fus moins impressionné d'apercevoir dans la salle d'attente une comédienne française très cotée, que par le ton tranchant sur lequel il me dit, de sa voix d'acier trempé, combien il détestait les juges et les procureurs. De fait, on m'avait dit qu'il ne copinait jamais avec eux entre deux audiences – contrairement aux autres avocats, qu'on voyait généralement, pendant les suspensions de séance, plaisanter avec des magistrats contre lesquels ils avaient furieusement bataillé deux minutes plus tôt.

J'avais quand même été frappé par le luxe de ses bureaux, tout en bon goût et sobriété, dans un hôtel particulier en face du musée Rodin, de même que m'avaient impressionné les dimensions du cabinet Matué, un immeuble entier du XVIIIe arrondissement, où s'affairaient ses collaborateurs de tous les sexes : dans le bureau de ce défenseur d'une bonne partie de l'extrême gauche française, où nous étions sans cesse interrompus par des coups de fil importants, on avait l'impression d'avoir affaire moins à un avocat qu'au patron d'une PME.

L'immeuble d'Isabelle était certes de bonne facture haussmannienne, et situé à deux pas de Notre-Dame, mais dès le seuil du cabinet qu'elle partageait avec trois autres avocates, on remarquait que l'unique secrétaire-réceptionniste était à l'étroit dans une ancienne cuisine et que la salle d'attente, ménagée dans le hall d'entrée, était peuplée de gens visiblement impécunieux et majoritairement de couleur. Comme plus aucun siège n'y était disponible, la secrétaire me guida jusqu'au bureau d'Isabelle, ouvrit la porte, s'effaça et m'invita à l'y attendre : Maître Fournier était en réunion avec ses consœurs dans le bureau voisin, elle arrivait d'un instant à l'autre.

Je fis quelques pas. Je ne voyais pas où m'asseoir, les trois sièges visiblement destinés aux clients étant occupés par des piles de dossiers. Il y en avait aussi sur le sol, près des cloisons. Aux murs, quelques belles photos en noir et blanc alternaient avec des choses ethniques d'Afrique et d'Orient, et sur un meuble classeur qui occupait tout un côté de la pièce, on voyait, posés sur un plateau à thé marocain, un flacon en forme de Madone rempli d'un liquide caramel, deux bocaux de rhum arrangé avec leurs fruits translucides, deux bouteilles de cognac aux étiquettes en cyrilliques, une autre en forme de femme nue enlacée par un serpent. Il y avait aussi, de part et d'autre du plateau, des pièces de vannerie et des poteries exotiques.

À en juger par les rires et les éclats de voix excitées qui venaient du bureau voisin, la réunion qui retenait Maître Fournier semblait animée. Cinq minutes passèrent, puis dix et la porte s'ouvrit pendant que j'étais en train d'examiner une scène colorée de marché haïtien.

– Tu visites mon musée ? dit dans mon dos Isabelle. Ce sont des cadeaux de clients...

Je me retournai et pendant qu'avec une vivacité fleurant le champagne – à cause d'une cause qu'on croyait perdue mais qu'on avait finalement gagnée, m'expliqua-t-elle un peu plus tard en s'embrouillant un peu – elle me confiait qu'elle ne pouvait quand même pas jeter tous ces cadeaux à la poubelle, mais pas non plus les emporter chez elle, et pendant qu'elle s'excusait de m'avoir fait attendre tout en m'annonçant qu'elle avait peu de temps à m'accorder, et tandis qu'elle débarrassait un siège d'une pile de dossiers en la posant par terre, m'invitait à y prendre place, gagnait son propre fauteuil de l'autre côté du bureau encombré, j'écoutais sa voix, je la regardais bouger. Et je songeai que peut-être, la principale raison pour laquelle je m'étais laissé enrôler par Georges, je l'avais sous les yeux. Car comment expliquer autrement les efforts que j'avais déployés, depuis ma sortie, pour me débarrasser des kilos acquis sous l'effet des amidons et des graisses du régime pennsylvanien à la sauce hollandaise ? N'avais-je pas tout fait pour cesser d'être dodu ?

Ce 4 février 1978, à l'approche du Palais de Justice de Douai, beau bâtiment dont un côté se donnait des airs vénitiens avec portique le long d'un canal, je ne fus pas accueilli par Isabelle mais par Arlette. Cette nerveuse maigrichonne aux grands yeux noirs et aux cernes profonds m'avait contacté sur instructions de Georges. C'était en effet sa compagne des mauvais jours, celle que tout prisonnier en lutte contre son sort se doit d'avoir pour porter sa voix et son combat. Généralement, quand la libération arrive et que les beaux jours reviennent, j'en avais déjà eu la démonstration avec d'autres, le valeureux révolté auquel la toute dévouée a consacré une bonne part de sa vie trouve une autre femme moins stressée, plus sexy et qui ne lui rappelle pas de mauvais souvenirs. On aurait dit qu'Arlette portait par avance le fardeau de cette fin, car il y avait toujours sur son visage, même quand elle annonçait une bonne nouvelle, une très lasse tristesse.

Elle me sourit largement :

– Il y a au moins cinquante journalistes ! m'annonça-t-elle avec un accent de triomphe.

En entrant dans le bâtiment à sa suite, je vis que comme d'habitude avec elle, il fallait diviser les chiffres par deux mais cela faisait quand même beaucoup de perches, de caméras, de flashs et de micros emmitouflés. La file devant la porte de la salle d'audience coupait déjà en deux le hall monumental. Elle était disposée comme à l'ordinaire. En tête, entre deux groupes de gendarmes à calot gardant l'entrée, ses premiers rangs collés contre les vantaux hermétiquement clos, l'inamovible cohorte des habitué.e.s du spectacle judiciaire, retraité.e.s déjà muni.e.s de sandwichs et de solides certitudes sur l'affaire, précédant des proches du dossier, avant les gens du cru venus voir ce qu'ils avaient vu à la télé, et, en queue de la queue, comme toujours, les militants, qui avaient du mal à se lever tôt. Je fis la bise aux amis de *Quetzal* et adressai un signe de tête aux membres des sectes concurrentes.

Une petite porte s'ouvrit sur le côté gauche et un groupe serré de flics en civil surgis de nulle part s'y engouffra, suivi par la foule agitée des journalistes. Puis un greffier en robe apparut qui appela les familles et les témoins. Des gens se détachèrent de la queue. Nous nous sommes avancés, Arlette et moi. Je croisai le regard de Stef, anar d'appellation contrôlée, bien coté sur le marché des réputations castagneuses, qui m'apostropha :

– T'es de la famille, toi ?

Je haussai les épaules :

– Je suis témoin.

Le greffier n'avait pas mon nom sur sa liste. Heureusement, Isabelle surgit dans son dos, lui murmura à l'oreille et il me laissa entrer. J'avais commencé à transpirer mais maintenant que j'étais dans la lumière des iris verts, j'étais sûr que tout allait bien se passer. Comme je venais de publier un roman historique et un recueil d'interviews de permanents de partis politiques, je pouvais me présenter comme un écrivain : pour la première fois de ma vie, à la question “profession ?”, j'aurais quelque chose à répondre, et ce serait “homme de lettres”.

Protocole standardisé prétendant établir une vérité objective sur la personnalité des accusés et la réalité de leurs actes, le procès judiciaire s'ouvre néanmoins sur un rituel qui tient davantage d'une pratique magique : la prestation de serment. Les magistrats, qui le sont devenus en prêtant serment, font prêter serment à de simples citoyens qui deviennent jurés en jurant de juger sans haine et sans crainte. Et in fine, tout en se voulant exemplaire de rationalité, dépassionnée, la justice ne fait reposer sa décision ultime, le verdict, que sur l'“intime conviction”. Les constructions de l'accusation et celles de la défense, les versions contradictoires d'une même histoire, les rapports innombrables et les reconstitutions minutieuses, tout cela recule au profit d'une impression générale. Censée s'être déployée tout au long des investigations d'abord et des audiences ensuite, la Raison s'efface au profit d'une vérité subjective qui n'a de comptes à rendre qu'à elle-même. Rien de tel qu'un procès pour vous convaincre que la vérité est une opinion.

Dans les enceintes où s'énonce la vérité judiciaire, tout le monde feint de discuter comme si accusés et accusateurs étaient à armes égales. Accepté par toutes les parties, ce jeu n'est possible qu'en refoulant du débat la présence lourde et menaçante des forces de l'ordre dans et hors des murs, en refoulant aussi la présence de ces murs mêmes dans lesquels les accusés sont contraints de se trouver. Et moi, comme tout le monde dans cette enceinte, j'allais participer à ça. Et comme tous les témoins, pour pouvoir en être un, j'allais jurer de dire la vérité, rien que la vérité, toute la vérité.

Autour du box où étaient assis Georges Nicotra et Lucien Barnum, d'athlétiques gendarmes du GIGN croisaient les bras, signalant que les accusés avaient déjà fait l'objet d'un pré-jugement : ils étaient dangereux. Sur la table des pièces à conviction, des armes étaient accumulées, dont la plupart des jurés avaient du mal à détacher le regard. Et tout le monde parlait comme si la force brute n'était pas là, comme si l'incarcération n'entamait en rien la capacité des accusés à se défendre, comme si les menottes qu'on leur ôtait à leur entrée dans la salle cessaient réellement de leur serrer les poignets.

Le tirage au sort des jurés donna lieu à son lot de récusations, Maître Fournier n'intervenant qu'une fois pour refuser une pimpante quadragénaire, les deux autres de la défense en rejetant trois. Isabelle m'expliquerait plus tard que la dame récusée, une employée de banque, n'avait cessé de fixer les deux accusés et qu'en conséquence, me dit l'avocate, "elle ne la sentait pas". Elle ignorait sur quel critère les deux autres avaient été refusés par ses confrères, peut-être seulement pour montrer à leurs clients et aux médias qu'ils ne négligeaient aucun détail. Quant à l'avocat général, il s'abstint de toute récusation, manifestant ostensiblement par là sa confiance dans la justice populaire. C'est sur ce genre de hasardeuses manœuvres que repose aussi le règne de la Justice.

Frédéric Stehr, président de la cour d'assises, petit homme gris à la voix monocorde, procéda à l'interrogatoire d'identité. Il s'abstint de tout commentaire quand, à la question "profession", Georges répondit : "Mon métier, c'est de vivre." Comme beaucoup d'autodidactes, Georges avait, parmi ses nombreux défauts, celui d'exhiber les bouts de culture récemment acquis et je lui avais fait lire Pavese. Après la déposition des enquêteurs de personnalité ânonnant des renseignements déjà présents dans le dossier et des appréciations fondées sur des témoignages de voisins, Stehr annonça qu'on écouterait les témoins de moralité en fin de procès. Matué tonitrua pour la forme, mais le président dont le sourire laissait supposer qu'il n'était pas mécontent de ce mauvais tour joué aux vedettes médiatiques qui avaient capté les caméras, eut beau jeu de rappeler qu'il était maître d'organiser l'audience comme il l'entendait. La plupart des VIP soutenant Georges s'en allèrent.

On entra dans le vif du sujet : la reconnaissance des accusés par des témoins qui se trouvaient en divers points d'un quartier pavillonnaire, à proximité de la voiture-relais dans laquelle les braqueurs étaient montés après avoir retiré leurs cagoules. Tous les témoins qui avaient "reconnu" Georges sur photo avaient auparavant donné une description du porteur d'une arme longue auquel ils l'identifiaient. Chacune de ces descriptions différait des autres, et aucune ne correspondait à son physique : certains parlaient d'un "gros", ce qu'il n'était pas, d'autres d'une très haute taille, qu'il n'avait pas, etc. Durant l'interrogatoire de la défense, Maître Nathan démonta ces incohérences et il finit sur un coup d'éclat digne d'un feuilleton américain.

Au dernier témoin, celui qui paraissait le plus solide, il présenta l'agrandissement d'un cliché :

– Vous reconnaissez cet homme ?

– Oui, bien sûr.

– Prenez le temps de le regarder.

Le témoin prit la photo entre ses mains, la considéra un instant et trancha :

– C'est Georges Nicotra.

– Eh bien non, c'est une photo de jeunesse de Laurent Fabius.

Rires sur tous les bancs.

La salle était bondée, au-dehors les gens qui n'avaient pu entrer attendaient et chaque fois qu'une personne du public sortait, les flics à l'entrée laissaient passer quelqu'un d'autre, de sorte que les clans opposés avaient tendance à se mélanger. Je me retrouvai bientôt en bout de banc, ma tête à la hauteur de la braguette d'un musculeux gendarme portant à l'épaule l'écusson du GIGN, qui se tenait debout adossé au mur. Durant la lecture de la déposition d'un témoin du changement de véhicule, comme la greffière abordait le paragraphe décrivant l'homme à l'arme longue, mon regard errant se posa sur mon voisin debout. "Silhouette massive, 1m80 environ, épaules larges, visage poupin, début de calvitie, teint très bronzé..." Ce que j'entendais correspondait tellement à ce que je voyais, que je laissai échapper à mi-voix :

– Ça pourrait être vous !

Le super-gendarme baissa les yeux sur moi et haussa les épaules :

– C'est un choix de carrière, marmonna-t-il.

Après la fin de ce témoignage, Stehr annonça qu'on allait entendre la déposition du docteur Pierre-Fernand Ceccaldi, directeur du laboratoire de police scientifique de Paris, qu'un emploi du temps très chargé rendait indisponible les autres jours. Le défilé des témoins de la scène de changement de véhicule reprendrait ensuite. Le docteur fit son entrée. Il s'exprimait avec l'aisance d'un habitué des prétoires et l'autorité d'un savant. Mais quand il assura qu'un des fusils retrouvés chez Barnum, et à présent posé sur la table devant lui, pouvait tirer le type de munition qui avait été recueilli dans le fourgon, les accusés secouèrent la tête en signe de dénégation, et à leurs côtés, les membres du GIGN qui les encadraient secouèrent à l'unisson. Il me sembla même percevoir un échange de regards entendus entre les deux groupes :

visiblement, les hommes de terrain démentaient les dires de l'expert.

J'en parlai à Isabelle un peu plus tard quand, après le témoignage de Ceccaldi, Stehr mit fin à la séance du matin et annonça qu'on reprendrait à 14 h 30.

– Bien sûr, me dit Isabelle, les gendarmes ont plus en commun avec les voleurs qu'avec les pontes de la police. Et à part les origines sociales – tu ne trouveras pas de fils de bourgeois parmi eux –, les flics qui donnent la chasse aux bandits partagent avec eux la connaissance des armes et des bagnoles, l'amour de la force et même cette identification bizarre qu'ils font tous, entre le courage et les testicules.

– À propos, ai-je dit, tu voudrais bien me faire visiter le passage André Breton ?

En échangeant sur les premières péripéties du procès, nous nous étions éloignés du palais et par une ruelle à peu près déserte, nous avions gagné sans nous consulter un quai de la Scarpe, la rivière locale sur laquelle un soleil pâle mettait des lueurs froides. À ma question, Isabelle s'immobilisa. Ça faisait des mois qu'on se tutoyait, mais j'étais toujours un peu guindé quand je parlais avec elle.

– "À propos ?" À propos de quoi ? De testicules ?

Elle rit. Les reflets de l'eau dansaient dans ses yeux. La robe d'avocat en travers du bras gauche, dans son tailleur seyant à sa cambrure et sa veste savamment ajustée aux épaules par une styliste à peine installée devant le trou des Halles encore béant, Isabelle était d'une intimidante beauté bourgeoise.

Le passage André Breton était comme elle me l'avait décrit, avec ses boutiques aux boiseries florales, la succession de piliers centraux couverts de mosaïques, les automates au regard vide derrière des vitres poussiéreuses, le renard empaillé du taxidermiste, les serpents en bocaux de l'apothicaire. La pénombre y régnait, car tout était fermé.

Isabelle a poussé une porte et m'a pris par la main. Nous avons descendu des marches dans l'obscurité, j'ai entendu le froissement de la jupe qu'elle soulevait, et dans un rayon de lumière je vis ses longues mains qui s'appuyaient au mur.

– Viens.

Je vins.

Plus tard, en ressortant dans la rue, nous nous sommes regardés et nous avons éclaté de rire. Nos visages, nos mains, et nos vêtements au-dessous de la ceinture, étaient noirs de suie.

Puis elle jeta un coup d'œil à sa montre et, redevenant brusquement sérieuse, m'annonça :

– Il faut que je file à l'hôtel pour me débarbouiller avant la reprise de l'audience.

– On se voit ce soir ?

– Ah non, pas possible, répondit Isabelle qui s'éloignait déjà de moi. De toute manière, tu es là jusqu'à la fin, non ?

– Jusqu'à la fin, oui, j'ai murmuré en la regardant disparaître au coin de la rue.

Depuis un mois, j'étais devenu l'un de ses amants et si j'en étais manifestement amoureux, elle ne m'aimait jamais sans adverbe. Bien ou beaucoup.

Je me suis débarbouillé dans l'eau glacée d'une fontaine et, comme j'avais soif, j'ai beaucoup bu. Quand je suis retourné à l'intérieur du Palais de Justice, au milieu de la foule, je me sentais ailleurs, comme après la visite d'Isabelle dans ma prison hollandaise. Quelques bribes de ce que j'avais ressenti un peu plus tôt me revinrent en tête et dans d'autres parties de moi. Des iris dorés crépitèrent dans mon cœur mais une vive envie de pisser coupa court aux effusions lyriques.

Un mouvement aux portes de la salle annonça que la séance reprenait. L'urgence physique primait, je me précipitai au sous-sol, où je poussai un soupir de soulagement anticipé : les pissotières de la Justice étaient vides. Mais j'avais à peine lâché les premières gouttes qu'un homme vint se placer dans l'urinoir voisin, ce qui me bloqua instantanément. Ça m'a toujours fait cet effet-là et inutile de gloser sur mes tendances homosexuelles refoulées, elles ne sont pas du tout refoulées. Dans ma jeunesse, il n'était point rare qu'un mâle suçât des bites sans en faire toute une histoire, ni prétendre y ancrer une identité politique ou culturelle. Mais je ne vais pas vous infliger encore le refrain sur les années 70 qui étaient mieux que maintenant, même si c'est vrai, car une mauvaise surprise m'attend. Mes yeux, sans rien me demander, dérivent vers mon voisin, je vois son profil et la trouille me bloque définitivement. Tandis que je rengaine, l'autre, qui sent que je le regarde, me regarde à son tour, et oui, c'est bien lui.

Ange Luciani, dit Ange le Bastiais. Lors du braquage d'Orgon, son regard gris m'avait scruté comme si, sous la cagoule, il avait pu voir mes traits. "À bientôt", m'avait-il lancé tandis qu'avec mon fusil à canon scié, j'imitais un essuie-glace.

Le voilà qui plisse le front :

– On se connaît, non ?

Silence.

Lui : regard dur.

Moi : tentative d'expression d'un étonnement profond. Raclement de gorge.

– Euh, non, je dis enfin en refermant ma braguette.

– Mais si, je vous connais…

Je me lave les mains pendant que, pissant toujours avec un grand bruit qui résonne douloureusement dans ma vessie bloquée, il continue de me fixer.

Tout à coup, son visage s'éclaire.

– Ça y est, je sais où je vous ai vu !

– Ah, je fais en me déplaçant lentement vers la porte, excusez-moi, mais…

– Au parloir ! Vous êtes un ami de Georges ! Moi aussi ! J'étais sur la chaise d'à côté et après, il m'a parlé de vous.

Tout sourire, il me tend la main et bien qu'il ne se la soit pas lavée, je la serre avec enthousiasme.

Beaumont du Lac, l'avocat général, avait l'air de s'ennuyer profondément sauf quand il se levait pour tenter de marquer des points contre la défense, qui le contrait la plupart du temps. Mais au moment des témoins de moralité, il prit sa revanche sur le coup d'éclat de Nathan avec la photo de Fabius. Leur défilé fut ouvert par la déposition d'un écrivain gaulliste de gauche, engagé dans le soutien aux immigrés, aux prisonniers et à toutes sortes de bonnes causes. Il traça un portrait touchant de Georges, son père antifasciste internationaliste mort pour la France, l'enfance miséreuse de l'orphelin à Nanterre, avec une mère secrétaire d'une entreprise de bâtiments, les amitiés dans le bidonville voisin, les sympathies anticolonialistes… et il exprima avec force sa conviction que son ami Georges Nicotra, au fond, n'était pas un violent, que toute la violence était du côté de la société et qu'il était donc absolument impossible qu'il fût l'homme qui avait braqué des convoyeurs de fonds et blessé l'un d'eux.

Cette déposition terminée, le président demanda à la défense si elle avait des questions à poser au témoin et les avocats déclinèrent. Les parties civiles firent de même. Son tour venu, Beaumont du Lac descendit de son estrade en remontant les manches de sa toge. Tout en gardant les yeux sur la feuille qu'il tenait devant lui, il s'adressa à l'homme de lettres :

– Monsieur, personne ici ne doute de votre sincérité et des nobles sentiments qui motivent vos prises de position. Vous dites que Georges Nicotra n'est pas un violent. Vous pensez donc qu'il ne serait pas du genre à se conduire comme une brute, par exemple en frappant une femme sans défense, en cassant une incisive à un monsieur de soixante-dix ans et en enfermant un enfant dans une cave ?

Les mains du gaulliste serrèrent plus fort la barre et d'une voix haute et claire, il proclama :

– Il ne commettrait jamais de telles vilénies. Je l'en sais incapable.

– C'est pourtant ainsi qu'il a inauguré sa carrière criminelle, au cours de deux attaques de PMU, et il l'a reconnu ! s'écria l'avocat en se tournant vers les jurés et, sans les quitter des yeux, il s'approcha du bureau du président. Voici l'extrait de procédure qui en atteste, conclut-il en y posant la feuille.

Tumulte dans la salle.

Quand vint mon tour, je parlai, comme convenu avec mon avocate préférée, à l'intention exclusive des jurés, au point qu'au milieu de ma déposition, le président me rappela que c'était à lui que je devais m'adresser. De son côté, le procureur m'interrompit plusieurs fois, ainsi que les avocats de la partie civile. Mais j'avais pris un quart de Lexomil et surtout Isabelle posait sur moi un regard approbateur, et il me sembla même, à un moment, voir dans ses yeux quelque chose comme de l'amour. Plus tard, elle démentit vivement ce dernier point sans me convaincre tout à fait. Mais le résultat de cette illusion, ou de cette réalité, fut que je réussis à exposer sans balbutier les raisons pour lesquelles nous, pétitionnaires sans qualités, simples citoyens, considérions Georges comme un coupable idéal fabriqué par une coalition de pouvoirs : policiers, judiciaires, médiatiques, politiques.

Au fur et à mesure que le procès avançait, on voyait la situation des accusés diverger nettement. Il faut dire que la ligne de défense adoptée par Barnum, tout nier en bloc, ne l'aidait pas. À la différence de Georges, il y avait contre lui des pièces à conviction : ces armes posées sur la table aux yeux de tous, et deux cagoules. Il soutenait avoir découvert en même temps que les gendarmes venus l'arrêter la présence d'un arsenal dans la cabane au fond de son jardin à l'abandon. Mais les cagoules ? lui demanda le président. Elles étaient bien posées par terre dans sa chambre, à côté d'un tas de vêtements ?

Barnum gratta sa tignasse noire de sa main gauche et passa le dos de la droite sur son front moite :

– C'était pour dormir la nuit, assura-t-il, le chauffage de ma maison est cassé depuis longtemps. Vous pouvez vérifier.

Le président fronça le sourcil et, d'une voix neutre, objecta :

– Mais on était en août ?

Barnum reposa ses grosses mains sur le rebord du box, hésita et se décida à les croiser sur sa poitrine, comme pour une prière :

– Je suis frileux, monsieur le président.

Rires dans la salle. Regards atterrés échangés entre militants.

Au long des audiences, le portrait d'un Georges Nicotra, possible victime d'un acharnement judiciaire en raison de son combat contre la "guillotine sèche" des Quartiers de Haute Sécurité, s'opposait de plus à plus à celui d'un Lucien Barnum, roublard fils du Quart-Monde, voleur de poules passé au grand banditisme. Telle était la vérité que la Justice semblait sur le point d'établir au terme de ce processus de négociations si particulier qu'on appelle un procès.

Au fil des jours, une sorte de communauté d'habitués se forma durant les interruptions de séances. Les différents clans et groupes se mélangeaient, on faisait des connaissances. Au nombre des celles-ci, il y eut, en ce qui me concerne, les femmes de Georges. Je fus d'abord étonné quand une Bernadette, trentenaire très maquillée et très décolletée, me confia qu'elle était la future épouse de Nicotra, celle avec qui il projetait d'avoir des enfants. Je ne l'avais jamais vue aux réunions du Comité de défense et Georges ne m'avait jamais parlé d'elle. Mais elle avait l'air si sûre d'elle que je ne mis pas en doute ses propos. Puis Michèle, historienne et professeur d'université, se présenta à moi. Avec Georges, c'était une relation très spéciale, m'avoua-t-elle, une grande complicité intellectuelle qui s'était érotisée lors de leurs entrevues au parloir. Et qui s'était concrétisée lorsqu'ils avaient obtenu la faveur d'un parloir sans séparation. Je me demandai ce que voulait dire "concrétisé" mais pas longtemps, puisqu'elle ajouta qu'elle espérait être enceinte. Puis il y eut Chantal, militante anarchiste à la chevelure pré-raphaélite qui rougit en me confiant qu'entre Georges et elle, c'était maintenant une sorte de camaraderie amoureuse. Je commençais à comprendre pourquoi il avait été difficile de trouver des heures de parloir où il était disponible.

Je tentai avec précaution d'évoquer auprès d'Arlette l'existence de diverses Michèle, Chantal et autres Bernadette, mais le visage sombre devint encore plus sombre, elle haussa les épaules et se contenta d'affirmer : "il joue", sur le même ton sans réplique qu'elle utilisait pour me donner des informations sur le dossier qui, une fois sur deux, s'avéraient fausses.

Ange Luciani, le Corse au regard gris, semblait s'être pris d'une affection pour moi et tenait à m'expliquer comment on "montait au braco" et que celui de Sin-le-Noble ne portait pas la marque de vrais pros. Tandis que nous arpentions côte à côte le hall du Palais de Justice et qu'il me parlait avec l'accent de son île en se saisissant parfois l'entrejambe pour remonter ses génitoires dans un mouvement emphatique soulignant l'exceptionnelle lourdeur du paquet, j'essayais de tenir en lisière ma paranoïa, de repousser l'idée qu'il m'avait reconnu, qu'il jouait au chat et à la souris et que tôt ou tard, j'allais payer d'avoir cru que je pouvais être, moi aussi, un braqueur.

Je copinai aussi avec deux géants, Gégé et Karl. Gégé le Marseillais, dont je n'ai appris que sur le tard le patronyme, calculait que Georges prendrait dix ans, qu'il en avait déjà fait trois et qu'après, avec les réductions de peine, il en ferait encore trois au maximum et, conclut-il "trois ans, ça se fait sur une couille" : lui, il venait d'en tirer dix-sept. Karl Heinfeld, roux et doux, m'expliqua que, malgré son physique impressionnant, il avait depuis longtemps compris que la force ne servait à rien, que les arnaques, ça rapportait plus et ça coûtait moins cher quand on se faisait choper. Il avait l'air de considérer le fait de se faire choper comme une étape inévitable d'un bon plan de carrière.

Dans l'ensemble, je dois dire que, entre les militants et les truands, même s'il y avait parmi les premiers beaucoup de gens que j'estimais, c'est quand même avec les seconds que je m'amusais le plus. Et il ne s'agit pas, ou pas seulement, du plaisir de découvrir des façons différentes d'être et de parler. J'avais déjà eu l'occasion d'en fréquenter, des voyous, et ils n'avaient plus grand-chose d'exotique à mes yeux, mais tous, et à Douai aussi, avaient une manière d'exister dans l'instant, d'y mettre une intensité, une sorte de gaieté amère, qui rendait moins pénible le métier de vivre.

(Bah oui, nous, dont un des slogans favoris était "ne travaillez jamais", on trouvait que c'était un gros boulot, de vivre dans le monde tel qu'il est. On ne comprend rien à ce qui a pu nous animer, à ce qui anime encore un certain nombre d'entre nous, si l'on ignore cette conviction que nous avions chevillée au corps : la vraie vie est ailleurs. Ce qu'il y avait en nous de plus "authentique" (pour utiliser un terme qui plaît tant à Olga), c'était la nostalgie, le regret d'un pays natal que nous n'avions jamais connu, ce monde débarrassé de l'exploitation que des millions d'humains dans l'histoire ont tant de fois tenté de conquérir. Nous avions la nostalgie du non-advenu et du encore à venir, la nostalgie du futur. Et maintenant, revenons à la réalité, c'est-à-dire au polar.)

De l'avis des journalistes spécialisés, le réquisitoire de l'avocat général fut médiocre, il s'acharna sur Georges en invoquant la nécessité de défendre la société contre des criminels endurcis habiles à manipuler des intellectuels aveuglés par leurs partis pris idéologiques et des belles âmes ignorant la nécessité de se lever tôt pour travailler dur. Puis l'avocat de Barnum plaida, c'était du bon boulot : il fit notamment remarquer que les cagoules étaient peut-être là pour servir à quelque acte répréhensible mais que rien ne prouvait qu'elles avaient servi au braquage de Sin-le-Noble. Quant aux armes, peut-être avaient-elles servi pour le braquage, et peut-être pas. Bref, conclut-il, on ne présentait aucun indice probant, le butin restait introuvable, alors qui nous disait que le braquage avait réellement eu lieu ?

Sur leurs bancs, les convoyeurs grondèrent mais le président, d'un geste las, les calma.

Puis Nathan parla. Sa voix de basse qui portait loin sans effort, son ton implacable et froid, mettaient en valeur un discours splendidement structuré, qui aurait pu être couché tel quel sur le papier. Nathan allait très au-delà d'une plaidoirie : son verbe donnait cette sensation d'immédiate évidence que procure Mozart, ou la littérature à son meilleur. Quand il eut terminé, un silence régna, dans lequel j'entendis le journaliste qui était assis à côté de moi pouffer :

– Il a raflé tous les arguments, Matué ne peut plus que répéter.

Le président annonça une suspension et de fait, je croisai l'autre avocat de Georges qui me confia qu'il était tenté de renoncer à plaider puisque son très talentueux confrère avait déjà tout dit. Après quoi, évidemment, il plaida. À sa manière. Dans un fasseyement de manche et des grondements tempétueux de voix, avec des tonnerres et des éclairs et de soudaines bonaces pendant lesquelles il murmurait sa certitude que mesdames et messieurs les jurés, vous ne pourrez que conclure à l'innocence de Georges Nicotra.

Ensuite, le président demanda aux accusés s'ils avaient une dernière déclaration à faire.

Barnum se contenta de dire qu'il faisait confiance à la justice de son pays. Georges déclara qu'il avait fait beaucoup d'erreurs dans sa vie mais qu'il les avait toujours reconnues quand il lui avait fallu payer sa dette à la société, et que cette fois, il était innocent. Et, pour conclure, il demanda aux jurés d'essayer d'imaginer ce qu'on ressent quand on est enfermé pour un crime qu'on n'a pas commis.

Le 11 février 1978, après un délibéré de quatre heures, la cour d'assises de Douai prononçait l'acquittement de Georges Nicotra et, déclarant Lucien Barnum coupable du braquage de Sin-le-Noble, le condamnait à vingt ans de réclusion criminelle. Au moment du prononcé du verdict, je ne regardais que Barnum et je le vis accuser le coup. Je me dis qu'il était le dindon de la farce judiciaire à laquelle j'avais participé. Les soutiens de Nicotra manifestèrent bruyamment leur joie et le président fit évacuer la salle.

Dans la cohue du hall, une attachée de presse de la maison d'édition de Georges remarqua que j'avais les larmes aux yeux et elle comprit que ce n'était pas de joie. À son regard interloqué, je répondis en articulant : "Barnum." Elle leva les yeux au ciel et me lança :

– T'avais qu'à faire un comité de défense pour lui, si tu aimes les gangsters !

L'entreprise eût été d'une utilité incertaine puisque, on le sait pourvu qu'on suive un peu ces affaires, les soins médicaux étant ce qu'ils sont en prison, Barnum est mort six mois plus tard d'une insuffisance hépatique aiguë.

Une heure après son acquittement, au milieu d'une foule d'amis célèbres, de soutiens anonymes et de journalistes, Georges quittait la maison d'arrêt de Douai, où il avait été incarcéré pour la durée du procès. J'ai suivi la scène depuis un bar-tabac-PMU, où j'étais allé me rencogner, à bonne distance du Palais de Justice, avec l'envie soudaine d'être à l'écart de toute cette histoire. J'avais descendu trois demis de bière brune agrémentés chaque fois d'un petit genièvre, ce qui rendait mon attention d'autant plus flottante que le bar était bruyant et qu'alentour, il s'en passait de belles. Au comptoir où j'étais accoudé, à deux buveurs de moi, des dames pompettes s'engueulaient à propos de coucheries et au fond de la salle, en bout de tablée, un joyeux drille chantait "Chez Gégène" en tordant la bouche. Il est donc déjà assez miraculeux que j'aie entendu distinctement la première déclaration en liberté de Georges Nicotra. Tout le reste, ses réponses aux nombreuses questions qui ont suivi, le départ en trombe dans la voiture de sport conduite par Karl, les interviews d'écrivains et de chanteurs à texte, tout cela s'est dissous dans la quatrième Noire de Slack.

Après la sixième, je me suis mis en route pour l'hôtel. Je savais que ce soir-là, Isabelle avait prévu de voir un type très sympathique, politiquement irréprochable et fort amoureux d'elle. Son seul défaut: ce n'était pas moi. À la réception, on m'apprit que Maître Fournier était repartie pour Paris avec "son ami". J'ai retraversé la rue pour aller acheter une bouteille de whisky chez l'Arabe d'en face et je suis monté dans ma chambre. Vers 23 heures, un tambourinement à la porte m'a tiré du néant. Je me suis redressé, ma tête tournait en orbite autour du soleil noir de la mélancolie.

J'ouvris. Sur le seuil, Georges m'a lancé :

– Et alors, qu'est-ce que tu fous ? Hein ? T'es pas content ? On a gagné ! Oooon aaa gagné ! Pourquoi t'es pas venu m'attendre avec les autres ? T'as une de ces gueules !

Il jeta un coup d'œil dans la chambre derrière moi et toisa ma tenue froissée :

– T'es tout seul ? Ton avocate t'a encore fait cocu ?

J'avais eu la mauvaise idée, un jour de confidences, d'essayer de lui expliquer la doctrine de l'amour libre et il l'avait juste commentée en ces termes : "Cocu et content, quoi !" Il sentit qu'il avait touché juste et me posa sa pogne sur l'épaule :

– Laisse béton, une de perdue, dix de retrouvées, viens avec moi, frérot !

– Avec toi ? Où ça ?

– On va tous à Honfleur !

– Écoute, je me sens pas bien.

– Allez, viens, ma couille ! J'ai largué tous ces intellos et ces militants chiants, on va s'amuser entre vieux potes !

Il était surexcité. Être intégré dans la catégorie des vieux potes me faisait plaisir, malgré la migraine et l'envie de vomir. Bref, je me suis laissé embarquer dans le convoi : j'ai pris place à l'arrière de la voiture de Gégé, à côté d'une jolie fille timide qu'il m'a présentée comme sa cousine. Dans la nuit, nous avons occupé l'arrière-salle d'une brasserie où des amis de mon vieux pote avaient des accointances, et j'ai appris ce qu'ils entendaient par "s'amuser". Cela consistait principalement en libations assorties de blagues obscènes où, chez ces gens qui surjouaient la virilité, l'homosexualité était obsessionnellement présente. Parmi les plaisanteries qui fusèrent ce soir-là, l'une des plus fines et des plus appréciées fut : "Moi, je suce, mais je suis pas pédé, j'avale pas !"

À 8 heures du matin, un autre tambourinement à la porte m'a tiré d'un autre trou noir, je me suis assis en me demandant où j'étais, la lumière du jour qui se déversait dans une chambre inconnue m'a brûlé les yeux. Puis j'ai remonté le drap pour cacher la nudité de la jolie cousine à Gégé, je me suis mis à la verticale, j'ai enfilé un pantalon. Sur le seuil, c'était à nouveau Georges, l'air sérieux, tout à fait réveillé et concentré :

– Tu viens faire un tour avec moi ?

– Un tour ? Où ça ?

– Tu verras. Je veux te montrer un truc.

Je l'ai dévisagé, j'avais envie de l'envoyer promener mais il a ajouté :

– J'ai besoin de toi.

Une demi-heure plus tard, nous n'avions pas échangé trois paroles quand soudain il me communiqua que la voiture qu'il conduisait mettait moins de 9 secondes pour passer de l'arrêt à une vitesse de 100 kilomètres/heure, avant d'en faire la démonstration. Nous étions sur une petite route de la campagne normande tout en virages, c'était censé être impressionnant mais j'étais trop abruti pour être impressionné et, aux tours et détours qu'il fit, je compris vite qu'il vérifiait que nous n'étions pas suivis. Mais les excès alcoolisés de la veille s'ajoutant à ceux de la nuit, quand nous nous sommes enfin arrêtés sur un chemin forestier, j'ai ouvert la portière et j'ai vomi ma bile.

– Putain, j'ai dit, j'en ai marre de toi, de tes copains et de tes conneries.

Il a rigolé :

– T'as encore rien vu.

Il est passé à l'arrière de la voiture, en a tiré deux pelles et deux pioches, et, prenant soudain une expression glaciale, m'a fixé droit dans les yeux :

– Je suis sympa, je vais te donner un coup de main pour creuser ta tombe.

J'étais assis sur le siège du passager, pieds dans l'herbe, gardant écartées mes jambes entre lesquelles j'avais dégueulé. J'ai soutenu son regard puis j'ai ri :

– Tu m'as fait peur, j'ai cru que tu voulais me faire disparaître pour que je ne révèle pas au monde que ta déclaration à la sortie de prison, tu l'as piquée dans un de mes articles.

– Bah alors, a-t-il répondu en s'approchant de moi, je croyais que les idées étaient à tout le monde ? C'est pas toi qui l'as écrit ?

Avec la rapidité que je lui connaissais désormais, il avait repris une expression amicale. Il me tendit une pelle et une pioche.

– Allez, debout, on y va.

Machinalement, j'ai saisi les outils.

– On y va, où ?

– Tu vas voir.

Et il s'est mis en marche, ne doutant pas que je le suivrais.

Nous sommes arrivés dans une clairière, il a regardé à droite, à gauche, a fait quelques pas, s'est arrêté. Quelques pas encore, et il a dit :

– C'est là.

Je l'ai regardé piocher quelques minutes puis, comme il faisait froid, j'ai eu envie de bouger et je m'y suis mis aussi. À un moment, du métal a heurté du métal, on a pelleté et, au prix d'une bonne suée, on a fini par sortir une cantine verte qu'on a hissée pour la poser dans l'herbe. Elle était fermée par un cadenas à combinaison. Il l'a ouvert, a soulevé le couvercle. À l'intérieur étaient alignées des choses dont je mis un moment à comprendre qu'il s'agissait de gros bocaux entièrement recouverts de plusieurs couches d'épais ruban adhésif marron. Georges a sorti de sa poche un couteau à cran d'arrêt et a commencé à découper le plastique. Il lui a fallu quelques minutes pour ouvrir un premier bocal et en sortir un paquet enveloppé de cellophane puis, une fois celui-ci arraché, apparut un rouleau grisâtre.

– Merde, ils sont pourris ! s'est écrié Georges.

C'était des Pascal, des billets de 500 francs rongés par l'humidité, qui s'effritaient sous les doigts. Dans cette seule liasse, il y en avait – il y en avait eu, plutôt, pour plusieurs dizaines de milliers de francs. Georges a ouvert un autre bocal, puis un autre et a fini par trouver des billets intacts.

Il ne disait plus rien et travaillait sans me regarder. J'arpentais la clairière en me demandant quand tout ça allait finir.

J'avais juste envie de m'allonger quelque part.

À un moment, il a tiré de la cantine un grand sac, a ouvert une fermeture à glissière et a sorti une sorte de fusil. Il m'a fait signe d'approcher. En caressant l'arme, qui me parut énorme, il souriait de nouveau.

– Il a bien tenu le coup, c'est du rustique, le Barrett M79, ça balance du calibre .50. Tu arrêtes un fourgon blindé avec ça. Et si tu tires sur quelqu'un, poursuivit-il en adoptant un ton docte, l'avantage, c'est l'effet de choc : le mec ciblé est instantanément paralysé, il peut pas répliquer par pur réflexe comme ce serait le cas avec un calibre inférieur.

– Ah, fis-je, ah oui, c'est bien.

Il a levé les yeux sur moi, m'a souri.

– Allez, on va tout remballer. On va aller se mettre au sec avec la cantine, et on va évaluer les dégâts.

On ?

La malle

Toutes les femmes que j'ai aimées, je les aime encore. Seulement, et il a fallu quelques décennies pour que je l'admette, aimer et vivre ensemble, ce n'est pas la même chose.

Quand j'ai eu expliqué à Isabelle que j'avais rencontré une autre femme, Sonia, que je l'aimais mais que ce n'est pas pour cela que mon amour pour elle, Isabelle, s'était évaporé, mon avocate chérie a rétorqué par un très prévisible :

– Encore tes discours idéologiques à la con.

Il faut dire qu'elle, Isabelle, s'était lassée de sa collection d'amants et qu'elle m'avait expliqué deux mois plus tôt qu'elle avait besoin, suivant le vocabulaire misérable de notre temps, d'une "relation stable", et que, pour ça, c'était sur moi qu'elle comptait.

– Tu veux dire qu'on doit se mettre en ménage ? avais-je demandé avec ma finesse psychologique ordinaire.

Elle avait haussé les épaules :

– Je veux dire que tes petites coucheries à droite et à gauche, les Prune, Mirabelle, Clémentine et autres cousines à Gégé, j'en ai rien à cirer tant que tu mets une capote. Mais je n'ai pas envie qu'elles prennent de la place. Je veux que tu sois entièrement disponible pour moi, comme je le serai pour toi, c'est clair ? Et je veux qu'on ait des enfants.

– À tes ordres.

C'est pourquoi, lorsque, à peine deux mois plus tard, je lui ai servi mon petit couplet sur Sonia et l'amour toujours, elle a pris ça pour la réponse du berger à la bergère et décidé que nous ne garderions pas de petits cochons ensemble.

– Ciao, a-t-elle conclu.

Elle ne s'en rendait pas compte, mais l'emploi de l'italien pour me signifier que je l'avais perdue tombait pile pour me rappeler ce que je gagnais.

Quand j'ai rencontré Sonia pour la première fois, j'avais la tête ailleurs. Un peu plus tôt, j'étais allé faire un tour rue Rébeval, pour vérifier que tout était en ordre dans ce que j'appelais la remise. Je louais cette cabane de brique et de bois au fond d'une arrière-cour à un vieux bottier arménien, ancien du réseau Curiel de soutien aux luttes du Tiers-Monde, je lui payais en liquide le très modeste loyer et il mettait un point d'honneur à ne pas m'interroger sur ce que j'entreposais là. Je ne m'y rendais qu'après avoir pris le métro et sauté du wagon à la dernière minute, et répété la manœuvre plusieurs fois, avant de prendre à contre-sens des rues à sens unique pour entrer dans des immeubles et en ressortir par une autre porte dans une autre rue, toutes ces mesures de contre-filature que la possession d'un portable et l'omniprésence des caméras rend aujourd'hui parfaitement inopérantes. Cela prenait du temps et comme j'avais commencé à dire adieu aux sources de revenu inavouables, j'allais de moins en moins souvent à la remise. Ça faisait six mois que je n'y avais plus mis les pieds.

Dans la lueur blafarde d'une lampe de camping (pour éviter qu'il y eût un compteur à relever, j'avais demandé au bottier de résilier le contrat EDF du local), j'avais constaté que les piles de papiers spéciaux reproduisant les filigranes de la République française (et de quelques autres États) étaient couvertes d'une épaisse couche de poussière, ainsi que les vieux chéquiers déclarés perdus avec leur réserve de talons à substituer après chaque usage. Contenus dans une anonyme boîte en bois, les fiches d'état-civil, cachets officiels, cartes grises, passeports et cartes d'identité, braqués dans une mairie, qu'un ami m'avait confiés, n'avaient pas bougé : son butin attendrait sagement sa sortie de prison.

Je bougeai la lampe et constatai qu'il en était de même pour mes cartons d'archives, lesquelles ne témoignaient pas toutes d'activités réprimées par la loi (il y avait aussi de la documentation pour des projets de roman abandonnés à la critique rongeuse des souris, et des souvenirs photographiques personnels d'une activité érotique banalement obsessionnelle).

En fin d'inspection, j'ai baissé la lampe pour examiner la cantine de Georges, et j'ai aussitôt eu une suée. Il me sembla qu'elle avait été déplacée.

Me promettant une fois de plus de trouver un autre code que ma date de naissance, je composai le 060151 sur le cadenas à combinaison et soulevai le couvercle. À l'intérieur, tout me sembla en ordre. Les bocaux remplis de billet pourris n'avaient pas bougé.

Après notre excursion en forêt, Georges avait pris à Honfleur une route en bord de mer, puis un chemin de sable et il s'était garé pile sous un panneau derrière lequel une plage très plate nous séparait de la mer très loin. Sur le tableau de bord, l'horloge indiquait 10 h 15, le ciel était gris, la lumière perle. Georges me montra en rigolant la pancarte devant laquelle il avait coupé le contact : "Plage du Butin."

– Très drôle, ai-je dit, lugubre.

Il a balancé un coup de paume contre le volant. Son front s'est plissé et sa bouche gonflée dans un soupir d'exaspération :

– Putain, t'es chiant, a-t-il lâché. Chiant, chiant...

Il a ouvert la portière et s'est tourné vers moi pour conclure :

– Chiant comme un militant, en fait.

Puis il est sorti, est passé à l'arrière, a ouvert le coffre, a commencé à y trafiquer. Je suis sorti à mon tour et j'ai marché vers la mer. Mais elle était vraiment trop loin, et le sol trop mou. Je me suis immobilisé, les pieds dans une humidité hostile, et je suis resté un moment à contempler les plis grisâtres de l'immensité marine mourant au ras du sol, l'agitation ailée sur le sable et les dérives giratoires des mouettes dans les courants d'air que l'océan sortait de sa Manche. J'ai pensé à Isabelle qui devait se réveiller en ce moment avec son mec sympa. Elle aimait particulièrement l'amour le matin.

Et puis je suis revenu.

Georges m'attendait près de la voiture, bras croisés. Il m'a souri :

– Ça va pas, mon poteau ? T'as le blues ?

J'ai haussé les épaules et sur chacune il a posé une pogne, il m'a semblé qu'au passage une main m'avait caressé une joue, j'ai cru qu'il allait m'embrasser. Sa sollicitude me touchait beaucoup mais je ne me sentais aucune inclinaison sexuelle à son endroit. Heureusement, il m'a ramené sur Terre :

– J'ai un service à te demander.

Il me montra un sac à l'arrière de la voiture.

– J'ai pris tous les bocaux de billets intacts, y en avait six, j'ai laissé les vingt-quatre restants dans la cantine. Tu pourrais me la garder, le temps que je trouve quelqu'un qui puisse sauver au moins une partie des billets abîmés ?

J'ai soutenu son regard quelques secondes. L'instant était décisif. Je savais qu'il m'avait manipulé et je savais qu'il le savait. Si je refusais, je m'épargnais tout danger et prendrais aux yeux de la loi le rôle de l'intello sincère qui avait cru à l'innocence de Georges Nicotra. Si j'acceptais de devenir son complice et de lui rendre service, je devenais en quelque sorte l'égal de ce type qui avait réussi de nombreux braquages, lancé un débat public sur les QHS et tutoyait des gens célèbres. Pour être tout à fait honnête, je ne saurais dire laquelle de ces qualités pesa le plus. Toujours est-il que je me suis détourné, j'ai dit "d'accord" et j'ai regagné ma place dans la voiture, la place du mort.

En refermant la porte de la remise, je me suis dit que ça faisait plus de six mois que je n'avais pas vu Georges et qu'il fallait vraiment que je l'appelle pour lui demander quand il viendrait enfin reprendre sa cantine et ses billets pourris.

De retour dans la rue, j'ai fait quelques pas et je suis tombé nez à nez avec Ange Luciani.

– Oh, Antonin ! Comment ça va ?

J'ai contenu l'envie de courir. D'un coup, mes paumes ont été si moites que j'ai dû m'essuyer furtivement sur mon pantalon avant de lui serrer la main.

On a échangé quelques insignifiances, il m'a proposé d'aller boire un verre et je lui ai dit la vérité en croyant mentir : j'avais rendez-vous avec une fille. Il a souri :

– Allez, bonne bourre et à la prochaine !

Il a fait mine de s'éloigner mais s'est retourné au bout de quelques pas, m'a rappelé. Je suis revenu vers lui.

– Je t'ai pas demandé, tu as des nouvelles de Georges ?

J'ai fait un gros effort pour rester calme. En me posant la question, il m'avait comme soupesé. J'ai secoué la tête.

– Ça fait six mois qu'on s'est pas vus.

– Moi, pareil. Si tu le vois, tu peux lui dire de m'appeler ?

J'ai acquiescé. J'ai amorcé un demi-tour mais j'ai senti des doigts se refermer sur mon avant-bras. Des doigts, bon, disons plutôt des putains de serres.

– Tu oublies pas, surtout. OK ?

– OK.

Il m'a lâché.

Voilà pourquoi j'étais distrait ce jour où j'ai rencontré Sonia. Elle était assise à côté de Francis, un camarade de dix ans plus jeune que moi, avec qui j'avais rendez-vous pour discuter du projet d'une nouvelle revue que nous voulions très ouverte à la diversité des opinions. Pour donner une idée de l'effort de tolérance extrême que nous étions prêts à accomplir, mentionnons seulement que nous envisagions même d'y accepter les écrits d'adhérents à la Fédération anarchiste.

La présence d'Ange Luciani sur un trottoir à quelques mètres de ma remise était-elle pure coïncidence ? Est-ce qu'il me surveillait ? Et si oui, pourquoi ? À cause du braquage d'Orgon ? Dans ce cas, avait-il des doutes ou bien des certitudes, quant à ma participation ? Est-ce qu'il voulait récupérer son pognon et me punir ? Mais s'il avait eu ne fût-ce que des doutes, j'aurais sans doute fini dans une cave pour une soirée bricolage avec perceuse et lampe à souder, non ? Et si ça n'avait rien à voir avec Orgon, pourquoi, alors ? Est-ce que ça avait un rapport avec Georges ? Avec les bocaux ?

– Tu ne crois pas ? m'a dit Francis.

Il avait la sale manie de vérifier toutes les deux phrases qu'on était d'accord avec lui, avec un regard insistant de petit garçon quêtant l'approbation parentale. Je n'avais aucune idée de ce dont il venait de me parler mais je répondis :

– Oui, bien sûr.

– Ah, fit-il à l'adresse de cette Sonia qu'il venait de me présenter comme une amie d'amie retrouvée par hasard au bistrot. Tu vois, Antonin est d'accord avec moi, ton origine, tu ne peux pas y être indifférente.

Avant de répondre, l'interpellée a pris le temps de boire une gorgée de cette très rare boisson exotique servie dans quelques bars sud-américains de Paris, dont celui où nous étions, rue de Tourtille : le mojito.

– Qu'Antonin soit d'accord avec toi ou pas, c'est comme ça, mon origine, je m'en tape, a-t-elle assuré avec un magnifique sourire à mon adresse.

– Mais enfin, a insisté Francis, quelqu'un comme toi... qui, heu...

Il se troublait, elle compléta :

– Qui a une tête de négresse, c'est ça que tu veux dire ?

Je rigolai. Elle exagérait. Certes, sa peau suggérait l'existence d'ancêtres nés quelque part entre le fleuve Congo et le lac Tanganyika, mais c'était d'autres latitudes qu'évoquaient la clarté verte de ses yeux d'Irlandaise et son nez de Simonetta Vespucci, si fin que les narines en palpitant semblaient transparentes. Elle ramena derrière l'oreille une pointe de sa somptueuse blondeur vénitienne venue lui chatouiller la joue.

– Ma grand-mère maternelle était napolitaine, précisa-t-elle. Elle a couché avec un soldat noir américain, un *marochino*, comme on dit là-bas, mais moi je suis née à Rome, j'ai grandi en Picardie, qu'est-ce que t'en dis ? Je m'en fous, des racines, je ne suis pas une plante.

"Mais si, une très belle plante", aurais-je volontiers objecté, si l'accumulation de déboires avec la gent féminine n'avait pas fini par me doter d'un minimum de retenue, au lieu de quoi, je proférai cette forte pensée : "Ça se défend."

Francis prit un air malheureux. De son patronyme, Agopiano, et de quelques bribes de l'histoire familiale qui lui étaient parvenues, il avait cru pouvoir déduire que le nom de ses ancêtres s'écrivait à l'origine sans le "o" final et qu'il était donc descendant d'Arméniens émigrés en Italie, une branche s'étant ensuite retrouvée à Aubervilliers, d'où il venait. Il tenait beaucoup à ces déductions sur ses origines, comme si d'appartenir à un peuple qui avait subi un génocide lui donnait un supplément d'âme. Des années plus tard, il serait un des premiers Français à recourir aux tests ADN pour repérer ses aïeux et la découverte qu'ils étaient cent pour cent-Berrichons le désolerait.

De la conversation qui suivit, et se prolongea tout l'après-midi, la soirée et la nuit, aux terrasses puis aux comptoirs de nombreux établissements de boisson du Nord-Est parisien, je n'ai pas conservé beaucoup de souvenirs, sinon que, Francis nous ayant abandonnés en cours de route, et Sonia m'ayant raconté sa vie entre Rome, où elle enseignait la sociologie bourdieusienne à la Sapienza, et Saint-Denis, où elle faisait de même, avec une bonne dose de militance en faveur des immigrés, et moi-même lui ayant livré quelques bouts de mon existence tout en lui faisant découvrir certains lieux d'un Paris populaire qu'Isabelle m'avait révélés un an plus tôt, la Picarde négro-napolitaine m'invita à passer la voir dans la capitale italienne où elle partait dans quelques heures. Je me souviens seulement que l'invitation fut formulée dans le crépuscule de l'aube, à l'heure irrésistible des premiers chants d'oiseaux. Dans ce sempiternel jeu de la séduction alcoolisée et bavarde, je m'étais jeté avec un enthousiasme qu'expliquait seulement en partie l'indiscutable attrait que Sonia exerçait sur moi. L'autre raison était le besoin de tenir à l'écart de ma conscience la malle peut-être déplacée, la rencontre peut-être pas fortuite avec Ange, et ses paroles et ses manières.

Trois jours plus tard, alors que nos corps ne s'étaient touchés que du bout des lèvres à l'instant des adieux sur le quai de la Gare de Lyon, j'ai pris le train de nuit pour rejoindre Sonia à Rome, et j'avais débarqué à Termini depuis une heure à peine que je faisais cette constatation : j'étais amoureux d'une ville et d'une femme. Encore une fois, il me faut rassurer le lecteur, vous lisez bien un polar mais si j'insiste pour vous raconter mes histoires intimes, c'est parce que Georges Nicotra n'en était jamais bien loin. En y repensant, je dois bien reconnaître que si je suis parti si vite pour Rome c'était pour m'éloigner de bocaux remplis de billets pourris, et que dans les années suivantes, la même raison joua dans mon obstination à y retourner.

De plus en plus souvent, je suis revenu ouvrir les yeux dans la douce lumière du sourire matinal de Sonia, remonter le chemin peuplé de chats qui serpente sous les platanes sur les bords du Tibre en direction d'Ostie, et rentrer attendre le moment où, ma dulcinée ayant fini de déverser sur des cohortes nombreuses d'étudiants précaires les bienfaits de la théorie de la domination, de la distinction, de l'habitus et autres concepts abscons à la sauce béarnaise, arriverait le moment où je pourrais humer dans sa chevelure son parfum de frangipane et lécher sur ses aisselles sa sueur de jasmin.

Ces odeurs-là accompagnèrent ma vie pendant des années. Seul le piquant du cédrat que je respirais sur les épaules d'Isabelle parvenait à les dissiper.

Bah oui, je la revoyais. J'étais revenu à Paris lui dire que je ne pouvais pas vivre sans elle, et que donc j'allais rompre avec Sonia. Et seule la première partie de la phrase était vraie. Je me suis installé dans un mensonge décennal, de crise en crise, chacune des deux amantes voulant croire à ma rupture avec l'autre et gobant, non sans de sérieux efforts de déglutition, les couleuvres de mes départs soudains (quand la capitale adverse exigeait mon retour), de mes humeurs inexplicables (dissimulées en affres de la création, puisque je m'étais transformé en auteur), de mes menteries innombrables et souvent découvertes.

Bref, j'étais entré dans une de ces histoires qui nous avaient toujours semblé incarner le pire de la civilisation bourgeoise, et qui sont pourtant au fondement, depuis au moins la guerre de Troie, des trois quarts de la littérature mondiale : une histoire de cocus. Toujours à penser à l'autre quand j'aurais dû me consacrer à celle qui méritait toutes mes attentions, je m'étais inventé une version odieuse de la formule dont nous étions si fiers : la vraie vie est ailleurs.

Malgré un nom venu d'un village de Ligurie, où je l'ai vu associé à divers prénoms des deux sexes sur des affichettes servant d'avis de décès, je n'ai jamais parlé italien dans ma jeunesse. Rejeton d'une lignée détachée de ses racines, je n'ai connu de l'Italie que la cuisine de ma maman. En même temps que les vertus de savoirs universitaires que j'avais à tort jusque-là rejetés en bloc, Sonia m'a appris la langue de mes aïeux et c'est grâce à elle qu'un jour de furetage dans sa bibliothèque, j'abordai aux rivages du prodigieux continent Camilleri dont j'allais tirer bientôt l'essentiel de mes revenus. Entre nécessité de rencontrer mes éditeurs et désir de comploter avec les camarades de la revue *Titanic* que j'avais fini par fonder avec Francis, j'avais un alibi pour séjourner à Paris, tout comme j'avais une bonne raison de filer à Rome, avec la nécessité de nouer ces contacts directs qui font les bonnes collections de littérature étrangère.

Mais je me suis peu à peu dépris de Paris. J'avais connu un Marais crasseux, dont les palais étaient des immeubles de rapport aux appartements aristocratiques coupés en deux dans le sens de la longueur, j'avais assisté à la transformation de ce quartier prolétaire en galerie marchande de luxe, j'avais vécu dans la Bastille auvergnate du Balajo qui avait muté en haut lieu de la Culture d'État cerné par une multitude d'établissements formant une unique terrasse pour rejetons de la bourgeoisie occidentale, j'avais été repoussé toujours plus vers le nord et au fur à mesure que la maladie des bistrots aux symptômes bien connus (bombardement musical à l'intérieur et mojito-spritz à l'extérieur) remontait dans les veines de la ville jusqu'à Belleville, avec ses effets secondaires (commerces chics et bios, caves tenues par des barbus qui ne se sont jamais murgés de leur vie, fringues fringues fringues), et tandis qu'approchait l'issue fatale, cette explosion du prix du mètre carré qui anéantirait toute trace de peuple dans ce qui fut la capitale des révolutions, au fur et à mesure que tout ça, j'ai vécu de plus en plus souvent à Rome et quand je revenais en France, je me précipitais à Ayguière, au bord du plateau de Millevasques, où Isabelle et moi avions loué une maison surplombant les eaux cuivrées de la Vieille.

Mais je dois à la vérité de dire que la gentrification de Paris n'était pas ma seule raison de la fuir. Juste avant mon premier départ pour Rome, j'avais réussi à joindre Georges au téléphone et lui avais rapporté ma rencontre avec Ange.

– T'occupe, m'avait-il dit, je vais régler ça.

Six jours plus tard, sur le Campo di Fiori où je venais d'acheter *Le Monde*, je lus qu'Ange Luciani, chef présumé d'une bande corse de Marseille, avait fait l'objet d'une tentative d'assassinat à la sortie de son domicile, dans le XVIe arrondissement de Paris. Il était grièvement blessé mais ses jours n'étaient pas en danger.

Quand j'ai revu Georges, et que j'ai fait allusion à l'exécution manquée, il m'a dévisagé et puis il a rigolé :

– Tu me crois assez barjot pour essayer de fumer Ange ? Je vais pas m'attaquer à la mafia corse à moi tout seul ! En ce moment, il y a des règlements de comptes entre équipes, ça nous regarde pas.

– Mais qu'est-ce qu'il te veut, Ange ?

Georges redevint brusquement sérieux :

– Oh, eh, tu poses trop de questions ! Tu travailles pour quel service ?

On était en terrasse des Folies, à Belleville.

Je me suis levé, je me suis énervé.

– Bon, écoute, j'en ai marre de tes conneries. Maintenant, tu vas te dépêcher de récupérer ta malle, d'accord ?

Il s'est levé à son tour.

– Tu me parles, là ? C'est à moi que tu parles comme ça ?

Il avait pris son masque. La lèvre supérieure se retroussait, découvrant les dents. Tandis qu'il serrait les poings, je m'efforçai de refouler la peur.

– Oui, je te parle. Je te demande de bien vouloir me débarrasser de cette malle. Le plus tôt possible.

Le coup de poing fut si rapide que personne, aux tables voisines, ne parut le remarquer. Je vacillai, me touchai l'arcade. Le lendemain, elle serait gonflée au point de dissimuler la moitié de l'œil droit. Mais là, je ne sentais rien.

– Je te donne un mois, j'ai dit. Après, je mets la malle sur le trottoir.

Puis j'ai fait demi-tour et je me suis éloigné en essayant de ne pas marcher trop vite.

Je n'ai plus jamais revu Georges.

Le lendemain du jour où il m'a frappé, il m'a téléphoné en prenant un ton penaud mais je lui ai répondu que je n'avais plus rien à lui dire et qu'il fallait qu'il récupère sa malle. Deux heures plus tard, quand je suis sorti de chez moi, rue de la Folie-Méricourt, j'ai vu Gégé se lever sur la terrasse du bar d'en face. Dans la poche de mon blouson, j'ai serré la main sur le tournevis en pensant que j'avais mérité ce qui allait m'arriver mais Gégé a traversé et marché lentement vers moi, l'air embêté :

– Écoute, m'a-t-il dit, Georges, c'est vraiment un gros con, des fois…

Il fixait ma tronche déformée par le coup de poing. C'est vrai que c'était spectaculaire.

Comme je me taisais, Gégé reprit :

– Il m'a demandé de te dire qu'il s'excuse et qu'il va essayer de faire au plus vite ce que tu lui demandes.

– Entendu, ai-je dit. Mais je ne veux plus le voir…

Gégé a haussé les épaules d'un air de dire qu'il comprenait et je me suis senti obligé d'ajouter :

– Je n'ai rien contre toi.

Il a souri :

– Tu prends un café ?

– Non, merci. Je suis pressé, ai-je menti.

Le lendemain, je repartais pour Rome.

Georges n'a jamais récupéré la malle. À chacun de mes passages à Paris, je passais à la boutique du bottier pour régler l'arriéré de loyer et me régaler de ses souvenirs d'un Paris populaire désormais en coma dépassé. Mais, durant cette période, je n'ai remis les pieds dans la bicoque de la rue Rébeval qu'une seule fois, pour récupérer mes souvenirs et mes manuscrits inachevés. J'avais fini par rallier la position majoritaire, celle qui explique pourquoi tant de gens admirent sur écran les exploits d'habiles cambrioleurs ou d'audacieux braqueurs mais préfèrent perdre leur vie à la gagner : c'est moins fatigant.

Avec les vieux faux papiers rendus définitivement inutilisables par les progrès de l'informatique, j'avais définitivement remisé dans la poussière du non-advenu l'enseigne "Ne travaillez jamais" sur laquelle je m'étais guidé jusque-là. De l'injonction écrite en 1953 sur un mur parisien, reprise quinze ans plus tard par l'ardente jeunesse du monde, et que seuls quelques-uns de mes héros personnels, qui resteront à jamais anonymes, ont su respecter jusqu'au bout, il ne m'est resté qu'un souvenir concret : la malle. Pendant des années, elle a été pour moi comme un réacteur nucléaire fissuré qui diffusait ses radiations maléfiques à toute heure du jour, me plongeant soudain dans des accès aigus d'une angoisse sur laquelle les raisonnements n'avaient aucune prise. À Ayguière, durant mes séjours de plus en plus longs dans la sereine solitude du village limousin, après de paisibles journées de labeur entre ordinateur et potager, je m'éveillais régulièrement à quatre heures du matin. En attendant que, alertée par un instinct plus sûr qu'un électrocardioscope, ma petite chatte chérie accoure du fond du potager ou des bords de la rivière pour me ramener dans le sein du sommeil, je pensais immanquablement à la malle au fond de mon lit moite. Après le défilé mental des mauvais tours joués par les ami.e.s et camarades, et le ressassement de mes trahisons aux dépens des deux femmes que j'aimais, après m'être penché sur le gouffre de mon découvert bancaire et figé au pied de la montagne de mes retards de traduction, j'en revenais toujours à ces compromettants bocaux pour conclure que tout ça finirait mal.

J'aime la mer, je déteste la plage. Tout ce qui évoque l'activité balnéaire, le remugle d'ambre solaire, le contact du plastique des ballons et des bouées et du bitoniau de la tong contre l'orteil et le sable dans le dos, les lunettes de soleil, les biscoteaux tatoués, les culs et nichons exhibés, tout ça me donne une vigoureuse envie de vomir la glace violemment chimique vendue par le crétin à carriole qui surjoue l'accent local ou le galérien d'Afrique au sourire épuisant. En plus, je ne sais pas nager.

Mais j'aime regarder la femme que j'aime fendre l'onde avant de revenir m'éblouir d'un sourire ruisselant. J'en étais là avec Sonia quand la dame de la pension de Procida me héla de la terrasse, me montrant son téléphone. Je remontai vers elle, le temps de vérifier que le soleil ardait, l'air brûlait, le sable mou grillait. En sueur sous la canisse, je pris le combiné. C'était Isabelle.

– Allô ?

– Georges a été arrêté.

– Ah? dis-je, en pensant qu'est-ce que tu veux que ça me foute.

– Il est accusé d'un meurtre. Le braquage d'une droguerie qui a mal tourné.

– Ah merde.

– Et cette fois, il est vraiment innocent.

– Comment le sais-tu ?

– À l'heure du braquage, il était chez moi.

La réplique suivante mit deux secondes à arriver, le temps pour moi de me traiter d'imbécile qui ne manque pas d'air : j'avais eu un pincement de jalousie.

– Tu pourras le prouver ou bien il n'y aura que ta parole ?

– Je crois bien qu'il n'y aura que ma parole.

– Comment tu peux en être sûre ?

– Le mieux ce serait qu'on en parle de vive voix. Il finit quand, ton festival à Procida ?

Il m'avait semblé percevoir une pointe d'ironie dans sa question mais ce n'était pas le moment de défendre contre toute vraisemblance l'alibi que j'avais avancé pour retrouver Sonia dans une île de la baie de Naples.

– Je vais rentrer. Je te rappelle dès que je suis à Paris.

Sur son transat, Sonia garda les yeux fermés pendant que je lui expliquais ce qui se passait. Elle s'abstint de me répéter ce qu'elle m'avait déclaré à mon dernier départ impromptu, à savoir qu'un jour elle en aurait marre de cette vie en pointillés – mais pas la peine de le dire, c'était dans son regard quand elle releva les paupières et soupira :

– D'accord. Rentre à Paris, et tiens-moi au courant.

À ce point, même si l'affaire du braquage du boulevard Beaumarchais a été largement médiatisée, il n'est pas inutile de la rappeler à grands traits. Le 5 juin 1986 à 18 h 55, un homme cagoulé brandissant deux armes de poing était entré dans une droguerie sise au 183 du boulevard Beaumarchais. On était à cinq minutes de la fermeture et il n'y avait plus sur les lieux que Joseph Lepreneur, le patron, et Mireille Tanec, l'employée. Le braqueur avait ordonné à cette dernière de se replier dans l'arrière-boutique et de s'y allonger avant d'inviter le patron à ouvrir la caisse. Puis l'employée avait entendu trois coups de feu. Terrorisée, Mme Tanec avait mis du temps à se relever. Quand elle y était parvenue, son patron gisait derrière le comptoir, saignant en abondance. Elle avait couru sur le seuil pour appeler au secours mais comme personne ne venait, elle s'était décidée à rentrer et à enjamber le corps pour composer le 17.

Une heure plus tard, à quelques mètres de la boutique et tout près de la bouche de métro Saint-Sébastien-Froissart, un pistolet fut repéré dans le caniveau. Trois jours après le braquage, Georges fut interpellé à 6 heures du matin, à Nanterre, dans l'appartement qu'il avait hérité de sa mère récemment décédée, et où il avait emménagé depuis peu.

Quand, après une nuit de train, je pris connaissance de ces détails, à une terrasse de bistrot en face de la Gare de Lyon, ni le procureur de la République ni la police n'avaient encore tenu de conférence de presse mais, d'après des informations qui avaient filtré du Quai des Orfèvres, l'arme de poing retrouvée dans un caniveau était bien celle qui avait tiré sur Lepreneur et deux empreintes correspondant à celles de Georges figuraient sur la crosse. Selon les mêmes sources, Nicotra déclarait qu'à l'heure du braquage, il se trouvait chez son avocate, Maître Isabelle Fournier, chez qui il avait passé la nuit, ne repartant qu'au petit matin. Un alibi qui demandait à être confirmé, car d'après les premières enquêtes journalistiques, nul dans le voisinage n'était pour l'instant en mesure de corroborer sa présence. Maître Fournier réservait ses déclarations à la police.

À côté d'un éditorial brocardant lourdement l'intelligentzia de gauche amoureuse de la crapule, *France Soir* publiait aussi une photo inédite des lieux du braquage. Elle avait été prise, avant même l'arrivée de la police, par un photographe professionnel qui habitait le quartier. Il avait cadré son cliché de manière que les deux bords en soient occupés par deux détails frappants, à gauche, la caisse renversée dont le tiroir vidé se dressait à la verticale. À droite, au sol, dépassant de derrière le comptoir qui cachait la plus grande partie du corps, les pieds de Lepreneur. Le bas du pantalon au pli bien repassé, les chaussures de bonne facture pointant vers le plafond, une chaussette tachée de ce qui devait être du sang, tout cela donnait un sentiment d'absurdité et de désolation. Le photographe a d'ailleurs par la suite obtenu un prix dans je ne sais plus quel festival.

Mais en revenant vers la caisse et le désordre d'objets divers sur le comptoir, mon regard se figea sur l'un d'entre eux. Mes paupières s'écarquillèrent.

Il me fallut un effort pour reprendre une respiration normale.

Après tout qu'y avait-il d'étonnant à ce que sur le comptoir d'une droguerie, à côté d'une règle, de catalogues, de paperasses et d'une boîte remplie de stylos, traîne aussi un bocal vide ? Certes, le fait qu'il soit entièrement entouré de gros ruban adhésif était un peu inhabituel mais enfin, il n'y avait pas là de quoi attirer particulièrement la curiosité des enquêteurs.

Quant à moi, j'essayais de ne voir là qu'un pur hasard : un droguiste pouvait bien, pour une raison quelconque, avoir besoin de couvrir un bocal de ruban adhésif, non ?

Non.

J'essayais de m'en convaincre, mais je n'y parvenais pas.

Je l'avais reconnu, ce bocal. C'était l'un de ceux qui avaient contenu les liasses de billets braqués à Sin-le-Noble le 6 janvier 1974.

Le soir de mon retour, j'ai retrouvé Isabelle à 22 heures chez elle et elle m'a expliqué que le 5 juin, Georges avait débarqué à l'improviste, vers 18 heures-18 h 15, en lui demandant l'hospitalité pour la nuit.

– Il avait peur, ça se voyait, m'a-t-elle expliqué en nous servant le café dans sa minuscule cuisine d'où l'on apercevait, à travers un vasistas, sur la pointe de la colonne de la Bastille, le génie ailé prêt à s'envoler.

– Peur de quoi? ai-je demandé en prenant place devant le guéridon de bistrot que nous avions un soir d'ivresse volé dans un bar.

– Tu veux un spéculoos?

– Bonne idée.

Elle ouvrit la boîte métallique décorée de Bretonnes à bigoudens et la réapparition d'un de nos rites intimes d'après l'amour me troubla.

– Il avait peur de quoi? insistai-je en trempant le biscuit, ce qui accrut encore mon trouble.

– Il m'a dit qu'il avait été filé toute la journée par deux types, qu'il avait réussi à les semer dans le métro mais qu'il craignait de rentrer à Nanterre dans la nuit. Tu sais qu'il a reçu des lettres de menaces signées "Honneur de la Police".

– Non, je ne sais pas, rétorquai-je en croquant dans le parfum de cannelle et de beurre frais. Je n'ai plus de contacts avec lui, tu sais pourquoi…

Avec Sonia, elle était la seule personne de mes relations à qui j'avais raconté le coup de poing de Georges. J'ajoutai:

– Mais toi, je ne savais pas que tu avais gardé le contact…

– Oui, c'est toujours mon client.

Je l'ai scrutée. Les iris verts pailletés d'or n'avaient pas perdu leur pouvoir d'attraction. Je me suis levé. J'ai fini ma tasse et je l'ai reposée sur le guéridon, elle a fait de même.

– On passe à côté ? Dans le train, je n'ai presque pas dormi, et j'ai eu une rude journée, je suis crevé.

On est allés s'asseoir sur le canapé du salon. J'ai soupiré.

– C'est drôle.

– Quoi ? Qu'est-ce qui est drôle ?

– Il a vraiment eu du pot que tu sois chez toi à cette heure-là. En général, tu ne quittes pas le bureau avant 20 heures et comme tu traînes au bistrot avec les copines du cabinet ou que tu vois des amis pour un resto ou un ciné, tu rentres rarement avant minuit quand tu es seule, non ?

– Oui, tu as raison, a-t-elle répondu en hochant la tête, occupée à se débarrasser de ses escarpins du bout d'un pied puis de l'autre.

Elle avait un peu rougi en me répondant. Elle ramena son regard vers moi et, calant la cheville droite sur le genou gauche, me fixa fermement en se massant les orteils. Je la trouvais plus belle que jamais.

– Oui, dit-elle. Je couche avec Georges. Depuis un an, quand on est libres tous les deux. Une ou deux fois par mois, on s'appelle et on se donne un rendez-vous. Quoi ? fit-elle, soudain agressive. Tu veux qu'on parle de Procida ?

J'ai secoué la tête. Une tristesse terrible m'étreignait. Je sentais que nous étions au bout de notre histoire, on ne pouvait plus se la raconter : trop de notes en bas de page encombraient le texte principal. Comme je ne disais rien, elle a repris :

– Je suis arrivée ici à 17 heures, heure à laquelle on avait rendez-vous, mais il s'est pointé avec une bonne heure de retard. Et c'est vrai qu'il était inquiet et disait avoir été suivi. On avait prévu d'aller au cinéma, mais il a préféré qu'on ne sorte pas. Il voulait partir au petit matin pour arriver à Nanterre au moment où les gens vont au travail, c'est là qu'il y a le maximum de monde dans sa rue.

– Vous aviez prévu d'aller voir quel film ?

– Hein ? Mais qu'est-ce que ça peut te foutre ?

– Tu vas voir les flics bientôt, non ?

– Demain à 11 heures, je dois être auditionnée au Quai.

– C'est des questions qu'ils vont te poser. Au départ, vous deviez aller voir quel film, maître ?

– Lui, il voulait aller voir *Comme un chien enragé*, avec Sean Penn, mais ça me faisait pas envie.

– Tu as raison, c'est un navet.

– Moi j'avais plutôt envie de voir *Le Nom de la rose*…

– C'est un navet aussi, vous avez bien fait de rester à la maison.

Elle a eu un sourire un peu gêné et comme c'était rare qu'elle ait cette expression avec moi, j'ai poussé l'avantage :

– Vous avez baisé sur ce canapé ?

Ma question était chargée d'une grande quantité d'instants intenses où elle et moi avions expérimenté les différents points d'appui du meuble, le rebord ferme, rembourré, clément aux genoux et aux ventres, le dossier commode à agripper et assez solide pour encaisser de vigoureux mouvements de bélier, les accoudoirs excellents en repose-pied de grands écarts… Tandis que je formulais ma demande, toutes sortes d'images passaient devant mes yeux et, dans ceux d'Isabelle, je vis qu'il en défilait aussi.

– Oui.

Je bandais furieusement. En temps ordinaire, Isabelle me dépassait d'une tête, ce qui lui permettait de revenir sans cesse, mais sur un mode tendre, à l'appellation de "petit coq" dont elle m'avait affublé la première fois que je lui avais formulé la proposition qu'inévitablement, j'allais prononcer dans quelques secondes. Cette fois-là, quand elle se mit debout, elle me parut encore plus grande que d'habitude, sa main me caressa la nuque, et elle m'attira contre elle.

– On baise ? ai-je demandé, le nez contre son bas-ventre.

J'ai humé longuement sa réponse et puis je me suis laissé glisser au sol, j'ai calé ma tête contre le rebord, elle a retroussé sa jupe et s'est assise sur mon visage.

Vingt minutes plus tard, des coups furent martelés longuement contre le mur derrière le canapé.

– C'est pas bientôt fini, le film porno ? Ça vous gêne pas d'emmerder le monde avec vos saletés de bruits ?

Isabelle a jeté un coup d'œil par-dessus son épaule et je lui ai souri avant de reprendre le rythme. On connaissait par cœur les gueulantes du pauvre M. Pouillard, le voisin plus tout jeune chez qui on n'avait jamais vu venir personne. Ce n'était pas notre faute, ce n'était pas non plus la sienne, si la cloison était mince. On avait pourtant fait des efforts d'insonorisation. Surmontant ma répugnance pour toute espèce de bricolage, j'avais monté une bibliothèque avec des planches et des parpaings, j'y avais même rajouté un inesthétique rideau mais que dalle, toutes les phases de notre plaisir lui étaient détaillées dans les conduits auditifs. Il devait y avoir un phénomène acoustique complexe. Dans la chambre, il y avait aussi un mur mitoyen, et dans la cuisine, c'était pas mal pour démarrer mais ensuite, pour développer le propos, vraiment trop incommode.

Par chance, Pouillard séjournait souvent chez sa mère, à Metz, ce qui limitait le nombre des conflits.

En arrivant tout à l'heure, j'avais noté devant sa porte l'absence du paillasson, qu'il retirait chaque fois qu'il s'absentait quelques jours, par crainte sans doute qu'on lui vole cette pièce de musée ornée d'une forte maxime dont j'ai oublié le contenu exact mais qui célébrait les joies de l'hospitalité. Notre Messin à temps partiel avait dû rentrer peu après mon arrivée.

Comme notre rythme s'accélérait et que le chant d'amour d'Isabelle approchait des cimes, Pouillard reprit :

– Salope ! Chienne en chaleur ! Tu vas la fermer, oui ?

Elle poursuivit ses vocalises et lui, sans crier mais à haute et distincte voix, sur un ton tout différent, chargé de joie mauvaise, il demanda :

– Il le sait, ton amant, que tu t'es envoyée en l'air l'autre jour avec le truand ? Je vous ai entendus, moi !

Isabelle s'immobilisa, se dégagea, s'assit, les yeux écarquillés :

– Tu as entendu ? demanda-t-elle.

Elle me toisa, dans la pose où j'étais resté, avec entre nous l'encombrement ridicule de ma bite se renfrognant à vue d'œil. Elle rit, me dit :

– Et voilà, à peine débarqué, tu résous tous nos problèmes ! Tu nous as trouvé un témoin qui innocente Georges ! C'est plus mon petit coq, c'est Supercoq que je vais t'appeler ! Même si, ajouta cette parfaite anglophone avec un coup d'œil à la chose en train de rétrécir, en anglais, ça ne t'irait pas très bien…

Après quoi, elle me reprit en main mais, pour remercier M. Pouillard de l'alibi qu'il allait fournir malgré lui au truand Nicotra, au moment de l'orgasme partagé, elle serra les dents sur son cri tout en me bâillonnant si fort qu'elle me conduisit au bord de l'évanouissement, dans des jouissances jamais explorées jusque-là.

Résoudre tous nos problèmes, Isabelle allait un peu vite en besogne. C'est ce que m'expliqua Maître Nathan quand je passai le voir après les procédures antifilature. Je m'étais délibérément abstenu de prendre rendez-vous par téléphone et il le comprit très bien puisqu'il ne me fit pas trop attendre. N'étant pas de ces avocats qui jouent le jeu hypocrite du secret de l'instruction que les juges et les flics n'invoquent que quand ça les arrange, Nathan acceptait de fournir des éléments du dossier aux soutiens de ses clients. Quand je lui racontai que nous avions en la personne d'un voisin d'Isabelle un témoin potentiel à l'appui de l'alibi de Georges, il a fait la moue :

– Oui bon, d'après ce que je comprends, les relations entre ma consœur et son voisin sont tendues, il n'est pas sûr qu'il accepte de témoigner et il est encore moins sûr que, soumis à la pression policière, il se montre tout à fait certain de la date à laquelle il a constaté la présence de Georges chez Maître Fournier. Et puis, il y a les empreintes sur l'arme…

– Georges a été interrogé là-dessus ?

– Oui. Il s'est souvenu qu'un jour, dans un café de Pigalle, juste après une signature, un type l'a abordé en lui disant "j'ai un cadeau pour toi" en lui tendant un sac en plastique. Georges a vu à l'intérieur une arme, il a d'abord cru à une blague, et pensant que c'était un jouet, il l'a prise le temps de la soupeser, puis il l'a relâchée et il a engueulé le type qui a filé.

On a échangé une moue dubitative et il m'a communiqué qu'il ne pouvait pas me garder plus longtemps, il avait des rendez-vous.

– Ça va être rude, a-t-il poursuivi de sa fameuse voix d'airain. Comme vous savez, la presse de droite est déchaînée, celle de gauche fait le gros dos. Les soutiens de Georges vont se faire rares. Si vous voulez l'aider, il va y avoir une bataille d'opinion à mener. Vous avez un pied dans les milieux militants, un autre dans les milieux culturels.

– Oh, vous savez, ce sont de tout petits pieds.

Il me fit la grâce de trouver ça amusant et se leva pour me raccompagner, et tout en me mettant debout, je me hâtai de dire :

– Avant de vous laisser, je voudrais vous poser une question que je vous demanderai d'oublier si votre réponse est négative.

Il s'immobilisa à la porte de son bureau et me jeta un regard interloqué.

– Malheureusement, rétorqua-t-il en secouant la tête, j'ai une très bonne mémoire. Tout ce que je peux vous assurer, c'est que si je me moque du secret de l'instruction, quand il s'agit de l'intérêt de mes clients, le secret professionnel est un principe intouchable.

Je me suis contenté de ça et j'ai demandé :

– Est-ce qu'il y a dans le dossier un élément qui relie le braquage du boulevard Beaumarchais au braquage de Sin-le-Noble ? Je veux dire, à part la personne de Georges ?

Les yeux de Nathan se sont rétrécis pendant qu'il me scrutait.

– Pas que je sache, a-t-il assuré.

En sortant de chez Nathan, je m'abstins d'emprunter l'ascenseur et, le temps que je descende les trois étages, j'avais pris la mesure de ce qu'il allait falloir changer dans ma vie professionnelle et dans ma vie tout court, si je voulais aider Georges. Jusqu'alors, si j'avais bel et bien publié quelques essais et romans sous mon nom, mon situationnisme insuffisamment digéré, associé à la vague inquiétude d'être reconnu un jour par un témoin de quelque délit commis dans ma jeunesse, m'avait poussé à refuser toute apparition dans les médias. Mon plus grand titre de gloire était d'avoir refusé, à la parution d'un livre sur les mensonges et les reniements des intellectuels, de passer par ce qui était alors le Saint des Saints de la notoriété littéraire, l'émission “Apostrophe”.

Si je voulais défendre Georges avec quelque efficacité, il me faudrait accepter de devenir encore un peu plus un personnage public. Mais avais-je encore envie de le défendre ? Je n'avais oublié ni ses manipulations, ni ses hâbleries, ni son coup de poing. Une chose était sûre, je ne voulais plus me confronter à Georges, ni au parloir ni dans la vie. Mais je voyais à nouveau se refermer sur lui un piège où entraient en jeu des puissances, police, justice, médias, dont la critique m'avait toujours paru essentielle. En menant une contre-enquête en même temps que cette "bataille de l'opinion" souhaitée par Nathan, je pouvais aider mon ex-ami à se tirer de ce guêpier. Du point de vue qui était toujours le mien, à savoir contrecarrer les récits dominants, est-ce que ça valait la peine de me lancer dans cette bataille ? Quand je fus sur le trottoir de la rue de Varenne, je m'aperçus que j'avais conclu que oui et que la présence d'un bocal vide sur le comptoir d'une droguerie n'était sans doute pas pour rien dans ma décision.

Le jour de mon arrivée, en attendant mon rendez-vous du soir avec Isabelle, je m'étais d'abord rendu rue Rébeval avec les précautions d'usage. La poussière s'accumulait sur la cantine contenant les bocaux. Les minuscules bouts d'allumette crasseux que j'avais insérés en des points très précis entre les parois verticales et le rebord du couvercle n'avaient pas bougé. À l'intérieur, les bocaux où des liasses achevaient de se décomposer étaient toujours là, au nombre de 24, comme la dernière fois que je les avais examinés. Ensuite, j'avais téléphoné à Gégé, et on avait cassé la croûte ensemble dans un boui-boui du boulevard de Belleville. Lui aussi trouvait bizarre cette histoire de pistolet abandonné dans le caniveau.

– Georges est vraiment con, des fois, mais au point de le jeter exprès là, à deux pas de la droguerie, non, c'est pas possible. Et je le vois pas le perdre non plus, quand on sort d'un braco, la première chose qu'on fait, c'est ranger l'artillerie. Un calibre, ça se perd pas comme un briquet, merde. Et puis, c'est quoi, ces connerie, attaquer un petit commerçant, c'est des trucs de toxicos… Georges avait pas besoin de ça. Il était pas à la rue, vraiment pas, il a du pognon, tu peux me croire, il m'en a même prêté… Non, tu veux que te dise, sur ce coup-là, je crois vraiment un truc que je crois jamais, d'habitude…

Il s'était tu, le temps de donner plus de poids à sa déclaration en épongeant la sauce tomate piquante dont il avait arrosé son "complet poisson". Je le relançai :

– Qu'est-ce que tu crois maintenant que tu ne crois jamais d'habitude ?

– Georges est innocent, annonça-t-il sur le ton qu'on prend pour une nouvelle sensationnelle.

– Mais alors, l'arme, c'est quelqu'un qui l'a mise délibérément pour le faire plonger ? Qui ça peut être ?

– Y a une embrouille pas ordinaire, là… Mais j'en sais pas plus… Tu devrais appeler Karl Heinfeld, tu vois qui c'est, Carlito ?

Je me rappelais bien ce colosse roux spécialiste des arnaques financières que j'avais croisé au procès de Georges et à Honfleur dans la bande qui fêtait sa sortie.

– Il en sait plus que moi sur les magouilles de Georges, je vais te donner son numéro.

Je notai sous sa dictée. Plus tard, j'ai essayé de l'appeler, mais sa femme Lola m'a dit qu'il était en voyage et j'ai laissé le numéro de Francis qui, parti en Arménie en quête de ses ancêtres, me prêtait son appartement.

Le lendemain de cette rencontre avec Gégé, après la nuit chez Isabelle, durant laquelle nous avions découvert un potentiel témoin à décharge pour Georges et fait l'amour pour la dernière fois, j'étais rentré chez Francis et j'avais trouvé un mot sous la porte. C'était signé d'un simple K. et ça disait : "Je sais pourquoi tu me cherches. Pas la peine de m'appeler, je me renseigne et je te recontacte. Ça peut être un peu long. Patience!"

En attendant d'avancer un peu plus dans ma contre-enquête, il fallait commencer à rassembler les soutiens dont pouvait bénéficier Georges.

Je m'étais tenu à l'écart des fêtes, signatures en librairie, dîners en ville, pots et soirées au cours desquels Georges avait, après sa sortie, fréquenté le beau linge. Je ne m'étais donc lié avec aucune des personnalités qui l'avaient soutenu lors de sa précédente incarcération et je ne m'attendais pas, face à la lourdeur des accusations qui pesaient contre lui, à des prises de position d'une audace fracassante. Je fus tout de même sidéré par la rapidité avec laquelle ces gens l'abandonnèrent, quelques-uns assurant s'être fait berner par un manipulateur, la plupart optant, lors de leurs apparitions publiques, pour l'évitement du sujet. La palme revint à une libraire du Marais, parfaite illustration de l'inanité cultivée, qui s'était vainement démenée pour qu'il vienne signer chez elle et qui, à présent, proclamait qu'elle s'était toujours méfiée de l'engouement pour ce malfrat qui écrivait si mal.

Du côté militant, ce ne fut guère mieux. Je dus subir de nombreux sermons sur la perversité une fois de plus démontrée de la ligne innocentiste, sur le refus de la compromission avec les médias du capital, sur les précieuses énergies militantes qu'il fallait préserver pour des combats beaucoup plus importants tels que la publication d'une revue lue par trois cents personnes, la fusion de deux groupuscules de trente, ou le jet d'un cocktail Molotov par une seule. Après discussion avec Isabelle, je décidai d'écrire un livre qui déplairait autant aux médiatiques qu'aux militants, et sur sa recommandation, j'allai voir Maurice Nadeau.

Dans une cour de la rue du Temple, les locaux de *La Quinzaine littéraire* étaient situés au-dessus d'une école de danse aux fenêtres grand ouvertes et quand j'arrivai, la vue des dos droits, des cambrures et des fessiers toniques me mit de bonne humeur. Je découvris très vite que nous avions, le Grand Vieux de la littérature française et moi, des amis en commun. Maurice n'avait rien renié de l'essentiel de son passé trotskiste, à savoir le rêve révolutionnaire, et sa simplicité touchante d'ancien maître d'école abordant avec modestie et subtilité les débats intellectuels devait beaucoup contribuer à la désagrégation de ma carapace idéologique. Nous sommes allés nous taper la cloche dans l'un de ses restos favoris, dans un passage donnant sur la rue Rambuteau. Maurice résistait vaillamment aux sirènes de la sobriété et du manger léger et il était hors de question de ne boire du vin qu'au verre. Nous étions donc tous deux un peu rougeauds quand il me demanda :

– Mais pourquoi veux-tu faire ce bouquin, au fond, pourquoi, toi, tu veux t'investir là-dedans, où il n'y a que des coups à prendre ? Pourquoi tu t'intéresses à ce bandit ?

J'ai réfléchi quelques secondes en nous resservant du morgon.

– Ce qui m'intéresse, ai-je répondu ensuite, c'est de contrecarrer les discours dominants…

Je bus une gorgée de vin. Tout à coup, sous l'œil pétillant de Maurice, il me sembla que ma déclaration sonnait creux.

– C'est du moins la raison que je me donne, repris-je…

Il n'y avait que quelques années que j'avais admis que ce que j'avais le plus envie de faire, dans la vie, c'était raconter des histoires. Et quelques mois seulement que j'avais reconnu désirer qu'elles aient le plus de lecteurs possibles. Bref, j'étais en train d'adopter cette identité qu'au début, je m'étais présentée à moi-même comme une couverture : écrivain. Dans cet état d'esprit, me trouvant en présence d'un monument du monde littéraire en France, historien du surréalisme, éditeur de tant d'auteurs qui avaient compté pour moi, on peut me pardonner d'avoir désespérément cherché à paraître original et intéressant.

– Mais au fond, ce qui me tracasse, ajoutai-je, c'est peut-être bien ça, plutôt : pourquoi ça nous intéresse, les bandits ? Je veux dire, quand on parle de la délinquance, une fois qu'on en a exposé les raisons sociales, qui sont nombreuses, et ce n'est pas inintéressant, bien sûr, c'est un bon analyseur social, la délinquance, mais est-ce que ça épuise le sujet ? Est-ce qu'il n'y a pas un plaisir en soi, à casser la vaisselle ?

– Toi, tu as lu l'article de Bataille sur les Pieds nickelés.

Je me rengorgeai, tout fier de réciter :

– "Il est curieux de constater qu'il suffit de perdre son sérieux (en quoi un homme pas trop vieilli avant l'âge ne saurait manquer de rivaliser avec l'enfant le plus terrible) pour trouver les plus bas détrousseurs sympathiques. L'ordre social tiendrait-il à un éclat de rire ? La vie n'est pas un éclat de rire, affirment, non sans la plus comique gravité, les éducateurs et les mères de famille aux enfants qui s'en étonnent. J'imagine toutefois que dans la malheureuse cervelle obscurcie par ce mystérieux dressage, un paradis encore rutilant commence avec un formidable bruit de vaisselle cassée. L'amusement sans frein dispose de tous les produits du monde, tous les objets fichus en l'air sont à casser comme des jouets."

Nadeau me regardait faire mon numéro avec un sourire bonhomme et je lui fus reconnaissant de l'absence d'ironie dans son œil.

– Je serai toujours du côté des casseurs de vaisselle, conclus-je en me trouvant complètement nul.

Il ne dit rien pendant un moment, et fit signe au garçon qui apporta le plateau de fromages. Comme il se servait une solide part de coulommiers, il me demanda :

– Tu as pensé à un titre ?

Écrit en deux semaines et publié six mois à peine après l'inculpation de Georges pour homicide volontaire et vol à main armé, *Le Cas Nicotra* a, de l'avis général, y compris le sien, contribué au non-lieu dont il a bénéficié ensuite. Comme je devais le rappeler une vingtaine d'années plus tard à Guillaume Lepreneur, ce livre ne prend pas parti sur la question de l'innocence. Il se contente de démontrer que tout ce qui est à charge contre lui relève de jugements idéologiques et que tout ce qui est à décharge, ce sont des faits. Entre autres le témoignage du voisin d'Isabelle.

Aux lendemains de nos ébats, quand elle était venue lui demander de raconter aux enquêteurs ce qu'il lui avait rappelé à travers la cloison la nuit précédente, Aimé Pouillard lui avait claqué la porte au nez. Mais Isabelle avait eu la bonne idée de se renseigner auprès d'une consœur et amie de Metz sur cette maman qu'Aimé allait voir si souvent, et elle avait appris que c'était une femme pasteur d'une dissidence protestante à la fois progressiste et rigoriste. Isabelle l'avait donc appelée et, convoquant des souvenirs de son enfance catho trad' sur les bords de Loire, elle avait invoqué les valeurs chrétiennes, l'attachement à la vérité concrète, reflet de la Vérité divine. La maman avait appelé son Aimé et Pouillard s'était exécuté, son témoignage s'avérant d'autant plus crédible que tout l'immeuble connaissait la minceur de la cloison qui le séparait d'Isabelle, le jugement sévère qu'il portait sur ses mœurs et l'ampleur de sa détestation pour elle.

Après la parution des premiers articles sur *Le Cas Nicotra*, Karl se manifesta enfin. Il m'appela d'un bistrot en bas de chez Francis, où je campais toujours, le voyage de mon camarade au pays de ses ancêtres imaginaires se prolongeant. Quand j'entrai au Balto, j'aperçus la haute masse du roux qui me tournait le dos, occupé à se dandiner comiquement aux commandes d'un flipper.

Je remarquai aussi deux faces patibulaires à une table voisine de la sienne.

Je tapai sur l'épaule de Karl qui se retourna brusquement. La tension soudaine perceptible dans ce mouvement se relâcha quand il me vit. Il me prit dans ses bras, m'écrasa contre lui, me tapa dans le dos, proclama à grands cris qu'il m'aimait comme un fou, toute la lyre des démonstrations bruyantes dont il raffole. Je lui montrai d'un coup d'œil les deux tronches qui ne me revenaient pas mais il me rassura – en fait non, il ne me rassura pas, en ces termes :

– Des garçons de mon équipe. Ils me couvrent.

Je haussai le sourcil et il précisa :

– Je suis sur une grosse affaire. Y en a qui voudraient se sucrer sur mon dos.

On s'assit à une table dans le fond, tous deux dos au mur comme il se doit.

– Bon, alors, comment va, ma poule ? Tu baises bien ? Les urines sont claires ? Qu'est-ce que tu bois ?

J'accélérai autant que je pus les mondanités voyoutes. À présent, je m'en rendais compte, si je n'en pouvais plus des rites du milieu militant, ceux du milieu tout court me tapaient également sur les nerfs. Ainsi que l'écrira plus tard un excellent auteur, "tous les milieux sont haïssables". (Et je n'avais pas encore vraiment vu à l'œuvre le milieu du polar.) Comme au bout de dix minutes, Karl n'abordait toujours pas le sujet, je lui demandai sans plus de précaution s'il avait des informations sur l'affaire du braquage de Beaumarchais.

Il secoua la tête.

– Ça pue, cette histoire. Moins je m'en mêle, mieux je me porte. Laisse tomber, va. Ce sera mieux pour tout le monde, crois-moi…

Après un silence, je demandai :

– Tu voulais me voir ?

– J'ai un message de Georges pour toi.

– Tu l'as vu?

– Non, tu sais bien que c'est pas possible. Le juge a interdit toutes les visites. Mais j'ai des contacts à Fresnes.

– C'est quoi, le message?

– Il te remercie beaucoup pour le bouquin, mais il te fait dire qu'il y a eu maldonne.

– Maldonne?

– Oui.

– Et…?

– C'est tout. Il y a eu maldonne. C'est tout ce qu'il a demandé qu'on te dise.

J'ai réfléchi un moment avant de demander:

– Tu sais ce que devient Ange? Ange Luciani…

Karl a rigolé.

– Oh lui, je suis sûr qu'il n'a rien à voir avec ça. Son équipe bastiaise est en train de se faire massacrer par ceux d'Ajaccio. Il doit se planquer dans une bergerie pourrie dans ses montagnes pelées.

Karl essaya ensuite d'orienter la conversation sur les derniers potins concernant le gang des postiches, dont la police avait quelques mois plus tôt raté l'arrestation lors d'une fusillade qui avait fait des morts chez les flics et les bandits, mais j'avais l'air si déçu que le roux finit par soupirer:

– Bon, à mon avis, ce serait une connerie de continuer à remuer la merde. Mais si tu veux en savoir plus, peut-être que Phiphi pourra t'en dire plus… Philippe Lemerle, tu vois l'animal?

Je voyais. Genre "détenu rebelle", famille "petit braqueur", espèce "lutin marrant". Incapable de rester immobile plus de cinq minutes, toujours entre deux combines merdiques dans lesquelles il essayait de vous entraîner dix minutes après avoir fait votre connaissance, puits sans fond de blagues et d'anecdotes, ses déconnades n'étaient pas toujours insignifiantes, comme ce jour où je l'avais entendu, lors d'un débat public sur la prison, s'opposer à d'ex-détenus qui racontaient combien les fouilles à corps étaient humiliantes, surtout le moment où il fallait se pencher nu, le cul vers le maton, et tousser.

– Quoi, quoi, s'était-il récrié, moi je m'en tape, s'ils veulent voir mon trou du cul, il est joli mon trou du cul et tu sais quoi, avait-il ajouté au milieu des rires, ceux qui s'abaissent, ce sont eux, les matons, pas nous.

Dans le bistrot du XIXe où je le retrouvai, à côté des locaux de la petite radio libre où il animait avec des militants une émission hebdomadaire à destination des détenus, il entama lui aussi la conversation par les derniers rebondissements de l'affaire du gang des postiches. Je m'agaçai :

– Putain, mais qu'est-ce que vous avez, tous, à vous exciter sur cette histoire ? Des flics et des voyous qui fricotent ensemble, c'est pas neuf, non ?

Phiphi termina de vider son demi, s'essuya la bouche, marmonna :

– Bah, si tu t'intéressais un peu plus aux flics ripoux, tu comprendrais mieux ce qui se passe.

– Qu'est-ce que tu veux dire ? Tu veux parler du braquage du boulevard Beaumarchais ?

Il secoua vivement la tête :

– Non, non, je disais ça comme ça... en général... C'est pour ça que tu voulais me voir, pour me parler de cette histoire de braquage où on a fait plonger Georges ? Mais je ne sais rien du tout, moi.

Je soupirai. Je perdais mon temps. Je bus une gorgée de mauvaise bière et fis un dernier effort :

– Tu ne le voyais plus ?

– Je le voyais plus beaucoup, mais je l'ai revu, pas très longtemps avant Beaumarchais, genre une semaine...

Il s'est tu, a soutenu mon regard. Son air éternellement narquois avait disparu.

– Écoute, a-t-il repris après quelques secondes, je vais te dire un truc, mais pas la peine de baver ça partout, OK ? Ça lui rendrait pas service, à Georges.

Je haussai les épaules.

– OK, oui, j'ai pas l'habitude de baver, de toute façon.

– C'est lui qui a voulu me voir. Il savait que j'étais presque à la rue, il avait un taf pour moi. Il me proposait une brique pour que je lui tire dessus. Oui, monsieur, insista Phiphi en voyant mon air ahuri. Que je lui tire dessus. Il voulait faire croire qu'on avait essayé de le tuer. Il fallait que je le blesse, à la jambe ou au bras, et il dirait après que l'arme de son agresseur s'était enrayée... et il y aurait un communiqué de revendication de l'attentat signé "Honneur de la Police".

– Mais enfin, pour quoi faire ?

À son tour de hausser, mais lui c'étaient les sourcils, qu'il élevait à des hauteurs clownesques :

– Qu'est-ce que j'en sais, moi ? Peut-être qu'il voulait se faire de la pub pour son prochain livre ?

Je le dévisageai. Spontanément, je lui faisais confiance. Je ne voyais pas l'intérêt qu'il aurait eu à inventer ça.

Le soir même, Isabelle m'a confirmé :

– Oui, quand il est venu chez moi, la dernière fois, il m'a dit que ça faisait longtemps qu'il se sentait suivi et menacé. Il m'a avoué qu'il avait même envisagé de mettre en scène un faux attentat contre lui pour que la police le protège... Mais après, il avait laissé tomber cette idée loufoque...

On était aux Deux Palais, presque en face du grand escalier de l'usine à juger de l'Île de la Cité et autour de nous se pressait une faune de justiciables et de justiciers, de confrères et de consœurs, de flics et de voyous, dans le brouhaha d'une fin de journée de labeur. Les uns avaient tonné contre les autres, celui-ci au comptoir avait argumenté solidement ou bafouillé lamentablement face aux questions de celle-là à deux pas de lui, des avocates en robe trinquaient avec un proc' surnommé Tapedur, un prévenu et sa famille étaient assis à la table voisine de celle des flics qui avaient témoigné contre lui, un juge d'instruction adressait un signe de tête à la juge qui avait prononcé sa récusation, tous ces gens-là ensemble avaient fait turbiner la machine judiciaire et maintenant, tout le monde s'abreuvait et bouffait dans un même espace clos, encore plus étroit que celui où ils étaient plus tôt. J'ai regardé autour de moi et d'un coup, j'en ai eu marre, de leurs histoires, à tous ces gens.

J'ai dit au revoir à Isabelle et je suis allé voir mon vieux savetier propriétaire de la cahute de la rue Rébeval. J'étais passé à la banque dans la journée, et j'avais retiré l'avance versée par Nadeau sur le *Cas Nicotra :* elle était à la hauteur de ses modestes moyens, mais il tenait à ce qu'il y en ait une et elle suffisait pour un an de location. Pour l'instant, je n'avais aucune envie de remettre le pied dans la planque, même s'il faudrait bien, un jour ou l'autre, que je me décide à me débarrasser de la cantine. Mais je ne savais pas trop comment m'y prendre pour la faire disparaître sans qu'elle réapparaisse de manière inopportune, découverte par les employés d'une décharge ou par quelque chiffonnier et, en fait, je n'avais pas envie d'y réfléchir. Je me donnais une année de répit pendant laquelle je pourrais ne plus penser à cette maudite cantine. Croyais-je.

Quand Georges a bénéficié d'un non-lieu et qu'il est sorti de prison, je me trouvais à Ayguière, dans la maison limousine qu'Isabelle et moi continuions à louer ensemble, bien que nous ne fussions plus officiellement amants. J'ai refusé plusieurs demandes d'interviews. Georges m'a appelé. Il voulait me voir. Je lui ai répondu que je n'y tenais pas. Il avait des trucs à m'expliquer, insista-t-il.

– Il y a eu maldonne, tu comprends ? a-t-il énoncé d'un air entendu.

– Non, je ne comprends pas et je n'ai pas envie de comprendre, ai-je rétorqué, exaspéré par ce ton de vieux camarade que prenait un type qui m'avait quand même flanqué un sacré ramponneau dans la tronche. J'ai ajouté que pour moi, l'essentiel était qu'il ne soit plus poursuivi dans cette affaire où il était manifestement innocent. Par méfiance des écoutes possibles (militant un jour, militant toujours), je m'abstins d'ajouter "pour changer", et ajoutai que mon livre avait participé à une victoire contre les narrations toxiques du pouvoir (c'est comme ça que je m'exprimais encore à l'époque). C'était ça qui comptait, pour le reste nos routes divergeaient. Comme il insistait, j'ai fini par me dire que je pourrais peut-être obtenir qu'il me débarrasse de la cantine. Cela s'imposait d'autant plus que le fils de mon proprio m'avait écrit : le vieux bottier était entré dans le tunnel d'Alzheimer et son rejeton, qui avait obtenu la tutelle, me demandait poliment de songer à vider les lieux car il projetait de vendre l'immeuble (j'appris à cette occasion que l'antique artisan chantre du Paris populaire possédait un respectable patrimoine immobilier). Bien sûr, disait le fils, il pouvait attendre quelques mois et, par égard pour la mémoire de son père qui avait l'air d'avoir beaucoup d'affection pour moi, il me donnerait tout le temps mais enfin, etc. Il allait falloir que je m'occupe de ça. Je promis donc à Georges qu'à mon prochain passage à Paris, dans un mois, je le contacterais.

Mais comme ma vie consistait alors en allers et retours entre deux menaces de rupture, l'une à Paris et l'autre à Rome, un mois plus tard, je me trouvais en Italie, quand la nouvelle de son assassinat m'est parvenue.

Incarnant dès l'aurore la robustesse de la cuisine populaire du Latium, le maritozzo est particulièrement savoureux dégusté entre deux tasses de café noir très serré. Ce petit pain brioché abondamment farci de chantilly composait pour moi à Rome l'une des pointes obligées du triangle des Bermudes de mes aubes italiennes, avec la bruyante compagnie des chauffeurs de taxi romains de la place Gioacchino Belli et la lecture du *Monde*. Sur cette placette en retrait de l'avenue Trastevere où je venais d'acheter le journal officiel de tous les pouvoirs, je me retrouvais dans un bain de romanité sonore et gustative tout en survolant l'actualité mondiale, et je ne me sentais ni d'ici ni d'ailleurs, ni français ni italien : nulle part.

Donc, enfin, chez moi.

C'est dans cet état de bienheureuse suspension de l'identité que j'ai appris la mort de Georges et c'est sans doute pourquoi je ne me suis pas attardé sur les détails de ce que je lisais : "Georges Nicotra assassiné. Le pourfendeur des QHS a été abattu hier soir devant son domicile de Nanterre. L'attentat a fait l'objet d'une revendication signée Honneur de la Police." J'ai englouti le dernier bout de maritozzo, je suis allé payer à la caisse et, au fur et à mesure que je saisissais toutes les implications de ce que j'avais lu, j'ai marché de plus en plus vite en direction du groupe de cabines téléphoniques sur l'avenue.

Ça ne répondait pas chez Isabelle et il n'était pas 8 heures, trop tôt pour appeler le cabinet de Nathan. Une main posée sur le combiné, j'ai réfléchi un moment puis j'ai tiré mon agenda Moleskine (cadeau de Sonia) de la poche intérieure de ma veste Hollington (cadeau d'Isabelle) et j'ai cherché le numéro de Dominique Salvatore, l'ancien des réseaux Curiel et des maquis sud-américains.

Dès la deuxième sonnerie, d'une voix parfaitement réveillée, il décrocha et, entendant mon allô, lança :

– Oh, Antonin, qu'est-ce que tu deviens ? *Ancora in Italia ?*

– Oui, mais je vais rentrer. Je peux te voir demain en fin de matinée ?

Si je m'étais efforcé de parler sur un ton calme, le caractère abrupt de ma demande suffit pour qu'il devienne laconique :

– Bien sûr, passe à 12 heures. *Ci vediamo.*

Il raccrocha. Je réfléchis encore. Essayai de joindre Gégé, Karl et même Phiphi, mais aucun de mes correspondants chez les bandits ne décrocha. Je réfléchis encore puis décidai d'appeler Maurice. Momo, l'archiviste et la mauvaise conscience de *Libération*, celui qui n'avait aucun ennemi à gauche mais conservait des dossiers sur les chefs du journal et leurs exploits à l'époque de la Gauche Prolétarienne. Lunettes rafistolées avec un trombone, cheveux aux vents même par temps calme, dentition lacunaire et vêture ostensiblement négligée, son allure contrastait violemment avec la branchitude en train de s'emparer du reste du personnel. C'était une mine inépuisable de documentation sur "nos ennemis communs, les fachos, les capitalos et les flics". Et il utilisait sans retenue les photocopieuses du journal au profit de la Cause.

Comme le train de nuit arriva miraculeusement à l'heure, je pus passer le voir avant d'aller chez Dominique. J'avais eu le temps de réfléchir dans ma couchette, maintenu en éveil par les braillements puis les ronflements de la population qui, à part moi, occupait tout le wagon :

des tifosi des Borgate romaines en déplacement à Paris pour soutenir la Lazio en forçant sur la bière, la grappa et le joint. Dans le bus pour Termini, déjà principalement occupé par les Borgatari, je m'étais rappelé une phrase de Phiphi : "Si tu t'intéressais un peu plus aux flics ripoux, tu comprendrais mieux ce qui se passe." Je demandai donc à Momo ce qu'il avait sur le sujet et il m'apporta une pile de dossiers d'un demi-mètre. Avant que je me plonge là-dedans, je lui demandai s'il connaissait Gégé, qui avait un temps participé au Comité d'action des prisonniers, il acquiesça mais quand je lui demandai s'il avait un moyen de le contacter rapidement, il secoua la tête. Je posai la même question à propos de Phiphi et Momo repoussa ses lunettes vers le haut de son nez, me fixant à travers les énormes loupes :

– Tu n'es pas au courant ?

– Bah, non, quoi ?

Il se leva, alla fouiner sur ses étagères, revint avec une chemise.

– Tiens, dit-il, il vaut mieux que tu t'assoies avant de lire.

La première des coupures de presse était, bien sûr, de *Libération*. Avec son sens exquis du jeu de mots laid, le quotidien passé du col Mao au Rotary titrait : "Du plomb dans la balance" et sous-titrait : "L'ex-détenu rebelle devenu indicateur de police abattu chez lui." Mais c'était comme toujours *Le Parisien libéré* qui fournissait le plus de détails sur le fait divers.

> Philippe Lemerle, ex-braqueur devenu depuis de longues années indicateur de police, a été abattu chez lui dans des conditions particulièrement sordides. Selon le récit livré par sa compagne, encore en état de choc, il était 19 h 45 hier, à Aubervilliers où Lemerle vivait avec celle-ci et leur fils de deux ans, quand on a sonné à la porte. C'est elle qui a ouvert et un homme masqué l'a bousculée, faisant

irruption dans l'appartement pistolet à la main. Lemerle, qui était devant la télévision, son fils sur les genoux, s'est levé sans le lâcher, en l'interposant entre lui et le tueur, comme pour se protéger. Mais l'assassin n'a pas hésité et lui a tiré dans la tête une balle de 9 mm.
Bien que les enquêteurs se refusent à toute déclaration, ce meurtre est sans doute lié au rôle qu'a joué Lemerle, trois mois plus tôt, dans le procès des trafiquants de drogue Mourad Carboni et Jean-Michel Abou, qui s'est conclu par la condamnation des deux prévenus à vingt ans de prison pour trafic, tortures (ils avaient séquestré un concurrent), extorsion, etc. Au cours de ce procès, Lemerle a été appelé à la barre et il est apparu qu'il renseignait la brigade de répression du banditisme depuis plusieurs années. Selon le défenseur des prévenus, il avait accepté de devenir indicateur contre l'impunité dans une enquête sur une série d'attaques à main armée en Seine-et-Marne auxquelles il avait participé. Deux semaines avant son assassinat, il avait contacté notre rédaction et nous avait accordé une interview. Nous avions décidé de procéder à un certain nombre de vérifications avant de la publier mais son triste sort semble confirmer ses propos. Extrait :
"– Vous vous plaignez de ne pas être protégé par la police ?
– Absolument. Les mêmes policiers qui m'ont obligé à devenir une balance m'ont contraint à aller témoigner publiquement dans un procès contre des gens très dangereux. Le moins qu'ils pourraient faire serait d'assurer ma protection. Ou au moins de me permettre de changer de vie, en m'assurant un revenu qui me permette de changer d'air. Mais depuis le procès, mon correspondant à la brigade de répression du banditisme a changé de poste et plus personne ne veut me parler. On me raccroche au nez, alors que mon nom et mon adresse ont été rendus publics. Je suis sans moyens de subsistance, avec une femme et un enfant à charge. Qu'est-ce qu'ils veulent ? Que je me remette à braquer ? Et maintenant que tout le monde sait que j'ai été une balance pendant des années, il y a beaucoup de gens qui risquent de vouloir se venger de moi, ils peuvent croire que c'est moi qui

les ai fait tomber, même si je n'y suis pour rien. C'est très angoissant..."
Des mots qui résonnent tragiquement aujourd'hui. Du côté du Quai des Orfèvres et de la préfecture de police, on se refuse à commenter cette affaire. Un de nos interlocuteurs habituels a seulement consenti à nous dire, tout en requérant l'anonymat: "Dans cette histoire comme dans beaucoup d'autres, les apparences peuvent être trompeuses."

Je regardai ma montre. Je ne devais pas m'attarder plus d'une demi-heure si je ne voulais pas faire attendre Dominique. Pendant que Momo me photocopiait l'article du *Parisien,* je passai au dossier "Flics ripoux". Je pris quelques notes mais rien ne retint mon attention. Du moins sur le moment. C'est après avoir quitté la rue Béranger, dans les couloirs du métro République, qu'un nom me revint à l'esprit. Gérard Verjat: il s'agissait d'un dirigeant d'un des principaux syndicats policiers, embusqué depuis près de dix ans à la préfecture de police où, selon *Le Canard enchaîné,* bien que simple brigadier, il disposait d'un bureau et d'une voiture de fonction. L'hebdomadaire racontait que ses contacts, cultivés en particulier dans la franc-maçonnerie, allaient des anciens de l'UNEF à ceux du Service d'action civique, et d'un parti trotskiste lambertiste aux élus nationalistes corses. Ses relations très proches avec les différents ministres de l'Intérieur lui avaient permis d'avoir son mot à dire sur les promotions jusqu'aux plus hauts grades de la police. Avec la nomination d'un parpaillot à fortes convictions à l'Intérieur, son étoile avait commencé à pâlir et plusieurs enquêtes internes l'avaient effleuré. L'une portait sur la disparition de 20 kilos de cocaïne du dépôt des pièces à conviction et sa réapparition sur le marché, une autre avait été lancée pour éclaircir d'étonnantes connivences entre de hauts gradés de la police et des figures du grand banditisme. Une troisième portait sur des détournements de fonds destinés originellement à la formation continue, et qui avaient fini dans la construction de piscines et des voyages en business class vers des plages à cocotiers. Le nom de Verjat apparaissait dans toutes ces affaires, mais il n'avait apparemment jamais été inquiété.

C'est seulement en sortant du métro à Denfert-Rochereau que je me souvins pourquoi le nom de Verjat avait éveillé mon attention. C'était aussi celui d'un des enquêteurs dans les investigations sur le braquage de Sin-le-Noble. Il me semblait même qu'il avait signé plusieurs PV d'audition de Georges.

Donc, un flic ripoux, et pas n'importe lequel apparemment, était bel et bien mêlé à tout ça.

Rue Boulard, à l'entrée de l'impasse où se trouvait le petit pavillon habité par Dominique, je dus m'arrêter, respiration coupée. Qu'est-ce qui me prenait ? Je mis deux ou trois minutes à comprendre que j'avais une crise d'angoisse, et une dizaine d'autres à me calmer.

Quand il m'eut fait entrer, Dom me considéra un instant avant de s'exclamer :

– Toi, t'as besoin de boire un coup.

Installé face à lui sur un siège de bar devant le comptoir entre coin-cuisine et coin-salon, avec entre nous l'excellent juliénas que lui fournissait le patron du Vin des Rues, le bistrot voisin, je vidai mon verre en deux gorgées et puis me débondai. Je lui racontai tout. Nicotra, les bocaux, le coup de poing de Georges, la réapparition d'un bocal sur le comptoir de la droguerie braquée. Et la cantine. Et mes dernières découvertes dans les archives de *Libération*.

Quand j'eus terminé, Dominique Salvatore décrocha au-dessus de nos têtes un figatellu, sortit de sa poche l'opinel soigneusement affilé qui ne le quittait jamais et nous tailla des tronçons à même le comptoir.

Puis il nous resservit, mastiqua pensivement, but et dit :

– Pour un type qui voulait rompre avec l'inconfort de l'illégalité, on peut dire que tu t'es bien débrouillé pour te fourrer dans des histoires pas claires. Ça pue, ton truc. Ça pue très fort.

– Je te remercie de tes encouragements, ai-je articulé après avoir dégluti. Tu as une idée de ce que je devrais faire ?

Je devais avoir l'air bien désemparé car il me posa une main sur l'épaule.

– Allez viens, on va casser la croûte à côté.

À côté, c'était le bistrot susmentionné, dont le patron se montrait aimable avec les vieux clients comme Dominique et traitait mal les autres, généralement nouveaux arrivants dans le quartier. Mais la plupart adoraient être rudoyés, ça faisait plus authentique. Nous avalâmes je ne sais plus quel fleuron de la gastronomie lyonnaise et puis, au moment du café, mon ami me dit :

– Bon, la première chose à faire, c'est te débarrasser de la cantine. Rendez-vous demain 6 heures, rue Rébeval, c'est quel numéro ?

Je le lui indiquai et il se leva :

– Allez, je te laisse, j'ai des trucs à faire.

Je fis semblant de ne pas deviner qu'il rentrait faire la sieste et le regardai gagner la sortie. Sur le seuil, il s'arrêta le temps de s'allumer un toscan – manifestement, le dernier voyage tropical était loin. C'était un petit homme trapu à la mise d'une discrète élégance, avec sa veste multipoche et son jean, mais, au premier coup d'œil, et même au deuxième, son apparence était bien anodine. Je me souvins de ce qu'il m'avait raconté à propos de deux guérilleros sud-américains venus à Paris pour quelque entrevue mystérieuse et qu'il avait pilotés dans le métro. Deux petits bonshommes minces que seuls leurs traits indios tiraient un peu de la banalité. Des petits voyous à casquette à l'envers avaient tenté de les racketter mais ils avaient joué les idiots et les autres s'étaient découragés, convaincus que ces types étaient trop minables pour avoir du fric. "Ils n'ont jamais su que s'ils avaient tenté de toucher à l'argent qu'ils transportaient, l'argent de la guérilla, les deux papys les auraient tués en trente secondes", rigolait Dom. "Et tu les aurais bien aidés", avais-je suggéré mais il s'était contenté de hausser les épaules.

Sur le seuil, Dom souffla une bouffée de toscan et sortit, arborant cet air inoffensif qui est la marque des vrais héros.

D'un mouvement d'une main, j'attirai l'attention du patron en train d'expliquer patiemment à un habitué la différence entre pouilly-fumé et pouilly-fuissé, puis avec les deux mains cette fois, j'ai mimé le signifiant "addition" et il m'a répondu dans la même langue "c'est payé".

L'après-midi, j'ai vu Isabelle et j'ai réussi à ne pas manifester d'énervement devant ses airs de veuve éplorée mais courageuse. Elle m'a fait lire la revendication qui avait été envoyée à l'AFP et dont l'intégralité n'avait pas été publiée dans la presse : "*Nicotra a eu ce qu'il cherchait. La justice du pouvoir ayant montré une nouvelle fois ses faiblesses et son laxisme, nous avons fait ce que notre devoir nous commandait. Nous revendiquons cet acte au nom du groupe Honneur de la Police.*"

– Tu as noté la première phrase ? m'a-t-elle demandé. Tu la comprends comme moi ?

– Bah oui, d'après feu Phiphi… (Je ne pus m'empêcher de ricaner de l'assonance.) … Georges voulait qu'il monte un faux attentat contre lui avec cette signature qui a déjà servi pour Goldman. Les gens qui ont tué Georges étaient au courant de ce projet foireux. Et qui pouvait être au courant, sinon les flics qui manipulaient Phiphi ?

On s'est regardés sans rien dire en pensant à toutes les implications de ce raisonnement. Puis elle m'a demandé où je dormais ce soir-là. J'ai accepté l'offre de son canapé. Le soir, on a beaucoup bu et pleuré et puis dormi serrés.

À 6 heures, le lendemain, je me trouvais rue Rébeval, devant l'immeuble dont j'avais donné l'adresse à Dominique. Je regardai ma montre. La ponctualité faisait partie des règles de la clandestinité qu'il m'avait enseignées. Au-delà de 7 minutes de retard, il fallait abandonner le lieu de rendez-vous et disparaître en prenant toutes les mesures de contre-filature nécessaires. Je scrutai le bas de la rue, où s'éloignait un couple qui s'étreignait, et le haut, d'où arrivait une vieille dame remorquée par son chien. Une 4L des PTT passa rapidement. Je traversai la chaussée et me plantai devant la vitrine poussiéreuse d'un bar fermé, où pendait un panneau d'agence. Pour passer le temps, je me donnai l'air de scruter l'intérieur. Nouveau coup d'œil à ma montre. 6 h 06. Mon rythme cardiaque s'accélérait.

À 6 h 07, un coup de klaxon me fit violemment sursauter. Quelques mètres plus bas, de la cabine d'une camionnette sur laquelle mon regard avait glissé à plusieurs reprises, Dominique me faisait signe. Je m'approchai.

– Tu veux te reconvertir dans la limonade? me demanda-t-il en descendant sur le trottoir.

– On y va?

Je lui montrai le chemin. Dans la maisonnette, la cantine n'avait pas bougé.

– Au boulot, dit Dom.

Je remarquai qu'il avait mis des gants. Il s'empara d'une poignée, moi d'une autre.

– Putain, c'est lourd, dit-il.

On trimballa notre charge jusqu'au fourgon qu'il avait garé en double file. Il poussa la cantine jusqu'au fond de l'habitacle, contre les sièges du chauffeur et du passager. En soufflant un grand coup, il colla son dos à la paroi du véhicule et se laissa glisser en position assise.

– Ou c'est moi qui vieillis ou c'est ton truc qui est vraiment très lourd.

Sa remarque était juste. Quand on avait trimballé la cantine jusqu'au coffre de Georges, j'avais trouvé ça bien pesant, mais il y avait aussi les bocaux contenant les billets intacts en plus de l'arme et j'étais surtout dans un état de colère et d'ahurissement qui m'aurait rendu pénible le poids d'un oreiller. Ensuite, pour assurer le transport depuis le coffre de la voiture de Georges garée à Honfleur jusqu'à la rue Rébeval, j'avais téléphoné à Isabelle, pas mécontent de la déranger dans son idylle (déjà terminée, découvris-je non sans plaisir). Elle avait fait appel à des clients tchétchènes qui s'étaient chargés de tout et je n'avais pas eu l'occasion de soupeser davantage la cantine. Mais là, ce poids, soudain m'intriguait.

Je me hissai à l'intérieur, ouvris, scrutai les bocaux. Les liasses y pourrissaient toujours tranquillement. Je me décidai à saisir un des contenants restés scellés. Oui, c'était lourd.

– Tu me passes ton opinel ?

Dominique l'ouvrit, me le tendit, je m'escrimai sur le ruban adhésif, faillis m'écorcher. Mon ami me reprit le couteau et, d'un vif mouvement tournant dont j'imaginai aussitôt le résultat sur une gorge, il débloqua le couvercle, l'ouvrit, plongea la main, en retira une liasse spongieuse. Quelque chose en glissa, tintant sur le parquet du fourgon.

On a baissé les yeux et on a vu.

Un objet de la taille d'une grosse savonnette, doré. Très doré.

Je le pris en main. Sur une face était gravé :

COMPTOIR NATIONAL
DE L'OR
500 g
999,9
FINE GOLD

Dominique soupesa la chose dans son gant droit. Puis il souleva un autre bocal et, tour à tour, deux autres encore, les secouant chaque fois avant de les remettre en place.

Il me fixa, l'œil noir :

– Tu savais ?

Je secouai la tête. Il me dévisagea quelques secondes puis lança :

– Bon, on finit de vider ta planque et on décroche. Grouillons-nous.

En plusieurs allers et retours, on a fait place nette. On a entassé papiers et cartons sur la cantine et on a démarré. Tout le temps où nous avons travaillé, la rue est restée déserte.

Quelque part en Seine-et-Marne, dans la cour d'un atelier de petite mécanique qui paraissait à l'abandon, tandis que les permis de conduire, cartes d'identité et autres papiers inutilisables d'un autre temps achevaient de brûler dans un bidon troué, on a examiné un à un les bocaux. Si les neuf récipients de la première couche ne contenaient que du papier pourri, les quinze autres recelaient chacun dans une liasse putrescente un lingotin d'or de 500 grammes.

On s'est assis au bord du plancher de la camionnette, les pieds dans la poussière, et on a regardé quelques minutes le ciel où des nuages couraient, en masses lumineuses dont le socle seul était très noir. Puis Dominique a tourné les yeux vers moi. Je ne lui connaissais pas cette mine froide et concentrée. J'imaginais qu'il avait la même quand il fallait être prêt à tuer ou être tué.

– Sept kilos et demi d'or, dit-il. À vue de nez, il y a là pour environ cent millions d'anciens francs. Tu veux en faire quoi ? Le restituer à ses légitimes propriétaires ?

On s'est dévisagés et d'un coup, il a changé complètement d'expression, et on a rigolé.

Pendant que j'attisais le bûcher des dernières traces de ma vie de bandit amateur, Dominique réfléchissait, toujours assis au bord du plateau à l'arrière du fourgon, entre les portes ouvertes. Quand le feu a été éteint, il m'a fait une proposition. Il pouvait faire transférer l'or au Luxembourg, où des professionnels, opérateurs financiers habitués à travailler pour des réseaux politiques clandestins, s'occuperaient de le vendre au meilleur moment. L'abolition de l'étalon-or avait entraîné une spéculation qui n'avait pas l'air de vouloir s'arrêter, il fallait donc peut-être attendre sans doute encore un peu, et se défaire du butin juste avant que ça commence à redescendre… Je saisissais ? Bien sûr que je saisissais. Il se chargerait donc de tout, en échange de dix pour cent du bénéfice pour la Cause.

Je ne savais pas trop quelle était exactement sa Cause à ce moment-là, mais je ne doutais pas qu'elle fût juste. S'ensuivit un marchandage à l'envers, au terme duquel j'obtins de ramener ma part à soixante-dix pour cent. Dominique est allé passer quelques coups de fil puis nous sommes remontés dans le fourgon et une heure plus tard, nous nous garions rue Froidevaux, derrière le cimetière Montparnasse. Nous avons transporté la cantine jusqu'à un immeuble, une centaine de mètres plus loin, entièrement occupé par un unique appartement sur quatre étages. Nous avons laissé notre charge dans un ascenseur intérieur qui est monté sans nous et la maîtresse des lieux, malgré l'heure encore matinale, nous a offert une coupe de champagne et comment refuser ?

Dominique nous a quittés après la quatrième tournée en annonçant qu'il me recontacterait et j'ai suivi notre fantasque hôtesse dans une visite des voisins allongés de l'autre côté de la rue, on a à peine regardé la dernière demeure des deux connes icônes de gauche qui, en 1954, de retour d'URSS, avaient déclaré que la liberté d'expression y était totale et c'est devant la si jolie tombe de Cortázar que nous avons fini le magnum de Dom Pérignon. Une chose amenant l'autre et la soixantaine de madame ne faisant qu'ajouter le charme de ses débauches passées à ses pétulants attraits, ce n'est qu'en fin de journée, tandis qu'elle ronflotait gentiment dans son lit que j'ai commencé à saisir, assis au bord de la couche et en proie à une migraine féroce, l'étendue du merdier où je m'étais fourré.

Je ne me rappelais pas des chiffres exacts, mais j'étais sûr qu'au moment du braquage de Sin-le-Noble, le préjudice déclaré par le transporteur de fonds était bien moindre que ce que représentait le contenu de la cantine, et il n'avait jamais été question de lingots d'or. J'étais sûr aussi que Georges ignorait leur présence : il aurait été invraisemblable qu'il abandonne un tel butin à ma garde. Comment était-il possible, pourtant, qu'il sache où était enterrée la cantine, sans connaître son contenu exact ? Ce n'était qu'une des questions à laquelle je n'avais pas de réponse, à laquelle je n'en aurais peut-être jamais.

Il y en avait une autre, bien plus brûlante : est-ce que la présence dans l'enquête sur le braquage de Verjat, le flic au bras long, était fortuite ? La mort de Phiphi, livré en pâture par les flics aux gens qu'il avait trahis, me paraissait donner une certaine crédibilité à la piste que la malheureuse balance m'avait indiquée.

Un scénario de polar s'esquissait sous mon crâne douloureux. Des flics ripoux ont connaissance d'un transport de fonds non déclarés, dont une bonne partie en or, et sans doute destinés au bout du compte à quelque coffre-fort suisse. Ils offrent l'affaire à deux bras cassés qui se prennent pour des braqueurs. Une fois le coup fait, l'un des deux bandits, Barnum, découvre l'importance du butin et l'enterre. Mais les braqueurs sont arrêtés… Grâce aux ripoux ou malgré eux ?

Les ripoux étaient-ils mécontents que Georges Nicotra leur annonce que la plus grande partie du butin, selon lui, consistait en billets pourris ? Se pouvait-il que le braquage de la droguerie, accompagné d'un meurtre dont Georges serait accusé, ait été destiné à faire pression sur lui, pour obtenir qu'il leur donne leur part de l'or, un coup de pression souligné par la présence du bocal vide ? Et son assassinat était-il la conséquence de ce que Georges appelait "une maldonne" ?

Le synopsis avait besoin d'être affiné.

En attendant, deux points me parurent certains.

Premier point : j'avais peur.

J'avais même une trouille à perdre la raison et bien raison de l'avoir.

Je déglutis et passai au deuxième point.

J'allais disposer de beaucoup d'argent. Et si je ne voulais pas le laisser dormir indéfiniment dans un coffre luxembourgeois, j'allais devoir trouver comment le dépenser. Je n'avais pas besoin de ce fric, et il était hors de question que je le claque dans ce qu'Isabelle appelait des "orgies consommatoires de cadres sup" : en dehors du fait que je n'étais nullement tenté par des excès de luxe, c'eût été le meilleur moyen d'attirer l'attention. Bien sûr, il ne manquait pas de bonnes causes, et je les ferais profiter de mes largesses, mais là aussi il me faudrait rester discret. Les milieux militants étant à toutes les époques parmi les plus infiltrés, si je me montrais trop généreux, ça se saurait.

Une autre idée me venait. Georges m'avait parlé de sa nièce. Une gamine très attachante, d'après ce qu'il m'en avait dit… Et à laquelle, sans qu'il l'ait beaucoup exprimé, j'avais le sentiment qu'il avait été très attaché.

Traitant le second point, j'ai évité de m'attarder sur le premier. C'est donc d'abord pour refouler la peur, que j'ai cherché dans mes souvenirs le visage d'Olga, entraperçue un soir me semblait-il, dans une librairie.

Je ne savais pas que derrière ce charmant minois qui me revenait maintenant en tête, je la retrouverais dans toute sa puissance, la peur.

En me rhabillant au dernier étage de l'immeuble de la rue Froidevaux, je me suis mis à réfléchir au moyen de contacter cette demoiselle dont j'ignorais à peu près tout, et en particulier qu'elle deviendrait un jour ma femme.

DEUXIÈME PARTIE

TROIS RÉCITS

Le journal de Guillaume – 1

5 novembre 2009

Mon cher journal, je m'adresse à toi faute d'autre interlocuteur. Je ne sais pas bien à quoi ça rime de t'écrire mais je ne crois pas qu'on n'écrive que pour soi, même si je ne sais pas si un jour quelqu'un d'autre que moi, comme je l'espère, te lira. Alors, je vais la faire à la Nanni Moretti : *Caro diario*, mon cher journal, c'est à toi que je vais m'adresser. Pour commencer, je suis désolé de t'apprendre que tu vas être un petit peu mal foutu, pour la bonne raison que je ne suis pas écrivain. Mais je suis un grand lecteur et je suis cinéphile aussi, au point de me taper parfois des comédies françaises lourdingues (pardon pour la redondance), je suis donc bien conscient que la déclaration que je suis obligé de faire pour commencer va manquer d'originalité : ma mère m'a beaucoup et souvent gâché la vie.

Et elle vient encore d'y réussir en mourant hier, jour de mon anniversaire, d'un cancer des ovaires, avec un ventre de femme enceinte. Il y a trois jours, avant d'être plongée dans une sédation profonde et continue, elle a eu la force de me dire : "Je n'ai aimé que lui."

Bien sûr, je ne vais pas reprocher à une agonisante de s'être mal exprimée, je sais qu'elle voulait dire qu'elle n'a jamais aimé d'autre homme que mon père, mais quand même ça fait drôle. Parce que cette impression que mon père mort a toujours fait barrage entre elle et moi… je l'ai toujours eue, cette impression, aussi loin que remontent mes souvenirs.

Mon père, Joseph Lepreneur, a été tué le 5 juin 1986 lors du braquage de la droguerie dont il était propriétaire, boulevard Beaumarchais. Au moment des faits, il n'y avait qu'une autre personne, dans la boutique, Mme Tanec, son employée. Germaine, ma mère qui travaillait aussi à la boutique, était absente depuis quelques jours, pour cause de grossesse difficile. Au moment des faits, elle était enceinte de trois mois, de moi.

Quand elle a appris la mort de mon père, Germaine Lepreneur a eu, ce sont ses mots, "du mal à me garder". Mme Bernachon, la voisine qui, à leur demande, accompagnait les policiers venus lui annoncer la nouvelle, a remarqué le sang qui coulait sur ses chaussettes comme il venait de couler sur celles de son mari deux heures plus tôt mais pour d'autres raisons. Mme Bernachon a appelé tout de suite le SAMU. Il semble qu'à ce moment-là, je ne sois pas passé loin de n'être pas. Mais finalement, le fruit est resté accroché aux entrailles. Ces détails, ma mère me les a répétés si souvent que j'ai eu l'impression que c'était tous les jours mais en discutant avec le psy que j'ai vu quelques années, je me suis rendu compte qu'elle ne me les a racontés que deux ou trois fois par mois entre mes six et mes seize ans.

À seize ans, j'ai obtenu d'être mis en internat dans un lycée privé parisien. Ma mère avait quitté la capitale un an après le drame pour s'installer à Toulon, chez ses parents. Son père, Lucien Pujol, capitaine de corvette, y avait pris sa retraite et jusqu'à mon départ pour Paris, j'ai vécu avec pépé, mémé et maman dans une superbe villa provençale surplombant l'immense panorama de la rade depuis les pentes du Faron.

Quand je dis que j'ai "obtenu" mon envoi en pensionnat, c'est parce que je me suis bien appliqué à être un enfant difficile. Deux ou trois fois par semaine, en sortant du lycée Dumont d'Urville, au lieu de courir vers le bus qui allait grimper la route en zigzag du Faron, je prenais la direction de ce coin de la vieille ville qu'on appelait Chicago. En général, et je remercie mon psy d'avoir attiré mon attention sur ce point, c'était au lendemain du jour où, à la table du dîner, devant mes patients grands-parents, Germaine avait raconté le sang dans les chaussettes et cet assassin de Nicotra qui était sorti de prison grâce à tous ces écrivains, ces chanteurs et ces comédiens gauchistes, et ce n'était que justice si des gens qui défendaient l'honneur de la police l'avaient tué trois ans après l'assassinat de papa, mais ça ne l'avait pas ressuscité, Joseph, alors ces gens qui l'avaient fait échapper deux fois à la justice, on ne pouvait pas les laisser tranquilles, on ne pouvait pas les laisser parader dans les salons et vendre leurs bouquins farcis d'idées malsaines qui avaient tué son mari, mon père, et ces gens, il ne faudrait pas les laisser s'en tirer comme ça, toute cette Rive gauche qui avait trouvé chic de se mobiliser pour que Nicotra échappe à la prison après un braquage dont elle était sûre qu'il était coupable, elle avait ses raisons pour le penser, c'était sûr qu'il était coupable du braquage du fourgon et on l'avait laissé sortir à cause de ces gens qui s'étaient mobilisés pour défendre une crapule au lieu de défendre les honnêtes gens, et si Nicotra n'était pas sorti, il n'aurait pas tué son mari, mon père Joseph Lepreneur, et elle espérait bien que, surtout ce type-là, ce nabot arrogant de Gandolfo qui avait écrit un livre grâce auquel cette saloperie de Nicotra avait encore échappé à la prison, elle espérait bien que Gandolfo, il ne s'en tirerait pas comme ça, il n'allait pas continuer à vivre alors que Joseph était mort, non, un jour elle irait le voir, Gandolfo, et elle lui tirerait une balle dans la tête, et oui, c'est elle qui finirait sa vie en prison, mais au moins, ce salaud qui avait armé le bras qui avait tiré sur Joseph, il serait mort, et elle espérait bien que malgré mes bons résultats en classe, jamais je ne deviendrais comme ces intellos gauchistes qui se mêlent d'empêcher la société de se défendre contre les voyous, parce qu'elle, Germaine Lepreneur, si elle me voyait me transformer en intellectuel de gauche, elle préférerait aller ouvrir le tiroir de la commode dans le bureau de son père, où elle savait qu'il conservait un pistolet, pour me tirer une balle dans la tête.

À ce point, le Capitaine se resservait une solide portion de l'excellente cuisine provençale mitonnée par son exemplaire épouse avant d'observer sur un ton placide que pour pouvoir tirer avec un pistolet, il fallait avoir des munitions, et qu'il n'en avait pas, des munitions, et ma mère répondait :

– Oh, j'en trouverai bien, va. Oui, reprenait-elle à mon adresse, je préférerais te tuer de mes propres mains plutôt que de te laisser devenir un de ces scribouillards qui ont fait sortir de prison l'assassin de ton père.

J'avais tout essayé : le silence buté, l'air distrait, l'explosion de colère, la rigolade, me tapoter la tempe du doigt, chantonner, poser une question au Capitaine sur ses voyages dans la marine, ce qui généralement ouvrait les vannes d'un récit exotique, rien ne marchait jamais. Ces soirs-là, je n'arrivais pas à échapper au flot que Germaine Lepreneur laissait dégorger de ses entrailles meurtries. Petit, j'avais longtemps cru que j'étais responsable de la cicatrice verticale qui lui barrait le ventre et qu'elle exhibait volontiers à la plage, je croyais qu'elle se l'était faite en me mettant au monde, et comme, à cinq-six ans, je n'étais pas très renseigné sur l'anatomie féminine, je m'imaginais jaillissant comme une fusée directement hors de son ventre dans des flots de merde et de sang. En fait, non, elle se l'était procurée elle-même, cette spectaculaire scarification, lors de l'une de ses tentatives de suicide dont je ne doute pas qu'elles étaient sincères, mais qui se déroulaient quand même toujours en un lieu et un moment où elle avait de fortes chances d'être secourue.

Or, donc, sache, mon cher petit journal, que ton auteur, à quatorze-quinze ans, avait ses habitudes au

Maritima, un bastringue où, en ces années où les putes avaient encore droit au centre-ville (oui, il y a deux fois "où", mais il faudra t'y habituer, *caro diario,* t'es pas parti pour être un parangon du grand style à la française), un bal, donc, où (et de 3) les prostituées venaient danser après le turbin. Bien que mineur, l'accès m'était permis grâce à Mathieu, quartier-maître à la retraite, qui s'était mis en ménage avec Mady, la patronne. Un jour de mes quatorze ans, à la sortie du lycée, j'avais été pris d'un grand dégoût à l'idée de ce qui m'attendait à la maison et je m'étais décidé à ne rentrer que longtemps après l'heure du dîner, advienne que pourra. Mes pas m'avaient naturellement porté vers les ruelles du port. En remontant l'une d'elles, j'avais remarqué que la porte d'un établissement nocturne (il ne faisait pas encore nuit) était entrebâillée, maintenue entrouverte par un seau. En jetant un coup d'œil, j'aperçus de dos un vieil homme – je sus plus tard qu'il était tunisien et s'appelait Ahmed – en train de passer la pièce sur un parquet rougeâtre. Je me glissai à l'intérieur. La salle était à peine éclairée par quelques lumignons mais je distinguai sur trois des côtés une succession de box en bois. Je me glissai dans l'un d'eux.

Calé dans le fond sur mon banc, je suivais des yeux le vieux qui finissait sa besogne en se rapprochant d'un long comptoir noir, à côté d'une estrade en bois. Il progressait sans hâte, avec de lents mouvements de balayage qui avaient quelque chose d'hypnotique. La fraîcheur de l'endroit était bien plaisante après la chaleur étouffante de la ruelle – c'était un de ces jours de printemps qui ressemblent au plein été. Le vieil homme se rapprocha d'une porte située entre comptoir et estrade, écarta un rideau et disparut.

Ce jour-là, j'avais subi les voix des profs, monocordes ou pleines d'un entrain qui me paraissait factice, et celles de mes camarades, qui faisaient à mes oreilles un brouhaha incompréhensible. J'avais consacré une bonne partie de la nuit précédente à la lecture du *Sexus* d'Henry Miller, entrecoupée de séances de masturbation frénétiques, et toutes ces voix toute la journée m'avaient à la fois assommé et tenu éveillé. À présent, dans cette salle, un magnifique silence régnait.

Bientôt, je me suis endormi. J'ai été réveillé par une main qui secouait vigoureusement mon avant-bras. Un accordéon jouait. Mon champ visuel était occupé par un visage que je reconnus aussitôt, celui du quartier-maître Mathieu Quibois.

– Qu'est-ce que tu fais là, mon petit ?

J'ai balbutié quelques explications et le frêle bonhomme, qui venait de temps à autre dîner à la maison et causer avec mon grand-père de leurs exploits dans la Royale, n'en a pas demandé davantage. Il a téléphoné au capitaine Pujol et s'est entendu avec lui pour me ramener un peu plus tard, après le coup de feu. Entretemps, on me ferait dîner. Mon grand-père devint complice de ces soirées que je passais dans le bureau de Mathieu à l'étage, d'où je pouvais contempler les putes et les matafs et toutes ces figures mythologiques chères à Jean Genet. Le Capitaine faisait de son mieux pour me protéger contre le chagrin de ma mère.

À ce point, mon cher journal, tu me demanderas : est-ce que tu as le droit de parler ainsi de ta maman et de sa souffrance ? Tu n'es donc pas capable d'entrer en sympathie avec ce que ses lamentations obsessionnelles exprimaient ?

Et moi, je te répondrai : va te faire foutre, cher journal. C'est tout pour aujourd'hui.

Les confessions d'Olga – 1
La nièce

Je forme une entreprise qui n'eut jamais d'exemple et dont l'exécution n'aura point d'imitatrice. Je veux montrer à mes semblables une femme dans toute la vérité de sa nature ; et cette femme, ce sera moi. Ces Confessions seront bien moins longues que celles de Rousseau mais, comme les siennes, elles porteront sur les quarante-deux premières années de ma vie, en espérant que d'autres années viendront après celles-là, ce qui n'est pas acquis si je considère les derniers événements. Quelle que soit l'issue de la crise qui se prépare, il s'agit de rétablir l'authenticité de mon histoire, contre les traficotages que le cher Antonin ne manquera pas de lui faire subir dans "le polar un peu particulier" qu'il m'a annoncé être en train d'écrire. Au milieu du chemin de ma vie (du moins j'espère), la gamine des rues palermitaines, la serveuse un peu pute de Cagliari, la boxeuse d'Ostie, la doctorante de Paris I, la traductrice et aussi, surtout, la petite nièce de Georges Nicotra, toutes celles qui sont encore en moi, veulent dire la vérité de leur nature.

C'est en voyant un vol de grues traverser le ciel de Catane que j'ai décidé de partir. J'étais couchée sur le dos et l'oncle Guido était en train de me pénétrer sans mon consentement explicite. J'avais dix-sept ans, il en avait cinquante-cinq et je me demandais ce que pouvaient bien être ces oiseaux dont les cris si proches et si lointains emplissaient le ciel et la terre. Je sais qu'à d'autres oreilles ils ont seulement une tonalité légèrement mélancolique, mais à moi, ils me paraissaient déchirants, ces cris.

"*A pecorina*", m'a soufflé Guido, ce que vous autres Français traduisez par "en levrette" : toute la prétention de votre langue qui convoque des chiennes de race pour représenter une position qui chez nous évoque les brebis aux odeurs sauvages sur les pentes de l'Etna, la ricotta, le pecorino, les agneaux en pâte d'amande et tout le tremblement charmant des agnelles qu'on mène à l'abattoir. Comme pontifie aujourd'hui Antonin, deux langues ce ne sont pas deux dictionnaires, ce sont deux univers mentaux. Et tandis que j'obtempérais à l'injonction de l'oncle en tendant le cul et fourrant ma tête entre mes bras pour encaisser la suite, je décidai que de cet univers mental-là, la langue de Guido Nicotra, son odeur de lavande, son parler grossier et raffiné, sa civilisation arabo-normande aux influences hispaniques et son baroque et sa lumière et ses éruptions illuminant la mer, tout ça, j'en avais ma claque.

Deux années plus tôt, j'avais éprouvé sans conteste le plus grand bonheur de ma vie quand, à la descente du Pullman, j'avais vu Guido m'ouvrir les bras. Je ne l'avais pourtant averti qu'au dernier moment, par un message laissé sur son répondeur juste avant de prendre le bus avec lequel j'avais fui Palerme, ma mère dépressive, mon père pourrissant à l'Ucciardone, et la crasse de la Kalsa ("La Pure", en arabe). C'est aujourd'hui un quartier bien propre sur lequel règne Airbnb mais à l'époque, c'était le royaume incontesté d'un couple qui régentait la vie quotidienne de la grande majorité des habitants du centre-ville historique : la misère et la mafia.

Mais tout ça, c'était déjà loin, quand j'étais descendu à l'arrêt de Catane, c'était loin et Guido était là. Guido Nicotra, le photographe et journaliste dont je voyais toujours avec fierté apparaître le nom dans les pages de *L'Alba della Sicilia,* il était là, le frère cadet de mon père, dans une de ses tenues d'été que j'adorais, pantalon blanc, polo bleu, mocassins portés pieds nus, et quand il avait écarté les bras, il m'avait semblé que ce geste m'ouvrait des horizons de liberté à n'en plus finir.

Quand il m'eut soulevée et embrassée, il m'a reposée à terre et demandé aussitôt :

– Tu as mangé ?

Nous avons ri sans nous perdre de vue, têtes penchées sur le côté, comme lovés dans notre complicité : cette question était à peu près la seule par laquelle ma mère me manifestait qu'elle avait remarqué mon existence, quand elle rentrait du travail. Et c'était encore celle qu'elle m'avait posée le soir où je lui avais raconté que l'oncle Guido, de passage pour quelques heures à Palerme, avait trouvé le temps de me faire traverser la rue pour me présenter *Le Triomphe de la Mort.*

Nous habitions un *basso,* deux-pièces en rez-de-chaussée d'une de ces masures d'un étage qui composaient une bonne partie du quartier. Les *bassi* étaient d'ordinaire sordides, et nous entrions dans cet ordinaire-là. Le nôtre donnait directement sur la via Alloro, quasiment en face du palais Abatellis, où je n'étais pourtant jamais entrée. Le seuil de sa crasseuse porte monumentale n'était alors franchi que par quelques rares groupes de touristes dont les rangs se resserraient peureusement en pénétrant dans le quartier. Les étrangers à machine photographique, nous ne les approchions que pour en tirer des lires ou des dollars par tous moyens nécessaires. Dès huit ans, j'avais été initiée à l'art du *scippo,* le vol à l'arrachée, non pas encore depuis l'arrière d'une vespa, mais suivant la tactique de la volée de moineaux s'abattant à dix sur les couples égarés : tandis que l'élément féminin du duo de pigeons s'attendrit sur nos minois, l'élément masculin met la main à la poche, ce qui facilite la saisie de la courroie de l'appareil. Le *scippo* faisait partie du rituel d'entrée dans la bande à Piergiorgio. À douze ans, ce fils de marchand de légumes du marché du Ballerò tout proche s'était imposé par sa taille, au-dessus de la moyenne de son âge, et par son inventivité dans les supplices infligés aux ennemis capturés. Il avait décrété, et personne ne le contredisait, que j'étais sa *fimmina.*

Nuttata persa e fighia fimmina ! "Une nuit de perdue et c'est une fille !" : cette exclamation qui évoque la déception du père sicilien qui a fait la nuit blanche pour, au final, apprendre que sa femme ne lui a pas donné d'héritier mâle, exprime plus généralement un sentiment de déception et de perte de temps. Mon géniteur a dû la prononcer un jour sur deux en secouant la tête, souvent en conclusion d'une de ces tractations compliquées que son rôle de *caporione* lui imposait.

Enfin, "caporione", c'est ce qu'il prétendait être, mais je me suis aperçue par la suite que pour la mafia, il n'était qu'un *quaraquaraquà,* qualificatif copiant le caquet du canard pour désigner un bavard bon qu'à bavarder, espèce que les mafieux situent au bas de l'échelle au sommet de laquelle, naturellement, ils se placent, on sait tout ça grâce à Sciascia. Mon père n'était pas le chef de quartier qu'il s'imaginait être et quand il croyait trancher un différend, comme il aurait dû faire s'il avait vraiment eu la qualité de juge de paix de la mafia, il ne se rendait pas compte qu'en fait ceux qui le consultaient, quand ils étaient mécontents de son jugement, faisaient appel devant quelque chef plus puissant que lui, et se conformaient à la sentence de celui-ci. Quand, à la promenade du soir, piazza Marina ou piazza della Kalsa, il croisait tel plaignant venu lui demander précédemment son avis sur un conflit de territoire entre vendeurs de cassettes sur chariot à bras munis de haut-parleurs hurleurs, ou sur une affaire de répartition des marchés entre mémés prostituées, mon père écartait ses courtes jambes, bombait le torse, tripotait sa chaîne en or, toutes mimiques destinées à attirer l'attention des passants et d'une voix stentoréenne, demandait avec un clin d'œil si tout était arrangé ou bien s'il fallait qu'il "arrange" quelqu'un – en jouant sur le double sens d'arranger, *sistemare*, qui signifie aussi "flinguer". Et l'autre lui répondait "oui, oui, tout est arrangé" mais sans dire que l'arrangement était tout autre que celui que le prétendu *caporione* avait fixé, et mon père se rengorgeait sans se rendre compte que l'autre se foutait de lui presque ouvertement, à grand renfort de regards entendus et de demi-sourires à destination du public.

En réalité, dans l'activité qui occupait l'essentiel de ses journées, à savoir donner audience, assis sur sa chaise paillée, devant l'entrée de chez nous, ou derrière la table de la cuisine, son rôle était principalement de manifester, avec toute la puissance du stéréotype qu'il était dans chaque parole et dans chaque geste, la présence de la mafia jusqu'aux *bassi* de la société. C'était ça, papa : un panneau de signalisation. Et pour moi, ce panneau faisait partie d'un parcours fléché dont Guido m'a sortie en me faisant traverser la rue. En me montrant une fresque du XVe siècle, il m'a débarrassée du code de la route qui ne serait jamais mienne.

Hier, au téléphone, Antonin m'a appris que le fils Lepreneur avait débarqué dans le jardin de Salina et voilà que je repense au *Triomphe de la Mort,* à cette entrée dans le jardin édénique d'un squelette sur sa monture décharnée présageant le cheval de *Guernica.* L'image me revient avec tout son poids de désolation et je revois le regard des gentes dames et des nobles messieurs qui sous le choc tout à coup se vide. Mais quand j'ai eu la fresque pour la première fois devant moi, loin de sentir ces suggestions lugubres, j'ai été émerveillée par le mouvement du tableau et sa puissance de vague qui bouscule, par la richesse du dessin des étoffes, par le corps en arabesque d'un lévrier, la virgule d'une harpe et du cou d'un faucon.

Surtout, j'ai été fascinée par le regard du peintre qui, depuis l'extrême bord de la scène, nous fixait. C'était bien sûr Guido qui m'avait fait noter ce personnage muni d'un pinceau et d'un pot de couleur, le seul à regarder hors du tableau, et que les spécialistes presque unanimement nous désignaient comme un autoportrait du maître inconnu. Je n'avais que quinze ans mais l'idée que le créateur de ce grandiose remue-ménage de couleurs inconnues et d'émotions fortes fût tapi dans sa création m'avait beaucoup impressionnée, au point que je n'avais pas prêté attention aux autres explications de Guido, sur les puissants percés de flèches au centre, sur les pauvres en prière d'un côté et, de l'autre, les damoiseaux et damoiselles confits dans leurs piapias. Serrant contre lui les instruments du métier, la moue peu amène, le maître nous jaugeait, me sembla-t-il, comme s'il voulait nous peindre, nous attirer à notre tour dans le jardin de la mort.

Après la visite du palais Abatellis, Guido m'avait emmenée manger des glaces piazza Marina. À la terrasse du café Castiglione, tandis que je savourais sur ma langue le vert obscur de la pistache sicilienne, le jaune d'or du sabayon, et la blancheur parfaite de la panna, j'avais devant moi un lieu que je fréquentais depuis que je marchais, le jardin Garibaldi. À l'époque de mes quinze ans, une partie de la grille de fonte manquait, ce qui rendait encore plus prégnante la présence hégémonique des ficus de l'espèce dite "figuier étrangleur", dont les feuillages barraient le ciel jusqu'au-dessus de la chaussée et dont le réseau racinaire occupait une bonne moitié du jardin. Le choc visuel du *Triomphe de la Mort* suivi de son analyse guidée par Guido avait dû avoir un effet décisif sur mes capacités à regarder car, dans l'entrelacement de racines plus grosses que mes cuisses, dans ce qui n'était jusque-là que le décor banal des rendez-vous de notre bande de petits délinquants, j'ai vu soudain, de mes yeux vu, ce que dès lors je ne pourrais plus jamais voir autrement : de très anciens sauriens se vautrant les uns sur les autres, se faufilant en fausses fuites vite retournées en contre-attaques enveloppantes, glissant partout leur peau grisâtre et leur hargne haineuse.

Après les glaces, nous voilà partis pour la placette Francesco Napoli, où se dressait un immeuble d'une modernité aujourd'hui bien datée, assez hideux avec ses vitres de verre vert. C'était le siège de *L'Alba della Sicilia*. En haut d'une volée de marches de granit, nous sommes entrés dans une vaste salle où cohabitaient un grand nombre de bureaux inoccupés sur lesquels des piles de journaux, de feuilles dactylographiées, de dossiers et de photos s'entassaient dans un désordre général. Ça sentait la cigarette froide. Dans un coin de la pièce, devant une des baies verdâtres, une jeune femme blonde était assise à un bureau plus étroit que les autres et tapait sur le clavier d'une machine à écrire.

– Il n'y a personne ? demanda Guido.

La femme pivota sur sa chaise et son regard parcourut la salle avant de s'arrêter sur nous.

– Ciccio, Armando et Giovanni sont sortis déjeuner et ils ne sont pas encore rentrés, dit-elle. Mais moi, je ne suis pas personne, non ? demanda-t-elle en remontant une mèche blonde et en creusant les reins.

– Aoh, belle, fais pas la féministe, va, c'est sûr que t'es là et bien là, rétorqua Guido avec un coup d'œil insistant sur le sein abondant de la fille. Tiens, je te présente ma nièce, Olga, tu verras qu'un jour, ça sera une belle fille comme toi. Le boss est là ?

– Bonjour, Olga. Oui, Francesco est là. Tu veux que je t'annonce ?

– Pas la peine, dit Guido en passant devant elle pour aller pousser une porte au fond. Viens, ajouta-t-il à mon adresse.

Quand Francesco Vittò leva la tête à notre entrée, je fus frappée par l'espèce de tristesse douce qui flottait sur son visage, comme sur celui du maître du lévrier dans la fresque. Sans s'attarder sur mon oncle, ses yeux s'arrêtèrent longuement sur moi et il me sourit. J'avais quinze ans et je tombai instantanément sous le charme du directeur de *L'Alba*. Il était déjà célèbre pour ses campagnes contre le *malgoverno,* la mauvaise administration de la ville et du pays, mais je l'ignorais. Guido me présenta et Vittò m'interrogea sur mes études, je lui expliquai que j'allais arrêter à la fin de l'année, mon père ne voulait plus me nourrir à rien faire, je travaillerais dans une trattoria du port. C'était un vrai péché, observa Guido, car j'avais de très bons résultats. Il tenterait d'intervenir auprès de son frère Ignazio.

– Voilà, trancha le directeur, dis-lui, à Ignazio Nicotra, qu'il a intérêt à la laisser continuer ses études, sinon, on fera campagne contre les mafieux de la via Alloro.

Il a ri et je comprenais qu'il plaisantait mais j'étais tout de même contente d'avoir capté son intérêt. Les deux hommes se mirent à parler du reportage que Guido préparait sur l'industrie du thon et mon regard dériva vers une longue table collée contre un mur, où s'empilaient des livres. Vittò remarqua mon intérêt et m'invita à les regarder de plus près. Si quelque chose me plaisait, il me l'offrait, c'était des services de presse qu'il n'avait pas le temps de lire. Quand nous nous séparâmes, il rit en voyant la hauteur de la pile que j'avais préparée. Il y avait la saga des *Beati Paoli*, célébrissime feuilleton du *Giornale di Sicilia* republié en deux volumes par Flaccovio, une réédition de poche du *Jour de la chouette* de Sciascia, et d'autres titres dont je ne me souviens pas.

Six mois plus tard, quand parut la célèbre une de *L'Alba* annonçant une enquête exhaustive sur "le sac de Palerme", c'est-à-dire le racket des commerçants et la mainmise de la mafia sur le secteur de l'immobilier, j'eus un frisson de terreur délicieuse car, dans un premier temps, je fus persuadée que Vittò avait appris que mon père était resté intraitable sur l'abandon de mes études et qu'il avait décidé de passer à l'action. En réalité, cette série d'articles en annonçait bien d'autres. La campagne antimafia de *L'Alba* avait commencé. Elle serait scandée par des débats parlementaires houleux, avec notamment la fameuse déclaration de la Démocratie chrétienne assurant que la "mafia n'existe pas", et par plusieurs assassinats de journalistes. Mon père exigea que je rompe tout contact avec le *zio* Guido.

Je fis semblant d'obéir mais, outre que des colis de bouquins m'arrivant régulièrement de Catane m'assuraient que l'oncle ne m'oubliait pas, un autre parent avait commencé d'occuper mes pensées, au point de me donner des envies de voyage. Je voulais aller en France rencontrer Georges Nicotra.

– Regarde, me dit mon père un matin en me tendant le *Giornale di Sicilia,* les Nicotra sont fameux partout dans le monde!

"*Un bandit sicilien est devenu l'idole des intellectuels français*" : tel était, mot pour mot, le titre de l'article qui occupait un quart de l'unique page que le journal consacrait à l'actualité internationale. En illustration, un cliché montrait un homme menotté, assis au bord d'une route, son visage rond tourné vers l'objectif, une mince rigole de sang coulant de son crâne dégarni. Prise au moment de son arrestation, cette même photo illustrerait quelques années plus tard le livre d'Antonin, *Le Cas Nicotra.*

Mon père m'expliqua que ce Nicotra-là, prénommé Georges, était un cousin à lui, puisqu'il était le fils du frère aîné de son père, émigré en France avant-guerre.

– Mon oncle était un vrai con, une tique communiste, poursuivit mon géniteur. À vingt ans, il s'est disputé avec son père qui était du bon côté, lui. Mon père aussi d'ailleurs, il était pour le Duce... nous, on est toujours avec le gouvernement, c'est un principe.

– Ça vous réussit pas toujours, ai-je rigolé, car j'avais entendu les récits horrifiques échangés par mon père et ses amis sur la répression de la mafia dans les années 30 par ce Préfet de Fer que Mussolini avait doté des pleins pouvoirs, la prise en otage des familles de mafieux, les interrogatoires au nerf de bœuf, et, le plus grave à leurs yeux, la confiscation de tous leurs biens.

Mon père grimaça :

– Oui, heureusement, après, avec les Américains qu'on a aidés à débarquer, on a pu recommencer à raisonner, conclut-il, chassant un demi-siècle d'histoire de la mafia d'un mouvement du dos de la main. En tout cas, ce con de Giorgio, le frère de mon père, il est parti en France avant la guerre, il s'est retrouvé à suer en usine, il s'est mêlé de politique dans ce pays qui n'était même pas le sien, et il est mort fusillé par les Allemands. Entretemps, il s'était marié à une Française, une belle *picciotta* i' paraît, un peu pute quand même puisqu'elle était enceinte quand ils se sont épousés, et d'ailleurs ni mon grand-père, ni mon père, ni le reste de la famille n'étaient invités… D'ailleurs, on aurait refusé. Et alors, son fils, ce Georges que nous, dans la *famigghia*, on appelle *u francesu,* voilà ce qu'il est devenu, sans protection ni personne pour dire une bonne parole pour lui, c'est un bandit de rien, un chien fou qui n'a plus que ces imbéciles de professeurs pour le défendre. Tu vois le beau résultat, à faire de la politique, à vouloir te mêler de ce qui te regarde pas, conclut mon père en me foudroyant du regard.

Ou plutôt, c'est ce qu'il aurait voulu faire, me foudroyer.

Mais ça faisait longtemps que je soutenais sans peine le regard de ses petits yeux dans son visage bouffi et j'avais beau comprendre qu'il voulait me signifier qu'il connaissait mes fréquentations, ces étudiants qui dînaient tous les soirs à la trattoria et avec qui je m'attardais à fumer en fin de service et qui me mettaient dans la tête des idées, il avait beau respecter les codes en ne disant rien mais en laissant tout entendre, je n'étais pas impressionnée. Ses codes, je n'en avais rien à foutre. Ce fut lui qui finit par regarder ailleurs. D'une voix changée, une voix mal assurée que je lui entendais rarement, il articula :

– Ma petite, fais attention, il y a toujours eu des riches et des pauvres, et il y en aura toujours.

Je me levai et je l'embrassai en caressant ses cheveux teints. Une fois de plus, Ignazio Nicotra se méprit sur sa fille.

– *Quanto sei ruffiana!* me dit-il, ce qu'on pourrait traduire par : "Fais pas ta pute", étant entendu qu'en l'occurrence, il faudrait sous-entendre que "pute" soit dit avec tendresse, sur le ton de la moquerie gentille et sans intention d'insulter, ce qui est impossible en sicilien.

Mon père croyait que j'essayais de l'amadouer. Il ne pouvait pas imaginer qu'en l'embrassant je lui disais en quelque sorte adieu : il venait de prononcer une phrase qui résumait ce pour quoi je ne ferais jamais partie de sa famille. Car les discussions avec mes amis anarchistes m'en avaient décidément convaincue, de cette conviction absolue propre à nos âges : il n'y avait aucune raison de croire qu'il y aurait toujours des riches et des pauvres.

Sous la photo de Georges Nicotra, le *Giornale di Sicilia* expliquait que, grâce au soutien de la fine fleur des intellectuels français impressionnés par ses talents d'écrivain, ce fils d'immigré sicilien antifasciste fusillé par les Allemands avait réussi à prouver son innocence. Mais à sa sortie de prison, il avait déclaré : "Ce n'est pas aux représentants d'un ordre social qui tue chaque jour de fatigue ou d'accident du travail sur les chantiers et dans les usines, qui fait mourir vite avec ses 'bavures policières' ou lentement en imposant de perdre sa vie à la gagner, ce n'est pas aux flics et aux juges de décider pour nous ce qui est juste et injuste. Quand nous aurons détruit le capitalisme, nous nous poserons la question de la bonne manière de régler les conflits entre nous. En attendant, je ne vous dirai qu'une chose: oui, j'ai volé. Mais dans toute ma vie, je n'ai volé que quelques millions aux exploiteurs qui, chaque jour, volent des millions de vies."

Deux jours plus tard, je fis ma première fugue, mais elle fut de longue durée et me conduisit jusqu'en France. Depuis quelques mois, je tapais dans la caisse: j'avais un peu honte, car le patron de la trattoria, un lointain cousin, me manifestait une affection authentique. Mais il me fallait constituer un pécule secret, car j'étais fermement décidée à partir. Jusque-là, si je n'avais pas exécuté mon projet de fuite, c'est parce qu'il se heurtait à un obstacle majeur: je ne savais pas où aller. Il me fallait écarter l'idée de rejoindre l'oncle Guido, parce que mon père m'aurait immédiatement fait récupérer par ses amis de Catane. Et il était hors de question de quémander un asile auprès de mes amis à moi, ces anars palermitains qui s'attardaient après dîner à la trattoria – et dont la plupart n'étaient nullement étudiants, car ce serait leur attirer immanquablement de graves ennuis. Mais grâce à l'un d'eux, qui travaillait à la douane (oui, c'était un douanier anarchiste), je pus embarquer clandestinement sur le ferry pour Naples, où je pris un train pour Rome et de là un autre pour Paris. Sans le savoir, en me montrant l'article du *Giornale di Sicilia*, mon père avait offert à mes désirs de fuite une destination.

Je voulais rencontrer ce cousin de mon père pour qu'il me raconte son combat contre les voleurs de vie. Et peut-être, le partager. Partie pour rejoindre Robin des Bois, j'ai trouvé en la personne de Georges Nicotra quelqu'un qui me rappelait plutôt Piergiorgio, mon "fiancé" de douze ans, du marché du Ballerò. Avec ma fugue en France, je me suis offert une sorte de séjour linguistique de très haut niveau qui me permit d'apprendre le français avec de grands noms des Arts et des Lettres que Georges fréquentait. Mais ce fut aussi une des périodes les plus tristes de ma vie.

Arrivée Gare de Lyon après un voyage nocturne durant lequel je n'avais pas dormi une seconde, au milieu de la foule circulant en tous sens, j'ai lutté pour ne pas céder à la panique après avoir dit au revoir au couple de pizzaïolos avec qui j'avais bavardé et qui s'en retournaient travailler rue du Faubourg Saint-Antoine après un séjour familial à Castellammare di Stabia. Suivant leurs conseils, j'ai fait la queue pour changer mes lires puis j'ai pris mon fameux air têtu pour appeler ma mère. Dans le train, j'avais réfléchi à ce que je dirais. Je voulais éviter les jérémiades, couper les ponts, passer tout de suite à autre chose. J'étais prête. Mais à l'autre bout du fil, on ne décrocha pas.

Le soir même, quand je me suis décidée à rappeler, je l'ai eue au téléphone, et quand je lui ai dit que j'étais chez *u francesu*, le cousin de papa, avant même que j'aie le temps de lui annoncer triomphalement que je ne comptais pas rentrer en Sicile avant dix ou vingt ans, elle a rétorqué :

– Le fils de Giorgio, il te fait manger comme il faut, au moins ?

Va fan culo, ai-je pensé, mais je l'ai gardé pour moi, j'ai répondu que oui, j'étais bien nourrie, et j'ai raccroché. Mon humeur batailleuse de la Gare de Lyon s'était évanouie, car j'étais désormais portée par la bonne humeur de Georges. C'est ce qui m'avait tout de suite frappée chez lui : une allégresse qui me rappelait certains moments dans les années précédentes, quand j'apercevais la bande de la piazza Marina et que mes copains avec des grands gestes m'invitaient à courir vers eux, ou quand je marchais sur le port en direction de la trattoria et qu'une baisse soudaine d'intensité de la circulation automobile laissait arriver jusqu'à moi les sons de flûtes et de clochettes que le vent tire des mâts des bateaux dans le port de plaisance, ou quand je sortais de notre *basso* et que, levant le visage vers le ciel je voyais qu'encore une fois le jour serait beau.

Une rare joie de vivre habitait Georges et j'ai senti la même chez certains de ses amis ex-taulards que le long séjour à l'ombre semblait avoir conservés à l'âge adolescent. Quand je les voyais ensemble ou quand je parlais avec "mon oncle" (c'est ainsi que, par commodité, nous présentions notre lien familial), j'avais bien l'impression d'avoir affaire à des "chiens fous", comme mon père avait qualifié Georges, mais leur folie leur donnait la force de sauter toutes les barrières. Égocentrique, manipulateur, insensible et brutal parfois, Georges était à bien des égards un sale type. Mais au milieu de la nuit, quand les bavardages sous sa mansarde s'épuisaient, qu'il se levait d'un bond en proposant un jogging sur les quais de la Seine, avant de prendre le volant pour aller réveiller les phoques en baie de Somme, ou quand il fonçait, renversant tout sur son passage, sur le tournage d'un film consacré à son ami Mesrine parce que le scénario ne lui convenait pas, ou quand, sans craindre de mettre sa conditionnelle en danger, il insultait un flic en train d'emmerder un SDF, en bien d'autres occasions encore, il m'a donné l'impression de me faire toucher du doigt la liberté.

À presque un quart de siècle de distance, je me rends compte que ce n'était pas une humeur passagère, ce sentiment surgi parfois au détour de ma vie palermitaine, et qui m'a accompagnée dans les pas de Georges durant les premiers temps de ma découverte de Paris. C'était l'irruption au grand jour d'une aspiration informulée, trop longtemps comprimée, un bondissement de l'âme que je n'ai jamais vu exprimé aussi clairement que dans un slogan sur un mur de Paris: "Ce que nous voulons? Tout!"

La première fois que j'ai vu Georges, je n'ai pas perçu tout de suite cet élan, il m'a même semblé sentir quelque chose de lourd dans sa voix, tandis qu'au fond de l'arrière-salle bondée d'une librairie proche de la place de la République, il lisait un passage de *Flinguez-les tous !* Je ne parlais pas français alors mais j'ai depuis identifié l'extrait lu ce jour-là, il commence ainsi : "Les morsures de mes grilles, de mes fers, du cube de béton dans lequel je suis coulé à vif, une suprématie de l'hideux, démontrent l'injustifiable d'une société." S'il n'y avait pas eu l'écran de la langue, si j'avais perçu la grandiloquence de la phrase, j'aurais peut-être été alertée et, par la suite, j'aurais été moins déçue.

Car, oui, je m'en vante : à quinze ans, déjà, j'avais l'oreille pour percevoir dans la voix la fausse note du bidonnage. Il me semble même que dès le moment où j'ai commencé à penser par moi-même, c'est-à-dire contre mon milieu, j'ai perçu qu'une faute de goût était le signe d'un manque, même si à l'époque je n'aurais pas su le nommer. Aujourd'hui j'appelle ça le défaut d'authenticité. Mais n'allons pas trop vite : au début, en tout cas, je me suis sentie de plain-pied avec Georges et ses amis voyous. J'ai aimé sans recul leur faconde et leurs bravades, qui me semblaient tout l'inverse de mon père et ses semblables, avec leurs grimaces et leurs codes, et toute leur barbarie contrainte. Plus encore, je me sentais unie à ces bandits français dans la mégalomanie du bonheur qui est le propre d'une certaine jeunesse, quel que soit son âge. Car nous étions les ennemis non pas des vieux, mais de ce qui les a fait vieillir.

Après la rencontre publique, et alors que le premier cercle d'admirateurs s'éclaircissait un peu, je me suis approchée assez pour que Georges remarque cette gamine en jean miteux et blouson de plastique fuchsia et il a aussitôt interrompu la discussion dans laquelle il était plongé avec un grand type chauve à lunettes pour m'adresser la parole. Je ne sais pas ce qu'il m'a dit mais son sourire gentil l'a emporté sur ma timidité et je lui ai répondu :

– *Sono Olga, la figlia del tuo cugino Ignazio Nicotra.*

Sans se départir de son sourire, il a approché son visage du mien et a gueulé :

– Moi pas com-pren-dre. Pas parler es-pa-gnol.

J'ai sursauté, mais tout le monde a rigolé. J'ai découvert par la suite que Georges, qui ne possédait que sa langue maternelle, croyait qu'il lui suffisait de parler très fort en détachant les syllabes pour se faire comprendre de n'importe quel étranger.

– Ce n'est pas de l'espagnol, c'est de l'italien, a dit le chauve à lunettes avant de me demander : *Come ti chiami ? Da dove sei ?*

J'ai répondu, le chauve a traduit à l'intention de Georges qui m'a posé d'autres questions et c'est ainsi que, pour la première conversation que j'ai soutenue sur le sol français, j'ai eu pour interprète rien moins que Michel Foucault. Puis, le maître se lassant, il a passé une main sur son crâne et s'en est allé, en compagnie de quelques autres *professori*, non sans avoir invité Georges à le recontacter. Il a enfilé son manteau, aidé par un ami empressé, et c'est à ce moment seulement que j'ai remarqué sa maigreur extrême et la lenteur de ses mouvements. Je n'ai plus jamais revu Foucault mais je l'ai beaucoup lu et relu, et parfois, entre les pages, flotte sa silhouette qui déjà, dans mon souvenir, avait quelque chose d'un fantôme.

Pour l'interprétariat, c'est Gégé qui a pris la relève. Aussi large que haut, et il était fort haut, Gégé, appris-je plus tard, avait fait partie d'un clan de Marseillais basés à Rome et il avait connu Georges à Clairvaux, ancienne abbaye de sinistre mémoire où des matons s'étaient taillé des espèces de fiefs familiaux et avaient fait régner la terreur jusqu'à ce que des détenus rebelles leur imposent un peu de retenue. C'était là aussi qu'était née l'affaire Buffet-Bontems, par une explosion atroce de violence illégale qui avait abouti à une cérémonie atroce de violence légale dans la cour de la Santé. (Si vous ne savez pas de quoi je parle, voyez Google.) La nuit de mon arrivée, je dormais sur le canapé mis à ma disposition dans le vaste appartement en soupente que son éditeur prêtait au fils de l'oncle de mon père (mon cousin issu de germain ou mon oncle à la mode de Bretagne ? Je ne sais pas, à Palerme, pour désigner mon lien de parenté avec *u francesu,* je n'avais qu'un mot : *zu*).

J'avais du mal à dormir. Dans la chambre voisine, Georges s'envoyait bruyamment en l'air avec Michèle, une historienne universitaire que George avait tripotée sans vergogne toute la soirée et qui s'était présentée à moi comme féministe, mais je n'avais pas eu le temps de l'interroger là-dessus car la fiancée de Gégé, une Marseillaise flamboyante, avait aussitôt imité la professoresse, me serrant la main avec componction : "Michèle, aussi, mais moi je suis une cagole", ce qui avait déclenché l'hilarité générale, à l'exception de la première Michèle, qui avait pris l'air offensé, et de moi, ahurie.

Nous étions une vaste tablée chez Bofinger, brasserie dont le décor m'éblouissait et les serveurs m'intimidaient, la bière et le champagne se mêlaient autour des choucroutes fumantes et des pieds de cochon, j'étais assise entre *zu* Georges et Gégé et j'avais en face de moi Gébé, le doux pas dingue du tout de *Charlie Hebdo*, qui s'est penché par-dessus la table pour me dire dans un drôle d'italien : "Tout ça, c'est très lourd, il faut bien choisir son menu", et j'ai compris qu'il ne parlait pas du repas.

À un moment, un colosse roux s'est levé en brandissant son verre, c'était Karl Heinfeld, un type spécialisé dans les faux casses, m'expliqua Gégé – c'est-à-dire les cambriolages exécutés avec la complicité des cambriolés qui touchaient l'assurance et une partie du gain de la revente. Bertrand Carpette, le célèbre affairiste bien-aimé du président de la République, avait fait appel plusieurs fois à ses services, me glissa encore Gégé, et je n'avais pas la moindre idée de qui cela pouvait bien être ni de la raison pour laquelle la conclusion du discours de Heinfeld, "Je bois à la santé de tous les innocents!", recueillit tant de rires et d'applaudissements.

Mais dans l'ensemble, ce soir-là et les jours suivants on peut dire que, malgré le barrage de la langue, je me suis bien amusée, et même si, à Catane, j'aurais une chambrette à moi, et qu'à Paris, depuis mon canapé, je devais subir le spectacle de *zu* Georges à son réveil, c'est-à-dire n'importe quand, déambulant en slip kangourou, ou qu'il me fallait subir ses rumeurs physiologiques diverses (car pour des raisons évidentes, il supportait mal les portes fermées), je me suis sentie bien davantage chez moi dans sa soupente de la rue du Faubourg Poissonnière que rue des Crucifix, chez l'oncle Guido.

Au matin de mon premier jour à Paris, c'est Gégé, débarqué à l'aube sans avoir dormi, qui s'est chargé de moi, m'emmenant découvrir en quelques heures les vrais croissants, le métro, la tour Eiffel, les bateaux-mouches, le Louvre, Notre-Dame et la librairie Publico. En ce dernier lieu, siège central de l'anarchie française, canal historique, j'ai pu présenter mes lettres de créances en donnant des nouvelles des compagnons de Palerme et, même s'il avait accepté sans faire de difficulté la mission de baby-sitter que lui avait confiée Georges la veille, Gégé ne fut pas mécontent de me refiler pour la soirée et plus si affinités aux bons soins du cercle Maurice Joyeux qui y tenait réunion ce soir-là. Il y avait plusieurs polyglottes parmi ses membres, et j'ai aimé la variété des sujets abordés, de la situation des femmes boliviennes aux origines de la famille, de la propriété privée et de l'État, et de l'antisémitisme de Proudhon aux difficultés du convoi de soutien à Solidarnosc en passant par les bonnes marques de bières pas chères et l'Espagne, l'Espagne, l'Espagne. J'aimais même l'idiotie des chansons anarchistes *("C'est reculer que d'être stationnaire")* parce que celui qui les chantait avait des yeux qui me donnaient l'impression, pour la première fois de ma vie, d'être vraiment vue.

Il s'appelait Patrick, il avait vingt ans, venait de Nevers, étudiait l'histoire à la Sorbonne.

Vers une heure du matin, Georges a téléphoné à la librairie, il m'a annoncé qu'il avait prévenu mon père de ma présence chez lui et que le paternel m'avait solennellement confié à sa garde, ce qui le faisait bien rigoler.

– Tu veux que je vienne te chercher? m'a-t-il demandé. J'ai un truc à faire où je peux pas t'emmener, mais y a de la bouffe au frigo.

J'ai décliné en lui promettant de rentrer le lendemain matin. J'ai suivi Patrick dans sa chambre de bonne du quai de Jemmapes. En cessant d'être vierge, j'ai eu mal mais pas trop et il a eu l'air content et j'ai été contente pour lui. Il a dormi et je l'ai regardé dormir. Bref, au matin, café, croissant et je vais à la fac mais on se revoit quand tu veux. Le soir même j'étais de retour à Publico, Patrick n'était pas là et on ne savait pas quand il reviendrait. J'ai laissé une demi-douzaine de messages sur le répondeur chez lui et je suis repassée à Publico tous les soirs pendant trois jours et, le troisième, je l'ai aperçu derrière la vitrine. Souffle coupé, cœur battant, mains moites, tout le tremblement, c'est le cas de le dire: deux décennies plus tard, en passant par le Laos, j'ai chopé la malaria et à la première crise j'ai revu la tête de Patrick. En attendant, il était là, en train de causer avec une grande belle bringue à lunettes, une de ces Françaises qui savent si bien s'habiller d'un rien que tout le monde les remarque. Je suis arrivée dans son dos à lui mais elle ne me voyait pas non plus, occupée qu'elle était à se laisser contempler par son interlocuteur. Cette disposition des corps, et en particulier de leurs yeux et de mes oreilles, m'a permis d'entendre sans être vue ce qui se disait entre eux :

Elle – Et ta petite Italienne ? Tu ne la revois pas ?

Lui – Qui ça ?

Elle – Comment elle s'appelle… Olga ?

Lui – Ah, la petite boulotte ?

Il y avait le ton, ennuyé, et puis l'appellation. J'avais quinze ans et personne, jusque-là, ne m'avait fait remarquer que j'étais petite et grosse. Mon père et ma mère, quand ils étaient d'humeur, me disaient que j'étais *beddra*, belle. Dans la bande de la piazza Marina, personne ne se serait permis d'évoquer en quelque manière que ce fût mon physique, car j'étais la fiancée du chef, c'est-à-dire celle qu'il avait le privilège d'embrasser sur la bouche devant toute la troupe (mais c'était bien tout ce qui se passait entre nous). Quant aux anars palermitains, j'étais leur mascotte, mon corps ne comptait pas. Avec Patrick, pendant quelques heures, j'avais senti enfin à quel point il comptait, pour lui comme pour moi, en dépit du manque d'intérêt du coït conclusif.

Et voilà, j'étais venue jusqu'à Paris pour découvrir à la fois que j'avais un corps, et qu'il n'était pas terrible. Sortie en courant de la librairie, j'ai croisé mon image dans la vitrine d'en face et elle n'a pu que confirmer. J'avais appris un mot français que je hais encore : je n'étais pas seulement petite, j'étais aussi *boulotte*.

Dans les mois qui suivirent, *zu* Georges m'a emmenée partout avec lui, j'ai rencontré des comédiens, des chanteurs, des politiciens. Et beaucoup d'écrivains. Tous ces gens se voulaient et se proclamaient de gauche, c'est-à-dire qu'ils avaient encore quelques faiblesses pour un président qui avait entamé son ascension vers le pouvoir en affirmant qu'il n'y avait pas de place dans son parti pour "ceux qui n'acceptent pas la rupture avec l'ordre établi, avec la société capitaliste". Et qui incarnait le mieux la rupture avec l'ordre établi que ces bandits qui se proclamaient, avec un mélange variable de sincérité et de sens de l'opportunité, ennemis du capitalisme ?

Amis français, ne vous vexez pas si une Sicilienne se permet ce genre de remarque : nos politiciens à nous sont aussi menteurs que les vôtres mais la différence est que personne, ni leurs électeurs, ni leurs opposants, ne les croit. Personne en Sicile, où on votait massivement pour la Démocratie chrétienne, n'a pris ce parti au sérieux quand il a soutenu que la mafia n'existait pas, et pas un des partisans de Berlusconi n'a cru à ses protestations d'honnêteté, sa corruption étant même une raison de l'élire.

En 1983, la gamine que j'étais a pu le constater : parmi les soutiens de Georges, les mondains superficiels étaient rares, il y avait beaucoup de gens estimables, dont la culture et l'intelligence m'impressionnaient grandement et m'apprenaient beaucoup. Au contraire de moi, ils connaissaient l'histoire du socialisme, depuis la guerre de 14 jusqu'à celle d'Algérie. Tous avaient pourtant, en vrai ou en pensée, dansé à la Bastille – et ils croyaient.

Ils croyaient encore qu'"*un homme, une rose à la main, a ouvert le chemin, vers un autre demain*". L'immense Barbara, le doux elfe Higelin, le faux cynique Wolinski, Bedos et Signoret et tous les autres, professeurs et écrivains, croyaient à l'existence d'un lieu où les bonnes intentions réformatrices de Mitterrand et la révolte de Georges Nicotra se rejoindraient. Et tandis que l'Élysée en était au troisième de ces bulletins de santé présidentiels qui avaient été présentés comme une preuve inédite de transparence et qui s'avéreraient de purs concentrés de mensonges, que le tournant reaganien du septennat s'amorçait et que Georges multipliait les blagues sur la farce de son acquittement, ses soutiens continuaient de croire autant à la sincérité du président qu'à l'innocence du taulard.

Moi, j'avais quinze ans, j'étais ignorante comme une coucourde mais je sentais bien que, dans cette atmosphère d'allégresse unanime, quelque chose clochait. Quelque part, y avait maldonne, comme disait déjà Antonin. Mais je ne l'ai pas entendu le dire. À l'époque, je ne l'ai croisé qu'une fois, dans un café où il y avait beaucoup de gens autour de Georges, et je n'ai qu'un souvenir vague de lui ce jour-là, et lui, aucun de moi. Il faut dire que, malgré les incitations répétées du *zu* qui aurait voulu que je fasse mon chemin dans le beau monde, j'avais du mal à m'y avancer, et quand il insistait pour que j'aille parler à tel prof qui aurait pu m'aider à reprendre mes études, à tel musicien qui aurait pu m'emmener quelques jours en Angleterre, je traînais la patte.

Georges avait très vite décidé que cette gamine débarquée de Sicile était une petite sœur à protéger et il voulait la lancer dans la vie, mais il ne se rendait pas compte que malgré les clowneries, vols de portefeuilles de ses amis, escalades de façades, cabrioles diverses dont elle le régalait, sa sœurette s'était mis très vite au pied un boulet – une boulotte en fait.

Ma nuit avec Patrick m'avait fait découvrir la chair, cet encombrement. Georges voulait m'ouvrir les portes du paradis de la liberté, mais mon corps me bouchait le passage. Peut-être est-ce pour cela, parce que je le regardais depuis le seuil, derrière la vitre sale de ma tristesse, que j'ai eu très vite le sentiment qu'à Paris aussi, il y avait quelque chose de pourri au royaume des Nicotra.

Toujours est-il que je suis revenue en Sicile six mois après l'avoir quittée, ayant reçu à Nanterre un coup de fil de ma mère en larmes. Première conséquence des campagnes menées par *L'Alba*, une opération de police avait frappé les niveaux inférieurs de la mafia et mon père était à l'Ucciardone.

Voir sur son visage ce teint des taulards auquel son cousin Georges *u francesu* avait consacré quelques belles pages me fit de la peine, mais cette peine se transforma en fureur quand, à son arrivée dans la puanteur et le tohu-bohu de la salle des colloques, il profita de la brève étreinte que les matons nous concédèrent pour me glisser à l'oreille des conneries en langage crypté à transmettre à je ne sais plus quel membre de la *famigghia*. On ne dira jamais assez le mal que Coppola a fait à la mafia. Non pas parce que *Le Parrain* aurait recelé, sous le vernis du glamour *mafioso*, je ne sais quelle secrète dénonciation, mais tout au contraire par un effet secondaire certainement non prévu du réalisateur. À partir de 1972, et au fur et à mesure que le succès du film et de ses suites enflait, les mafieux se sont crus toujours davantage dans une pellicule d'Hollywood.

Avant, c'est-à-dire quand c'était mieux, ils s'identifiaient à des personnages des *Beati Paoli*, au point de se donner des surnoms tirés de ce roman-feuilleton. Écrite au début du XXe siècle pour le *Giornale di Sicilia* par un admirateur d'Alexandre Dumas et de Garibaldi, la saga racontait les agissements d'une secte qui, au XVIIe siècle, prenait aux riches pour donner aux pauvres, et que certains présentent comme une ancêtre de la mafia. Même si on peut douter de ce dernier point, il est sûr qu'en abandonnant l'invocation de héros pseudo-historiques mus par des grands sentiments au profit des grimaces hollywoodiennes de personnages habités par la seule jouissance du pouvoir, les amis à papa se sont enfoncés dans une caricature d'eux-mêmes toujours plus vulgaire – bref, dans l'inauthenticité. Je sais, ce dernier mot peut surprendre, de la part d'une fille du sous-prolétariat palermitain qui, à neuf ans, volait des portefeuilles de touristes, à quinze piquait dans la caisse de son patron et, plus tard encore, fit un peu la pute avant de projeter l'assassinat d'un *boss* sarde. Mais bon, sans vouloir me vanter, l'aboutissement de ce cursus c'est quand même que j'ai passé ma thèse en Sorbonne avec mention très honorable, les félicitations du jury et incitation à publier.

Ainsi incitée, je publie.

Certes, ce que je publie est à première vue fort éloigné des 780 pages (en comptant les 38 de notes) intitulées *De Flaubert à Sciascia en passant par Kundera : la question de l'authenticité en littérature*, pages qui dorment, très rarement dérangées dans leur sommeil, sur le site du Centre de recherche en littérature comparée (Paris). Pourtant, le premier pas vers la rédaction de ce texte je l'ai franchi quand, le lendemain de ma visite à mon père, je suis sortie pour la dernière fois du *basso* familial et que j'ai commencé à marcher, sac de voyage sur le dos, jusqu'à la gare routière.

À peine avais-je débarqué du Pullman Palerme-Catane que Guido m'embarquait dans la Mercedes 220D de 1970 qu'il venait d'acquérir. Blanche, avec des sièges de cuir noir, le climatiseur et l'antenne électrique, les vitres teintées : pour sortir du ratage parisien et entrer enfin dans la vraie vie telle que je la voulais, je ne pouvais rêver meilleur carrosse (la citrouille mettrait huit jours à apparaître).

Le soir de mon arrivée, Guido m'emmena directement face à la mer, via San Giovanni Li Cuti, pour manger une friture mixte avant d'écouter le Brass Group Big Band, la fameusissime formation de jazz palermitaine qu'il avait fait venir, car il la suivait depuis sa création en 1974. Sans avoir jamais assisté jusque-là à ses concerts, j'avais entendu résonner jusque dans la rue sa musique, car le groupe avait son siège dans l'ancien hôpital des pauvres Santa Maria dello Spasimo – Sainte Marie des Affres (ou du Spasme), dans mon quartier natal de la

Kalsa : là d'où je viens, on peut certes fonder un groupe capable de monter jusqu'aux étoiles Charlie Mingus et Miles Davis, mais à ses membres pèseront toujours, comme un boulet au pied, les affres (à moins que ce ne soit le spasme) de la mère sainte. En tout cas, ce soir-là, mes pieds à moi se sont vite retrouvés nus à danser sur la plage, vers deux heures du matin, en jeune compagnie, tandis que Guido débattait avec ses vieux amis des mérites comparés des femmes de Palerme et de celles de Catane ainsi que des résultats des élections de juin à l'Assemblée régionale, et de leur incidence sur la répartition des pots-de-vin.

Je ne buvais pas encore mais depuis l'âge de douze ans je fumais de l'herbe et, cette nuit-là, l'excellente production locale proposée par mes amis d'une nuit m'a plongée dans une euphorie dont je ne me suis pas départie les jours suivants, vu que j'avais vite repéré la réserve de Guido. Ce dernier se levait bien avant moi, s'absentait pour son travail toute la journée et rentrait me chercher pour dîner. J'avais rien que pour moi son appartement de la rue des Crucifix, avec le frigo rempli de l'essentiel – pâtes et glaces –, avec la bibliothèque et les deux mille 33 tours de la collection jazzistique de l'oncle, avec l'immense terrasse d'où l'on apercevait la mer d'un côté, et de l'autre, au-delà de l'étendue des toits, l'Etna noir qui fumait. Je venais d'arpenter la capitale de la France, je n'avais aucune envie de découvrir une ville qui m'apparaissait soudain, après Paris, comme une espèce de banlieue lointaine de Palerme. Pendant huit jours, je m'abstins de sortir pendant la journée. Le matin, après le café au lait et le paquet de biscuits qui seraient mon seul repas jusqu'au soir, je mettais un disque et fouinais dans la bibliothèque. Puis, quelques livres en main, je passais sur la terrasse. Citronniers en pots et pergolas de jasmins et de frangipaniers, ombres et parfums, brise marine et soleil craquelant les tommettes, rumeurs de la rue par-dessus la rambarde, chaise longue et boissons fraîches : j'y traînais la plus grande partie du jour, joint au bec, en lisant ce que j'avais sélectionné – Sciascia, García Márquez, *Pouvoir ouvrier pour le communisme*, *I Beati Paoli*.

J'aimais lire, je voulais tout lire. Mais parfois, mes yeux s'écartaient des pages, je repensais à Paris, à ce que j'y avais vécu. Une somnolence me gagnait. Suivant les habitudes prises du côté de chez Georges, le sommeil me surprenait à n'importe quelle heure du jour ou de la nuit et parfois je m'éveillais en sursaut, j'essayais de prononcer des bouts de phrase en français ou en sicilien, puis je me taisais.

Quand Guido, le soir, m'emmenait au restaurant dîner avec ses amis et, plus tard, au bar où la soirée se poursuivait, j'écoutais et ne disais à peu près rien mais mon silence passait inaperçu, au milieu de discussions dont la bruyante extravagance augmentait inexorablement avec l'imprégnation alcoolique. J'étais fascinée par les connaissances réelles ou prétendues de ces hommes et de ces quelques femmes, par leur capacité à sans cesse citer, à rire très fort de demi-mots dont le sens m'échappait, à parler en langues, à démontrer. À Catane je faisais comme à Paris un peu plus tôt, j'écoutais, je m'imprégnais, j'apprenais, je m'indignais de la légèreté de ces bavards sur des sujets très graves et je les admirais : je pourrais aligner encore beaucoup de verbes pour raconter tout ce que je faisais tandis que, face à eux, je ne faisais rien. Le huitième soir, nous avons dîné en tête à tête, l'oncle et moi. C'était la première fois depuis mon arrivée.

– On m'a fait parvenir un message de ton père, il te confie à moi, m'annonça-t-il.

– Tu l'as prévenu que j'étais là ?

– J'ai appelé ta mère, oui, il valait mieux que ce soit moi qui leur dise plutôt que les amis de ton père. Elle a transmis l'information à Ignazio, il te fait dire que tu peux rester avec moi aussi longtemps qu'il sera en prison. Il pense être dehors dans un an ou deux…

– Et ma mère ?

– Quoi, ta mère ?

– Elle n'est pas trop inquiète ?

En voyant mon sourire amer, Guido retint l'élan d'une fourchetée de linguines aux oursins vers sa bouche. Doucement, il la reposa au bord de l'assiette.

– Tu sais, me dit-il en me prenant la main, ta mère, elle t'aime à sa manière.

Je n'avais pas envie que ma mère m'aime à sa manière. J'avais envie qu'elle m'aime.

C'est ce que je me suis dit sur le moment et puis redit plus tard, au fond de mon lit.

Ce soir-là, comme tous les soirs, je m'étais couchée la première et, à travers la porte de la chambrette, j'entendais l'oncle Guido aller et venir, parler au téléphone, taper à la machine, mettre un disque puis un autre. Je me suis endormie et quand je me suis réveillée, une heure plus tard, je pleurais. J'avais rêvé de Patrick, il me disait "ton père t'a confiée à moi". La porte s'est entrouverte, Guido est entré et s'est assis au bord du lit. Il m'a pris la main :

– Tu pleures ? Tu es malheureuse ?

Je me suis assise sur le lit et je me suis serrée contre lui. Il m'a caressé les cheveux, j'ai senti sur ses mains l'odeur d'eau de Cologne à la lavande dont il faisait grand usage. J'ai dit quelque chose comme "c'est rien, mon oncle chéri, heureusement que je t'ai".

Il m'a prise dans ses bras, nous sommes restés comme ça un moment puis il s'est penché, poussant jusqu'à ce que je sois de nouveau étendue et il s'est allongé de tout son long sur moi. Je me suis sentie suffoquer sous son poids. Ses mains se sont glissées sous mon pyjama. J'étais raide comme un morceau de bois. Des orteils à la nuque, je sentais tous mes muscles crispés, je sentais que toutes mes forces refusaient ce qui était en train de se passer.

Tout à coup, je n'ai plus rien senti. Rien. J'aurais voulu me débattre, crier, mais je m'étais absentée de mon corps.

Je pensais.

Je pensais que si je me débattais, je devrais dire adieu à Catane, repartir de nouveau, et où ? Je pensais à la conversation que nous avions eue avant que je me couche. Guido m'avait proposé de m'inscrire dès le lendemain au lycée scientifique et linguistique Principe Umberto di Savoia, l'un des plus anciens de l'Italie, dont il connaissait le directeur. Quelle joie ! J'avais eu le sentiment qu'enfin, j'allais entrer dans le cercle. Le premier cercle, celui du savoir. Le deuxième serait celui de la liberté. Le troisième…

Guido soufflait fort, il m'a pénétrée. Dans la pièce à côté, le Brass Group Big Band jouait avec Mingus. Je voyais la nef sans toit de l'église du Spasimo. Je voyais la nuque de Patrick en train de me qualifier de boulotte, ou plutôt de me quantifier : mon corps n'était pas assez long et pesait trop lourd. J'étais une petite boule qu'écrasait la grande carcasse de son oncle. J'avais envie de vomir, j'avais envie de le tuer, j'étais dans les affres.

J'ai eu un spasme.

Guido a grognassé, il a balancé un dernier coup de rein, il a roulé sur le côté et il m'a chuchoté :

– Mais on dirait que tu aimes ça, ma chérie.

Je mettrais deux ans à lui dire que non.

Le polar d'Antonin – SUITE
Cagliari

J'ai rencontré Olga en 1991. Pour être pris au sérieux, je ne devrais pas entamer le récit de ma première rencontre avec la femme de ma vie en parlant de Lui. Mais il y a bien trente ans, depuis que j'ai commencé à dire que j'étais homme de lettres, que j'ai renoncé à être pris tout à fait au sérieux.

Lui. Point de rencontre entre l'élégance pure de la courbe, telle qu'on peut la percevoir sur les photos de la Terre vue de l'espace, et cette puissance d'élan vital que les belles plantes communiquent. Doux remuements inconscients de leurs splendeurs furtives, jeu électrisant d'expansion-rétraction des sphères, frémissements adorables... Mystères des convexités, promesses des concavités...

Grâce faite chair.

– T'as pas fini de regarder le cul de la serveuse ? m'a dit Sonia.

J'ai reporté mon regard sur elle et je n'ai pas aimé ce que je voyais. Je voyais une femme magnifique que j'avais beaucoup trahie et qui me l'avait fait payer, je voyais dans ses yeux et aux coins de sa bouche l'amertume qu'y avaient laissée mes péchés contre l'amour et les pénitences qu'elle m'avait infligées, et je voyais dans son cœur, comme les traces que paraît-il les incidents cardiaques y laissent, les strates de nos affrontements, de nos guerres sans cesse rallumées et de nos traités de paix toujours déchirés.

– Quoi ? Quoi ? ai-je temporisé.

– Tu mates les fesses de cette fille. Et j'en ai marre de la sexualité réflexe des mâles de ton âge. Putain, les mecs de plus de quarante ans, c'est pas grave si vos chairs deviennent une peu flasques, si vous n'êtes plus aussi performants que vous voudriez au lit, si vous commencez à vous réveiller plusieurs fois par nuit pour pisser. Le problème c'est pas le vieillissement de vos corps, c'est celui de votre sensibilité.

Circonstance aggravante, elle n'avait pas tort.

Et elle le savait bien : j'approuvais tout à fait sa détestation du machisme, sauf que dans mon cas c'était faux.

Je ne suis pas du tout macho. (J'en vois d'ici qui rient.)

– Mais non, je ne matais rien du tout, j'étais dans mon prochain polar, ai-je menti.

Ou bien non, peut-être n'ai-je pas menti, mais je ne le savais pas encore.

Le problème c'est que derrière mon intérêt pour le derrière de la jeune femme derrière le comptoir (oui, je sais, cela fait beaucoup de derrières), il y avait une tout autre raison que ses attraits physiques. Et que je ne pouvais pas la dire à Sonia. Je ne pouvais pas lui raconter que je savais qui était cette demoiselle, ni lui expliquer quelles raisons j'avais de vouloir la rencontrer, car ma soupçonneuse compagne (il est vrai que je lui avais donné des motifs de l'être) subodorerait que, contrairement à ce que j'avais prétendu, ce n'était pas principalement pour lui faire découvrir cette ville chère à mon cœur que nous étions venus à Cagliari.

En tout cas, comme mon regard dérivait à nouveau vers la jeune serveuse, Sonia a poussé un soupir et, sans un mot, elle est sortie.

Du bar, et de ma vie.

En voyant ma mine déconfite, une heure plus tard, Carlo Birocchi, un des piliers du festival Marina Cafè Noir, m'a tout de suite lancé :

– Allez, Antonin, ne me dis pas que tu t'es encore disputé avec Sonia ?

– Bah oui. Et cette fois, elle est partie.

– Partie ? Comment ça ?

– Comme ça. Elle a fait sa valise, elle a pris un taxi pour l'aéroport et elle s'est envolée pour Paris.

– *Merde* (en français dans le texte). Mais ça a dû lui coûter un paquet. Son billet n'était ni modifiable ni remboursable.

Il était fait comme ça, Carlito : il avait l'esprit pratique et si, lui, prenait au sérieux mes écrits (du moins je le suppose sinon il ne m'aurait pas si souvent invité à Cagliari), il traitait avec un détachement bonhomme mes déboires sentimentaux. Il est vrai qu'il nous avait vus rompre et nous raccommoder plusieurs fois, Sonia et moi.

En conséquence, comme plus rien ne me retenait, j'ai continué à dégringoler le long d'une pente inévitable autrement appelée caractère. J'ai picolé. Le soir même, au centre social de Mulinu Vecchiu, après un débat sur le mouvement de création musicale né en ce quartier périphérique, alors qu'un groupe de rockers quadragénaires s'apprêtait à jouer, j'ai demandé à un autre pilier de l'association, le philosophe Dario, de me ramener en ville, et dès qu'il m'eut déposé, je me dirigeai vers le port.

Quand je suis entré dans le café chic sobre du port de plaisance, derrière la Douane, établissement tout en surfaces blanches et écriteaux anglophones, j'ai tout de suite repéré la jeune femme qui, le matin même, nous avait servis, Sonia et moi. Elle était maintenant accoudée à une extrémité du comptoir, en compagnie d'une amie. Toutes deux riaient en feuilletant une revue. À leurs commentaires, je compris qu'elles examinaient des tenues vestimentaires qu'elles trouvaient toutes plus ridicules les unes que les autres. Le patron vint prendre ma commande. Je demandai un Negroni, il acquiesça comme s'il avait su d'avance mon choix pour la boisson préférée des riches marins d'opérette qui, dans la journée, fréquentaient les lieux.

La jeunesse callipyge n'avait pas changé d'atours.

Pas de doute, son cul avait de l'esprit.

Me croira-t-on si je dis que je n'avais aucune espèce de projet autre que celui de le contempler encore un peu avant d'aller me coucher ? Même si, à l'époque, la réprobation sociale ne s'était pas encore abattue avec toute la sévérité qu'elle montre aujourd'hui contre les barbons bavant sur les jeunettes, je ne suis pas dépourvu du sens du ridicule, et je n'avais aucune espèce de projet lubrique la concernant. Il est vrai toutefois qu'en la voyant papoter avec tant de passion, j'envisageais vaguement d'engager une conversation avec ces demoiselles et, arguant de ma qualité d'auteur invité au festival, de les questionner sur la vie des gens de leur âge et de leur sexe, de leur espace et de leur temps, qui m'était à peu près aussi étrangère que celle des Bochimans avant l'arrivée des Boers. Ensuite, quand elle serait un peu en confiance, j'aborderais les questions que je voulais lui poser depuis le début. Mais ce n'était pas pressé, il ne fallait rien bousculer. Je repasserais le lendemain, conclus-je, quand j'aurais l'esprit plus clair.

Sonia m'agaçait, à censurer mes regards, et j'avais beau compatir à ses malaises divers, j'avais beau prêter une oreille compréhensive à ses difficultés professionnelles, quand ses douleurs l'empêchaient de déguster avec moi les pâtes aux oursins et aux fèves, quand elle me racontait ses déboires avec cette conne de secrétaire du département de sociologie en élevant la voix pour couvrir celle d'un sublime chœur traditionnel ou quand, au bord d'un marais du haut plateau de la Giarra, nous nous rapprochions lentement de quelques-uns des derniers chevaux sauvages de Sardaigne et que son portable sonnait, je dois bien reconnaître qu'elle me tapait sérieusement sur les nerfs. Et je mentirais si je disais qu'à ma tristesse de l'avoir vue partir ne s'était pas mêlé un zeste de soulagement.

Mais je l'aimais : voilà, c'est banal, c'est dit. Je l'aimais, et ce soir-là, elle me manquait déjà tant que, par moments, j'en suffoquais.

J'oubliai vite mes projets professionnels concernant la fille du bar, pour sombrer dans une espèce de torpeur. En fait, si je ne partais pas, c'est seulement parce que je n'avais pas le courage de me lever.

Un peu de temps passa.

J'étais le seul client. À leur bout de comptoir, les filles avaient cessé de rire. À présent, elles chuchotaient sur un ton pressé, comme si elles discutaient d'un événement imminent. Le patron, après m'avoir servi, avait disparu dans une arrière-salle. Au-dehors, plus aucune rumeur de trafic ne parvenait de la voie longeant le port, les mâts des bateaux illuminés par l'éclairage brutal étaient parfaitement immobiles : chose rare à Cagliari, il n'y avait pas un brin de vent. On ne percevait plus de la mer que l'immensité de son silence.

J'ai demandé si je pouvais avoir un autre verre et l'une des deux, je ne sais plus laquelle, me l'a apporté. Puis l'amie de celle qui avait attiré mon attention sur une part d'elle-même s'en alla en me saluant. J'avais absorbé toutes sortes de breuvages depuis le matin et beaucoup erré. J'étais épuisé, j'avais plus que tout envie de regagner le bed and breakfast dont j'étais le seul client et, avec le secours d'une bonne dose de “fil de fer”, la gnôle locale dont je gardais une bouteille au réfrigérateur, de m'endormir comme une masse. Mais j'étais incapable de bouger.

– Vous êtes bien l'écrivain ? m'a demandé la jeune femme restée seule avec moi dans cette salle vaste et vide, en commençant à éteindre les lumières une à une.

J'ai répondu qu'en effet, j'écrivais.

– Je vous ai vu au *reading* l'autre soir, au Teatro Adriano.

Ce que les amis de l'association appellent *reading*, en italien dans le texte, ce sont des lectures d'extraits de livres de leurs auteurs invités, entrecoupées de morceaux de rock sarde. J'avais beaucoup aimé celui qui m'était consacré la veille, beaucoup moins la performance qui m'avait été imposée, ces quelques mots d'introduction et de conclusion : j'avais trop bu, trop à dire à la fois et les photos parues le lendemain mettaient surtout en valeur ma petite taille et le relâchement des muscles abdominaux sous la poussée d'un estomac de glouton gourmet qui a été privé dans son enfance et depuis se rattrape.

– Je vous offre un verre ? ai-je lancé pour changer de sujet et m'attarder encore un peu.

– Pourquoi pas ? a-t-elle répondu en se saisissant d'une canette de Coca dans le placard réfrigéré.

Puis elle repassa derrière le bar, prit deux verres et une bouteille de rhum et vint s'asseoir à ma table avec naturel. Le patron semblait avoir définitivement disparu, elle assurait la fermeture. Posant les verres entre nous, elle versa dans l'un d'eux une rasade de rhum et une autre de Coca.

– Vous en voulez ? s'enquit-elle.

– Pourquoi pas.

Elle me servit, nous bûmes. Depuis trois jours que nous étions à Cagliari, lors des débats et rencontres auxquels j'avais assisté ou participé, je n'avais cessé de remarquer dans l'assistance une femme brune, aux grands yeux noirs, à la peau très blanche, beauté insulaire dont l'intensité exigeait les références littéraires, Sylvie, Vénus d'Ille, voire Nausicaa (c'est une interprétation tardive qui la représente blonde), tout ça – ou alors, le silence. J'avais fini par me rendre compte qu'à chaque fois, ce n'était pas la même, mais il y avait maintenant dans ma tête une femme faite de toutes ces femmes, et la voilà, elle était assise en face de moi.

– Je ne me souviens plus très bien, dit-elle, de ce que vous avez raconté (*tant mieux*, interjetai-je mentalement), mais j'ai bien aimé la conclusion : "Jusqu'à quand ?"

Sur ce, elle finit son verre (*bonne descente, la gamine*), le reposa et me regarda droit dans les yeux. Au prix d'un certain effort, je trouvai quoi dire :

– Au moins, vous vous rappelez quelque chose. Moi, rien du tout.

Je pensais la faire sourire mais elle continua de me fixer d'un air sérieux une ou deux secondes avant d'articuler :

– C'est 600 000.

– Euh, pardon… ? De quoi…

– 600 000 lires pour la soirée. Pour la nuit, c'est à négocier. Rapport complet… mais protégé, évidemment.

– Euh… c'est-à-dire que… je ne…

– Quoi, vous croyez que je n'ai pas vu que vous matiez mon cul, ce matin, quand vous étiez avec votre femme ? Je sais qu'elle vous a plaqué, bah oui, ça a fait le tour des organisateurs du festival et j'ai des amis chez les bénévoles. Et pourquoi êtes-vous revenu là, ce soir ? Sinon pour baiser avec moi ? Je suis d'accord, mais il faut payer…

Tandis qu'elle proférait ces mots, je ne pouvais détacher mes regards de ses lèvres à la fraîcheur de papaye. Quand elles proférèrent l'injonction de passer à la caisse, je ravalai un renvoi et mon humiliation avec. Un instant, un bref instant, j'avais imaginé…

– Vous pensiez être en train de me séduire ? demanda-t-elle sur un ton où je crus percevoir de la compassion.

Je secouai vivement la tête.

– Non, non. C'est juste que… je n'imaginais pas que vous étiez…

Elle sourit.

– Une pute ? Bah oui, à temps partiel… c'est comme ça que je paie mes études. On va pas disserter sur la misère en milieu étudiant et la situation des précaires en Italie, en tout cas pas ce soir, mais c'est ce que je suis : étudiante en communication et précaire de l'industrie du sexe. Vu l'état du marché du travail à Cagliari, j'ai le choix entre laver le cul de vieilles très vieilles ou sucer la bite de vieux un peu moins vieux. Je préfère la seconde option, c'est moins fatigant et ça rapporte beaucoup plus.

Sur ces mots, la bouche suave, délicat ourlet fuchsia qu'exaltait le teint de magnolia, se tut.

Je me levai.

– Bon, je crois que je vais rentrer. Mais vous devriez consentir un effort de marketing. La manière dont vous formulez vos offres de service risque de faire fuir le client.

Elle éclata de rire.

– Quelle tête vous faites ! Je vous ai choqué ?

Je haussai les épaules.

– Si je vous dis non, vous ne me croirez pas… Vous faites ce que vous voulez de votre joli cul… Qu'est-ce que je vous dois pour les consommations ?

– Rien.

Comme je fronçais les sourcils, elle ajouta en se levant :

– Je fais la fermeture et en échange le patron me laisse la bouteille de rhum à disposition.

Elle eut un sourire moqueur :

– Vous n'êtes pas choqué, mais vexé, oui…

– Mais non, mentis-je, je ne suis pas vexé, puis j'ajoutai, en toute sincérité, cette fois : Je suis triste… Au revoir.

Elle jeta un coup d'œil à la rangée d'horloges murales qui donnait l'heure dans divers ports du monde, saisit un blouson au dos d'un siège, me rejoignit sur le seuil.

– Pourquoi êtes-vous triste ? À cause de votre femme ?

Je fis oui avec la tête, puis non.

– Je suis triste parce que Sonia m'a quitté... Mais pas seulement... Je suis triste pour vous, pour moi, pour le monde dans lequel on vit.

Elle scruta mon visage, soupira, regarda ses pieds, releva la tête et dit :

– Avant d'aller vous coucher, ça vous dirait une promenade sur le port ? Il n'est pas minuit...

À mon tour de la dévisager.

– Je vous promets de ne plus vous importuner par des propositions inconvenantes, ajouta-t-elle en français, avec son irrésistible sourire.

Je gloussai comme un crétin.

– Vous parlez un français fort élégant, mademoiselle, répondis-je dans le même idiome.

– J'ai un DEA de français et un autre d'anglais, mais pour ce que ça me sert...

Elle ferma la porte du bar et nous nous mîmes en route, longeant le quai où s'alignaient les yachts.

Après quelques instants de silence, nous avons trouvé des sujets : la littérature française contemporaine, puis très vite moi-même, ma vie, mon œuvre... *vita morte e miracoli*, comme disent les Italiens : sur ce sujet, j'étais intarissable. Je ne coupai pas à la sempiternelle question que tout citoyen de la Péninsule, un jour ou l'autre, m'a posée : "Mais comment faites-vous pour traduire en français Camilleri ?", et j'y répondis au mieux, en récitant presque mot pour mot un texte disponible sur Internet.

Nous marchions à pas rapides, comme si quelqu'un nous attendait quelque part.

On sait que l'ère du transport sécurisé et la disparition programmée de la pêche artisanale ont chassé les grands navires et les chalutiers des villes, les reléguant derrière des barrières infranchissables, au profit le plus souvent de l'attraction touristique d'un parking à bronze-culs flottants, dont le Vieux-Port de Marseille offre un convaincant prototype. Cagliari est une des rares villes du monde où le Vrai Port est encore là, en pleine ville.

Nous avons contourné le bâtiment de la douane, en direction du môle de la Sanità. Au sud, vers la mer et la nuit, un bâtiment marchand immense comme un porte-avions donnait sa forme noire à l'angoisse qui me poignait.

Au nord, de rares voitures roulaient le long de la via Roma. Derrière ses arcades, enveloppées d'une brume lumineuse, les venelles en pente et les placettes du quartier Marina, les murailles du château entées de palmiers, les avenues bordées de ficus au feuillage enrobé de résilles captant la chute des feuilles, les demeures Liberty et les églises catalanes, la ville tout entière se taisait. Nos propos s'espacèrent, un silence s'installa, qui ne sous séparait pas. Nous arrivâmes sur le môle Saint-Augustin. Au fond, les ferries qui relient la Sardaigne à Toulon et à Gênes étaient éclairés a giorno. À nos pieds, des barques de pêche se dandinaient très doucement. Dans la pierre du quai, à l'à-pic de l'eau, un figuier poussait, dont les feuilles jaunissantes effleuraient le toit de la cabine d'une des plus petites barques, un *gozzo,* version sarde du pointu varois.

C'est précisément en ce bateau qu'elle me mena: d'un bond de chèvre, elle y fut. Tout embarrassé d'un corps balourd qui s'était élancé à sa suite sans consulter le cerveau, je me retrouvai sur le pont, accroché au rebord, fixant l'eau noire où je craignais de finir, tandis que ça tanguait. Avec des gestes d'habituée, elle détacha les amarres, les rangea et se mit à la barre. Un instant plus tard, un moteur diesel démarra à grand bruit sous nos pieds, avant de s'installer dans le chevrotement. Nous nous éloignions du bord. Je m'assis dans la microscopique cabine, sur un coffre de bois à la peinture écaillée. Tandis qu'elle dirigeait la barque vers la sortie de la darse, les lueurs de la ville faisaient à son profil un nimbe très doux. La torpeur qui s'était emparée de moi au café revenait, plus forte que jamais. Je tentai de m'y arracher :

– Au fait, comment vous appelez-vous ?

– Olga Nicotra.

Puis, après une pause :

– Nicotra, comme Georges, précisa-t-elle.

– Tiens, quelle coïncidence, articulai-je.

– Oui, je sais, vous avez écrit un livre sur lui. C'était un cousin de mon père.

– Je sais.

– Ah ? fit-elle en me jetant un regard en biais. Ah, je vois... donc si vous vous êtes intéressé à moi, ce n'était pas pour...

– Oh, bah, rétorquai-je en me mettant debout, non, pas seulement pour Lui...

– Lui ? répéta-t-elle en se tournant à demi.

– Lui, fis-je en montrant son cul de mon menton.

Sans lâcher la barre, elle le tortilla drôlement et nous pouffâmes. Je me sentais ridiculement gai et j'aurais été tout à fait bien si une brusque nausée ne m'avait rejeté en arrière sur l'étroite banquette.

Nous étions à l'embouchure du port et des ondes hautes et longues nous attaquaient à bâbord. Des paquets d'eau s'écrasèrent contre la vitre, ça tangua violemment, on fut presque à l'horizontale et enfin, la question qui aurait dû s'imposer depuis un moment se formula dans mon esprit : "Mais qu'est-ce qu'on fabrique ?" Je m'accrochai où je pus, elle se concentra sur la barre, vira et, quelques minutes plus tard, nous ne subissions plus qu'un léger tangage en longeant la côte en direction du sud.

Laissant derrière nous le canal de l'étang de Santa Giulia où dormaient les flamants roses, nous avançâmes dans le temps et la paix de la mer Tyrrhénienne.

Quand elle rompit de nouveau le silence, sa voix me parut dure tandis qu'elle passait au tutoiement :

– Tu as dû rencontrer un ami à moi, il s'appelle Enio Gussandi ?

Ça me disait quelque chose mais j'ai une très mauvaise mémoire des noms, et comme je me taisais, elle ajouta :

– Enio est à Buoncammino.

– Oui, dis-je, je l'ai rencontré.

Donc, l'ami en question séjournait à la prison de la ville, où, à l'occasion du festival, je participais à un atelier d'écriture avec un groupe de détenus. J'opérai ce truc mystérieux qu'on appelle un effort de mémoire. Gussandi : ce nom collait avec le visage d'un quadragénaire musculeux à large torse et cheveux longs qui avait apporté quelques bonnes idées de rebondissements dans l'histoire que nous commencions à élaborer derrière les hauts murs.

Un porte-conteneurs passait à quelques encablures, la houle de son sillage soulevant à intervalles réguliers la proue de notre barquette. Pourquoi ai-je toujours aimé la sensation d'écrasement que donne la proximité de ces monstrueuses ferrailles ?

Je commençais à soupçonner que ma rencontre avec Olga n'était pas plus fortuite de son côté que du mien. Elle avait quelque chose à me demander, ou elle tentait de me manœuvrer à des fins inconnues. Mais cette intrigue ne m'intéressait pas. La gaieté de tout à l'heure s'était évanouie. La torpeur angoissée qui m'avait paralysé dans le bar était de retour, plus forte que jamais, j'étais comme anesthésié. Du temps passa. La barque à lourde quille me berçait. Olga ne disait plus rien. Je laissai aller ma nuque contre un relief de bois et à travers la vitre au-dessus de nos têtes, je vis les plaines étoilées et Lucy dans le ciel avec des diamants. Au moment de m'endormir, je me demandai si, par hasard, Olga n'avait pas drogué le rhum, ce qui me fit pouffer en rêve devant la banalité de cette péripétie.

Plus tard, je me réveillai en pensant que je n'avais pas besoin de drogue pour être abruti, vu la quantité d'alcool ingérée depuis le départ de Sonia. Olga avait allumé à l'avant du bateau un puissant projecteur qu'elle faisait pivoter au moyen d'une commande à côté de la barre, c'était sans doute ce qui m'avait arraché au sommeil. Le halo tirait de la nuit des fragments de côte, dégringolades de pins vers les écueils et l'écume, explosions liquides sur la pierre, anses de sable doux et de clapotis léger. Au détour d'un cap, derrière une étroite plage blanche, le rayon lumineux caressa, sur un bout de lagune, une prairie flottante rose vif et je poussai une exclamation.

Olga se mit à me parler de son ami Enio. On m'avait déjà raconté tout ça, mais je la laissai aller. Ex-directeur du *Quotidiano Sardo*, le principal journal régional, Enio Gussandi avait du bien dans diverses régions d'Italie, des participations dans de grandes entreprises, des comptes dans des sociétés offshore et des propriétés dans plusieurs pays. Enio était aussi accusé de complicité dans un énorme braquage exécuté sur la Costa Esmeralda, non loin de la villa d'un certain Silvio Berlusconi, promoteur immobilier en odeur de mafia, proche des socialistes, qui venait d'entrer en politique en apportant son soutien au candidat fasciste à la mairie de Rome. Un braquage? m'étonnai-je.

– Oui… mais de ça, au moins, il est innocent, tint-elle à me préciser.

Puis elle entreprit de me décrire les méfaits mafieux de son ami mais dans l'hébétude où je replongeai, je n'y compris goutte. Je me rendormis et rêvai que Sonia et moi faisions l'amour et qu'elle me demandait pourquoi.

– Pourquoi, quoi? lui demandai-je. Je ne comprends pas.

– Tu vois? C'est justement ça, le problème: tu ne comprends pas. Le problème, avec toi, il est là.

– C'est là, dit Olga, ce qui me réveilla.

Nous avions dû passer le Capo Spartivento, le cap Séparevent, car à présent, ça ne soufflait plus dans notre dos mais nous arrivait de l'ouest, jetant à la poupe une écume fine.

Nous longions une côte dont une portion, celle que la jeune femme montrait du doigt, brillait dans l'obscurité comme un vaisseau spatial posé entre les collines et la mer. Il y avait une longue jetée, deux ou trois bâtiments récents sans étage, quelques bateaux à voile espacés le long d'un quai qui aurait pu en accueillir vingt fois plus.

– C'est là, insista Olga. Les trafiquants débarquent juste de l'autre côté de la jetée, ajouta-t-elle, dans une petite crique. Il y a un grand hangar derrière une rangée d'eucalyptus. Tout le monde le sait mais tout le monde s'en fout… Toi aussi, d'ailleurs, on dirait…

La voix d'Olga me parvenait de loin. Mes yeux se fermaient de nouveau.

– Tu as l'air crevé, dit-elle. On va rentrer.

Serait temps, pensai-je. La tête me tournait. Je m'étendis sur le pont, tête calée contre un cordage. Elle se tut quelques minutes, concentrée sur la manœuvre car le vent avait tourné et des ondes longues nous frappaient de face et de plein fouet. Après quelques minutes, elle me lança par-dessus son épaule :

– Tu es réveillé ?

– Moui, fis-je, yeux mi-clos, de nouveau nauséeux.

– J'ai quelque chose à te demander. Tu m'écoutes ?

– Oui, articulai-je plus clairement, et je me levai pour uriner dans la mer.

À quelques centaines de mètres de la proue du pointu d'où je me soulageai, les ruines de la cité punique de Nora se dressaient sur leur cap, nimbées de lumière électrique. J'étais juste assez réveillé pour qu'il me semble distinguer, sur trois colonnes, trois grands oiseaux qui dormaient. Une fois le petit qui m'appartient et qui était tout aussi endormi remis dans sa niche de tissu, je restai quelques secondes dans une immobilité qui devait plus à l'hébétude de l'ivrogne qu'à la méditation devant la grandeur des siècles anciens. Puis je sentis une main se poser sur mon épaule.

– J'ai quelque chose à te demander, répéta Olga.

– Quoi ? fis-je en m'écartant pour revenir au centre du bateau, comme si j'avais craint qu'elle me pousse par-dessus bord.

– Je voudrais entrer dans la prison. Pour voir mon ami Enio.

Elle m'expliqua pourquoi et comment je devais m'y prendre mais la nausée qui ne m'avait jamais vraiment quitté, soudain, triompha. Tout ce que j'avais gardé sur le cœur jusque-là me monta aux lèvres et je me précipitai pour le restituer par-dessus bord. Les seadas aux oursins et aux fèves, les raviolis aux citrons, les formagelle, pabassini, amarettus, pardulas et autres sebadas, le tout arrosé de vermentino et de cannonau et de nombreuses pintes d'Ichnusa suivies de petits verres de Mirto et de malvasia et de Filo di Ferro, je dégueulai longuement toute la gastronomie sarde et ma misère affective avec. Ensuite, recru de puanteurs comme un chien qui s'est roulé dans l'ordure, je rampai sous les couvertures humides et me rendormis.

Ce n'est qu'au moment où le bateau accosta que, m'éveillant, je m'aperçus qu'Olga m'avait couvert d'un amas de vieilles couvertures. Elle me tendit la main pour m'aider à me hisser sur la terre ferme. Je m'ébrouai. À présent, je me sentais parfaitement réveillé.

– Excuse-moi, dis-je, j'ai eu un coup de barre.

Elle sourit sans rien dire, et sa main gauche exécuta un gracieux mouvement enveloppant pour caresser du bout des doigts une feuille du figuier qui aimait la mer.

Je jetai un coup d'œil à ma montre. 7 h 15. Nous avions été six heures au large. Pour quoi faire ? Je n'ai jamais très bien compris le sens de cette excursion nocturne mais l'évidence du moment n'a fait que se confirmer par la suite : j'avais été mené en bateau.

Sous les arcades de la via Roma, l'enseigne d'un café-pâtisserie venait de s'allumer. J'ouvris la bouche pour lui proposer d'y faire une pause mais elle me devança. La main qui caressait le figuier se leva pour me retenir de parler, elle se racla la gorge, une sorte de sanglot la secoua et elle leva les yeux sur moi.

– Tu sais, dit-elle, j'ai vraiment besoin de ces 600 000 lires.

Ma gorge se serra. Elle avait les larmes aux yeux.

– Mais je vais te les donner, dis-je très vite, il y a un distributeur en face. Pas de problème… À une condition. On va prendre un petit-déjeuner… avant de nous séparer, m'empressai-je d'ajouter pour contrer le sourire entendu apparu sur ses lèvres.

Elle baissa la tête.

– Tu me les donnes comme ça ? s'enquit-elle d'une voix menue. Sans contrepartie ?

– Et l'occasion de faire belle figure aux yeux d'une jolie jeune fille ? C'est pas une contrepartie, ça ?

Et c'est vrai que le sourire qu'elle me fit à ce moment me parut valoir ses 600 000 lires. Sonia me dit toujours que je claque mon fric comme un crétin et que je ne rate jamais l'occasion de faire le généreux. Mais je dois avouer aussi que, en lui donnant l'argent, devant le distributeur, je bandais. En toute tranquillité d'esprit, d'ailleurs, cette micro-transgression étant destinée à rester un secret entre mes (2 millions de) lecteurs et moi.

J'ai pris un thé léger avec un croissant sans rien dedans et elle un chocolat avec un croissant à la crème – je ne coupai pas aux moustaches noires et jaunes au-dessus de la bouche framboise. Elle reprit deux croissants, un à la Nutella et l'autre à la confiture, les dévora, gagna les toilettes, revint. Elle avait l'air ensommeillée.

Je me levai, vaguement migraineux :

– On y va ?

Sur le seuil, elle me dit :

– Je te raccompagne, tu habites via Cavour, non ?

– Tu sais ça aussi ?

– Je sais même que tu as râlé parce que tu trouvais que ton bed and breakfast n'avait pas "de charme". Tu es une célébrité chez les amis de l'association.

– Je suis chiant mais ils m'aiment bien quand même… non ?

Elle bâilla énormément, se frotta les yeux.

– *Cazzo !* J'ai vraiment sommeil, dit-elle.

– Tu habites où ?

Elle eut un geste vague.

– Divers endroits dans Cagliari.

– Quelle mystérieuse jeune femme !

Ainsi devisant, nous avons marché du pas traînant des noctambules en fin de nuit jusque devant la porte de l'immeuble où j'étais hébergé. Là, elle s'est raclé la gorge et a de nouveau levé sur moi des yeux humides. Elle était décidément bien jolie, quand elle était au bord des larmes.

– Écoute, tu vas penser… a-t-elle commencé.

– Quoi, qu'est-ce qu'il y a ? demandai-je, sentant pointer un léger agacement en découvrant que ma générosité pouvait avoir des limites. Tu as besoin de plus d'argent ?

Elle secoua la tête.

– C'est que… là, tu vois, je ne sais pas où dormir. J'ai été virée de mon appartement. En attendant d'avoir réuni assez d'argent pour reprendre une piaule, je dors chez les uns, chez les autres. Je suis crevée, je tombe de sommeil, je ne pourrais pas dormir avec toi ?

Un soir, durant un salon littéraire en France, nous étions en plein air, sur une scène surélevée, le romancier italien Giancarlo De Cataldo, une animatrice et moi. J'avais bien précisé aux organisateurs que je ne pouvais à la fois traduire les propos de l'auteur de *Romanzo criminale* et participer au débat, on m'avait promis qu'il y aurait un interprète. Et j'avais découvert que c'était faux, l'animatrice ne s'intéressait à rien de ce que je faisais ni comme auteur, ni comme traducteur, ni comme directeur de collection, elle ne posait de questions qu'à Giancarlo. Par respect pour lui, je prenais mon mal en patience, traduisant du mieux que je pouvais les propos de mon ami. J'avais repéré dans la foule au bas de l'estrade une jeune femme belle, longiligne, et qui louchait. Comme on sait, j'ai un faible pour les louchonnes. Pour me distraire, je la dévorais des yeux tandis que l'animatrice en faisait autant avec l'auteur italien. Ces diverses dévorations durèrent jusqu'au moment des questions du public. La louchonne leva la main :

– Monsieur, dit-elle en me montrant du menton, n'est pas seulement traducteur, il est aussi écrivain, attaqua-t-elle.

Là, mon cœur ne pouvait que bondir dans ma poitrine, comme disent les confrères moins attentifs que moi à éviter les poncifs. Non seulement cette jeune femme était plaisante à voir, mais en plus, elle s'intéressait à moi en tant qu'auteur.

– Et j'ai lu son Poulpe, poursuivit-elle en élevant de plus en plus la voix, j'ai lu quelques pages et je suis tombée sur ce passage : "Elle était étendue sur le lit, splendide et nue..."

Je fronçai le sourcil. Le ton de l'intervenante n'était pas précisément celui de l'admiration.

– ... alors, là, franchement ! s'exclama-t-elle. Je n'ai pas eu envie d'en lire davantage... alors, là, le bouquin, je l'ai jeté (*geste mimant le jet de Poulpe, exclamations diverses dans l'assistance*). Je trouve qu'il serait temps de se poser la question de la vision sexiste de la femme dans les polars, y compris chez ceux qui se prétendent de gauche, d'extrême gauche ou d'ultra-gauche...

S'ensuivit une longue diatribe antisexiste après laquelle je hasardai d'une voix mal assurée que je ne voyais pas, vraiment, ce qu'il pouvait y avoir de sexiste dans le fait de dire qu'une femme était splendide et nue mais l'animatrice m'interrompit pour rappeler qu'à son avis, l'important c'était de parler de Giancarlo De Cataldo. La louchonne eut un regard noir qui devait m'être adressé mais je ne saurais en jurer, vu son charmant petit défaut, et elle emporta avec elle son beau buste raidi d'indignation.

Comme il n'y avait pas de canapé dans la chambre de mon bed and breakfast, Olga et moi, après un bref passage à la salle de bains, étions à présent étendus sur le même lit. Dans son T-shirt qui lui descendait à mi-cuisse, la jeune femme n'était certes pas tout à fait nue, mais, de ce que j'avais pu en voir durant la nuit et jusqu'à l'instant où elle s'était glissée sous les draps, elle était bel et bien, n'en déplaise à la louchonne, splendide.

Sur la via Cavour, on remontait des rideaux de fer, des voix de passants résonnaient. La journée commençait. Dans deux heures et demie, je devais retrouver Carlo pour une dernière rencontre à Buoncammino.

Je fermai les yeux, poussai un long soupir. Quelques minutes passèrent. Puis mes paupières s'écarquillèrent d'elles-mêmes. Sur le dos, je fixai le plafond.

Olga se tourna vers moi.

– Tu ne dors pas? demanda-t-elle à mi-voix.

– Non.

– Tu as envie de moi?

Quelle question! Bien sûr que j'avais envie d'elle. Mais les salles de bains étaient munies de miroir, à Cagliari comme ailleurs, et je savais que le désir réciproque était exclu. Taille modeste, épaules grêles et pointe des clavicules en avant, dos scolioseux, bide débordant, ce corps, allons, réfléchissez, les miroirs!, ce corps n'était pas fait pour se coller aux souples merveilles du sien. Et puis, j'avais l'âge d'être son père, son oncle, son prof, son patron, le chef de son groupuscule, bref tout ce qui porte, à juste raison, le panneau sens interdit. Sa question ne pouvait qu'être dictée par une forme de compassion : j'avais été si gentil, si désintéressé, elle était sans doute prête à faire un effort, à attendre que je prenne mon petit plaisir en Lui…

Profiter de sa reconnaissante disponibilité aurait été honteux.

Je bandais honteusement.

Tournée vers moi, Olga avait posé la joue sur un bras replié et me fixait. Elle attendait une réponse.

Je lui répondis.

Mais pour emmerder la louchon, je ne vous dirai pas quoi.

Le bruit signalant l'arrivée d'un texto me réveilla. Je jetai un coup d'œil à l'écran de mon portable. L'implacable Matilda, responsable des déplacements des auteurs chez Chourmo, me rappelait le rendez-vous avec Dario et Carlo au café Savoia. Dans une demi-heure.

Rideau et volets formaient une barrière hermétique contre la lumière. Je rassemblai mes affaires à tâtons, gagnai la salle de bains.

Quand je sortis de la chambre, la lumière du couloir du B&B qui se déclenchait automatiquement me permit de constater qu'Olga dormait toujours, splendide et nue.

J'avais à peine mis un pied dans la rue que m'arrivait un texto de Sonia. Elle me demandait si j'avais réfléchi. Comme j'allais répondre “réfléchi à quoi ?”, je me rappelai mon rêve de la nuit, où nous faisions l'amour et où elle me demandait pourquoi. J'entrepris de le lui raconter mais j'avais beau résumer, c'était long et laborieux, les portables des années 90 n'étaient pas équipés de cette écriture automatique qui sait mieux que vous ce que vous avez à dire. Quand j'arrivai au café Savoia, je n'étais qu'à la moitié du message et je m'interrompis.

Carlo et Dario m'accueillirent avec des moqueries sur ma mine et ma mise (dans le noir, je n'avais pas manqué de mettre des chaussettes de couleur différente), et me demandèrent comment j'avais réussi à trouver des occasions de débauche à Cagliari, ville sage. Après deux doubles express, on s'en fut sous les murailles jaune orangé de la prison. Sur la crête qui prolonge le château, avec, devant son entrée, une allée arborée qui offre une vue magnifique sur Cagliari, Bon Chemin se conforme à l'habitude méditerranéenne de placer en position surplombante les prisons et les cimetières.

J'ai toujours eu une sensation de mauvaise blague en voyant sonner à l'entrée d'une prison. Sous le porche où nous accédâmes par une petite porte ménagée dans la grande, un fourgon attendait que le vaste vantail du fond ait fini de se refermer et qu'on puisse ouvrir celui que nous venions de franchir. Dans le véhicule au flanc duquel s'étalait l'appellation redondante "police pénitentiaire", j'aperçus un être enchaîné. En attendant que l'accès à l'extérieur s'ouvre, nous restâmes plaqués contre le mur, mêlés à un groupe de matons arrivés dans nos pas. J'avais un de ces gaillards à côté de moi, un type bien plus grand que moi et beaucoup plus large, et sa masse rajoutait au malaise que me procure immanquablement la proximité physique de quelqu'un dont le boulot, celui qui lui permet de bouffer paisiblement à la cantine en déconnant avec les copains, consiste à empêcher d'autres humains de se promener à l'air libre.

– *Tutto a posto, professore?* me demanda-t-il.

À son interpellation, je le reconnus : c'était Amadeo, le gardien-chef ou quelque chose de ce genre qui supervisait notre atelier d'écriture. Par je ne sais quelle bizarre association d'idées, devant son visage large et plat qui me souriait, je me revis la nuit précédente, pissant dans le sein de la mer.

Carlo, Dario et moi, nous avons franchi la première cour avec ses palmiers en pots, monté de vastes escaliers de villa aristocratique à la campagne, passé un portique de détection, puis un autre sas, traversé en biais un hall sinistre surveillé par une guérite panoptique, et suivi un couloir pas plus lugubre que ceux d'un petit séminaire, pour enfin pénétrer dans la bibliothèque au seuil de laquelle Amadeo nous laissa. Nous y attendait une sympathique assemblée de repris de justice, tous innocents évidemment, puisque l'acte d'écrire implique de se déclarer innocent. C'est ce que j'avais commencé à leur expliquer : la création littéraire, comme l'ont dit tant de grands esprits et comme refusent de le comprendre les bien-pensants de toute tendance, exige la suspension du sens moral.

– C'est de cette innocence primordiale qu'il faut partir, ai-je encore pontifié mais Carlo m'a fait discrètement le signe des ciseaux et j'ai aussitôt ajouté : Bref, on vous écoute.

Et chacun, le condamné à trente ans de prison pour le meurtre d'un carabinier (au bout de vingt-huit, il n'avait pas eu un jour de sortie), l'ex-“41bis” si longtemps à l'isolement qu'il avait du mal à régler le volume sonore de sa propre voix, les deux en chaise roulante, le vif petit costaud, le barbu à chevelure léonine et voix de haut-parleur, chacun tour à tour avait lu son texte, poème en mémoire des migrants noyés au large de Lampedusa, bout rimé sur la cour de promenade de haute sécurité, récit d'arrestation… Et puis l'un d'eux, accompagné par un autre qui rappait et un troisième qui faisait le contre-chant, a chanté à plein coffre une déchirante complainte intitulée *Mariposa* qui m'a semblé familière.

– C'est un chant traditionnel ? ai-je demandé à Carlo.

– Pas du tout, c'est un poème d'Annino Mele, un célèbre bandit sarde multi-condamné qui est ici à l'isolement.

Poème mis en musique par eux, a-t-il complété avec un mouvement du bras vers les corps que la salle avait du mal à garder entre ses murs, car la porte s'ouvrait sans arrêt pour laisser passer entrants et sortants. Maigreur étrange de l'un, donnant l'impression que sa chair s'était rétractée sous la peau, visage rubicond d'un autre, jaunâtre d'un troisième, incessant balancement de l'impressionnante carrure de celui-ci, jambes amputées de celui-là, bonne bouille souriante et regard très attentif d'un autre encore, tous se serraient la main, se prenaient par le bras, se balançaient des claques sur l'épaule, s'embrassaient, se donnaient des coups de poing dans le gras du biceps, bougeaient sans cesse ou restaient immobiles comme des pierres, pas de doute, ils avaient une façon bien à eux d'occuper l'espace, avec quelque chose qui était comme la présence tactile de la fraternité.

Lorsque nous fûmes revenus sous le porche, dans l'éblouissement de la lumière sur la mer que condensaient les vitrages de la porte de sortie, le souvenir me revint. Tandis que le maton échangeait mon badge contre ma carte d'identité, j'entendais de nouveau la voix passionnée d'Olga pénétrer sous mes couvertures humides, durant le trajet de retour à Cagliari. Avec un emportement sauvage, avec des accents éplorés, avec beaucoup de talent, elle avait chanté *Mariposa*. Et puis, elle s'était tue brusquement et elle avait insisté :

– N'oublie pas ce que je t'ai dit, il faut que tu me fasses entrer à Buoncammino, pour que je puisse rencontrer mon ami Enio. Tu te souviens comment tu dois t'y prendre ?

J'avais marmonné je ne sais quoi avant de me rendormir.

– Amadeo est là ? demandai-je au maton et, comme il acquiesçait en montrant la porte du bureau derrière lui, je demandai si je pouvais le voir.

Après un bref échange, le bruit de la serrure qui se déclenchait m'annonça que j'allais pouvoir passer de l'autre côté du guichet.

– J'en ai pour cinq minutes, annonçai-je à Carlo et Dario qui m'attendaient. On se retrouve dehors ?

Ils eurent l'air intrigués mais en bons Italiens du Sud, ne posèrent pas de question.

– Un problème ? me demanda Amadeo en se levant derrière son bureau pour m'accueillir.

Je m'assis sur la chaise qu'il m'indiquait et répondis que non. Je souhaitais seulement faire participer une amie étudiante à l'atelier d'écriture.

– Ça doit pouvoir se faire, opina Amadeo en passant une main sur ses cheveux en brosse. Je vais vous préparer le papier qu'elle devra remplir.

Il prit un formulaire dans un tiroir et, la tête penchée vers la feuille, me demanda, stylo en main :

– Comment s'appelle-t-elle ?

– Olga Nicotra.

Amadeo se figea une seconde puis posa le stylo, releva la tête, me dévisagea. Son habituel air bonasse avait disparu.

– Maestro, dit-il d'une voix glaciale, on va faire comme si vous ne m'aviez rien demandé. Au revoir.

Je restai une seconde à le fixer avant de sortir du bureau et de retourner sous le porche. À voir l'expression du gardien-chef, j'avais compris que toute tentative de discussion serait inutile.

Dans mon dos, un fourgon de la police pénitentiaire klaxonna, la porte de la prison glissa sur le côté et j'avançai vers la lumière du boulevard en me disant qu'Olga allait avoir des explications à me fournir. De l'autre côté de la balustrade surplombant la cité, émergeait le triangle formé par le haut d'une grue et sa flèche. Des dizaines de choucas y étaient disposés à distance régulière et me fixaient méchamment – telle fut du moins mon impression.

Mes deux amis m'attendaient près de la balustrade. Carlo rempocha son portable et m'annonça qu'Amadeo, le maton-chef, venait de lui téléphoner que l'accès à la prison m'était désormais interdit.

Dans la voiture qui nous ramenait au café Savoia, Carlo m'expliqua qu'Enio Gussandi avait été incarcéré à la suite d'une plainte pour une tentative de viol déposée six mois plus tôt par Olga Nicotra. Ça s'était passé tard le soir, dans l'arrière-salle déserte d'un restaurant dont Gussandi était propriétaire et où Olga travaillait. Elle avait été sauvée par l'intervention des carabiniers en planque devant l'établissement 24 heures sur 24, dans le cadre d'une enquête aux vastes dimensions sur l'organisation criminelle dont Gussandi était soupçonné d'être un des chefs. Quand la cavalerie était arrivée, le malfrat avait la joue tailladée par le couteau de cuisine dont Olga s'était servie pour se défendre mais Gussandi avait réussi à le lui arracher et était en train de l'étrangler. Tous deux étaient culs nus, pantalons aux chevilles. Gussandi avait prétendu que c'était un rapport consenti mais qu'elle avait soudain déraillé et tenté de le tuer. Lors de son unique audition, Olga avait invoqué le traumatisme subi pour refuser d'entrer dans les détails, annonçant seulement son intention de porter plainte. La justice n'avait été que trop heureuse d'avoir l'occasion de mettre le truand au trou et à présent l'affaire traînait, les flics demandaient du temps pour boucler les autres dossiers le concernant.

La gentillesse naturelle de mes amis les retint de me dire comment je m'étais conduit mais leur silence l'exprimait et j'étais bien d'accord avec eux. Comme un pauvre couillon.

Je me fis déposer devant le B&B. J'étais sûr qu'Olga aurait disparu mais elle était là, dans la cuisinette à dispositions des hôtes, devant le petit-déjeuner copieux qu'elle venait de se composer avec les provisions du frigo. Je croisai les bras en la fixant en silence et c'est elle qui, voyant ma tête, assura tout le dialogue explicatif que l'épisode exigeait :

– Quoi ? Quoi ? Ça s'est mal passé ? Ne me dis pas que tu leur as donné mon vrai nom ? Je t'avais demandé de dire que j'étais ta fille ! *Cazzo !* C'était pas difficile, non ?...

Elle tartina de pâte marron à l'huile de palme un bout de brioche industrielle et trempa le tout dans son café au lait.

– C'est ma faute, poursuivit-elle en observant le travail de l'éponge ainsi confectionnée, t'étais trop abruti, cette nuit, j'aurais dû me douter que tu n'enregistrais pas la moitié de ce que je te dirais...

Elle goba la chose grasse juste avant sa décomposition, reposa la tasse, émit un petit rot et, sans plus me regarder, articula :

– *Porco dio ! Ma come faccio, adesso per sistemarlo ?*

Ce que je me hasarderais à traduire par :

– Putain de merde ! Comment je vais faire, maintenant, pour lui régler son compte ?

Les confessions d'Olga – 2
La panthère

Ce matin, j'ai eu confirmation que j'avais vu juste en décidant d'écrire ma propre version de l'histoire. Je n'ai pas l'habitude de lire par-dessus l'épaule d'Antonin mais au sortir du lit, à 9 heures, alors qu'il venait de se recoucher après s'être relevé dans la nuit pour se remettre devant son ordinateur, j'ai trouvé sur la terrasse, posé sur une chaise, un tirage papier d'un chapitre de son manuscrit, et j'ai vu là une invite – volontaire ou pas, je m'en fous. Dans ce texte, il raconte notre rencontre à sa façon. À sa contre-façon, devrais-je dire si je cédais à son goût du jeu de mots polémique, car je suis bien consciente que ma façon d'écrire en français a été profondément influencée par lui. Il ne m'a pas "tout appris" comme il me le hurle quelquefois dans nos disputes, mais oui, je le reconnais volontiers, pour ce qui concerne la chose écrite, il m'a appris beaucoup.

Cela dit, je peux énoncer ce que je ne supporte toujours pas dans ses écrits. Passons sur sa conviction, mal dissimulée derrière l'auto-ironie, d'avoir une place dans la littérature. J'ai fréquenté beaucoup d'auteurs – encore une fois, oui, grâce à Antonin – et j'ai toujours été sidérée par leur capacité d'auto-illusion. La plupart d'entre eux sont pourtant dotés d'imagination et ils devraient donc être en mesure de se représenter les milliards de tonnes de papier que représentent les pages plus jamais tournées de livres plus jamais lus qui s'entassent dans les bibliothèques du monde. Pourtant, ils agissent tous comme s'ils étaient convaincus que dans cent ans, on se souviendrait d'eux, et qu'il y aurait encore des yeux pour les lire. Certes, il y a bien pire qu'Antonin et ses camarades de la moyenne bourgeoisie écrivante. Le haut du panier des people culturels, ces étrons insubmersibles qui resurgissent sans cesse dans la cuvette des médias, semble croire que l'accumulation des quarts d'heure de célébrité finira par constituer un capital de reconnaissance qui traversera les siècles. Comme si les signaux numériques n'étaient pas destinés eux aussi à l'obsolescence. Même s'il est loin de la vilenie du monde des écrans, Antonin n'échappe pas vraiment à ce minable fantasme d'éternité.

Passons aussi sur les arrangements avec la vérité qui ménagent sa vanité de mâle. La manière dont il décrit ce qui s'est passé dans la chambre de son B&B à Cagliari, la première fois où nous nous sommes retrouvés dans un lit, m'a fait carrément rigoler. Je ne lui ai pas demandé s'il avait envie de moi, ça se voyait assez. Si je me suis montrée disposée à, suivant la formule qui vous conviendra, lui purger le poireau, passer à la casserole, me faire sauter, lui offrir mon corps, m'abandonner entre ses bras, c'était avant tout parce que j'avais envie de dormir et que je prévoyais le risque qu'il m'en empêche en soupirant et se retournant sans arrêt comme une princesse au petit pois dont le petit pois serait ses couilles pleines (en italien, la phrase serait plus facile, avec *piselo*, mot qui signifie à la fois petit pois et zizi). Et s'il ne les a pas vidées, ses couilles, ce n'est pas par esprit chevaleresque, mais parce qu'il bandait mou.

Bref, ses hâbleries de don Juan ultra-gauche m'insupportent.

En fait, d'une manière générale, ce qui ne me va pas, mais alors pas du tout, c'est cette espèce d'hédonisme rigolard avec lequel il aborde la sexualité en général et ses rapports avec les femmes en particulier. Comme s'il ne se rendait pas compte de la quantité de souffrances et de mensonges que véhiculent ses mœurs de post-soixante-huitard. Lui qui reproche à Georges Nicotra d'avoir été manipulateur, qu'a-t-il fait d'autre que manipuler les sentiments des femmes auxquelles il racontait la fable de la liberté sexuelle, sans parler des deux dernières, auxquelles, avant de me rencontrer, il mentait carrément ? Et que ce fût avec leur assentiment implicite, comme il me l'a soutenu, ne l'exonère en rien. Le dominant ne saurait chercher d'excuse dans la soumission du dominé.

Vingt ans après notre première rencontre au café de la Douane, à Cagliari, je n'arrive toujours pas à démêler mes sentiments envers Antonin. Je l'ai quitté trois fois. Une fois en 95, une fois en l'an 2000 et la dernière, il n'y a pas si longtemps, sur l'Himalaya. Je l'ai frappé à plusieurs reprises – sans qu'il réplique jamais, je dois l'admettre (mais il n'avait pas intérêt, il ne faisait pas le poids et le savait). Je lui ai hurlé diverses sortes d'insultes, des plus stupides, aussi faciles à encaisser qu'une droite mal ajustée, aux plus fourbes, capables de saisir comme un crochet au foie, là où ça fait le plus mal. Une fois, je lui ai même écrasé sur le visage une pizza brûlante. Mais je ne peux toujours pas dire qu'on s'aime moins.

Ce que j'écris là, il est tout à fait capable de le deviner. Et ça me met en rage rien que d'y penser : le devinant il serait bien capable de l'écrire. Devant son clavier, il n'a pas de vergogne, il peut même prétendre *se mettre à ma place*.

Antonin, je ne t'imiterai pas, je ne laisserai pas traîner de tirage papier mais il n'est pas impossible que tu t'appropries les codes et que dans mon ordinateur aussi, tu réussisses à pénétrer. Si tel était le cas, je veux que tu te le tiennes pour dit : tu as beau te vanter d'avoir construit tes personnages féminins contre les stéréotypes de genre, tu as beau en faire souvent les personnages principaux de tes romans, tu ne saisiras jamais ce que c'est que de les subir, ces stéréotypes, ni ce que ça coûte à une femme de devenir le personnage principal de sa propre vie.

Tout comme que tu ne sauras jamais ce que ça fait d'être une chauve-souris, tu ne sauras jamais *ce que ça fait d'être une femme*.

Voilà pourquoi, malgré le côté ridicule de la chose, je poursuivrai ces Confessions. Si je parviens à raconter jusqu'au bout mon histoire, peut-être qu'enfin je réussirai à en sortir.

À te quitter aussi – oui, peut-être. Mais bon, on peut peut-être parler d'autre chose que de toi, puisque pour une fois, c'est pas toi qui causes.

J'avais donc dix-huit ans, en 1986, quand j'ai donné mon premier coup de poing à un homme. J'ai pété le nez de l'oncle Guido, qui tentait de m'empêcher de sortir de son appartement, mon sac de voyage en bandoulière. Dans le Pullman pour Rome, j'ai d'abord fait une constatation : j'avais assez grandi pour que ma droite arrive à l'horizontale dans les narines du *zio*. Et comme j'avais aussi minci, en deux années scolaires au lycée Principe Umberto di Savoia, où le sport prenait beaucoup de place, j'étais sûre de n'être plus ni petite ni boulotte, les regards coulés d'un voisin de car aux longs cils m'en apportaient d'ailleurs la confirmation. Puis j'ai regardé mon poignet enfler et je me suis promis d'apprendre à cogner. J'étais partie pour devenir une parfaite illustration de ce que les Français appellent l'ascension méritocratique et les Italiens, plus simplement, la *buona educazione* : je voulais apprendre.

Je voulais apprendre à parler fluidement des langues étrangères comme le français, l'anglais, la philo et la socio.

Et je voulais apprendre à me battre.

En descendant du bus piazza della Repubblica, j'ai contemplé la fontaine des Naïades, édifiée au début du XXe siècle par un compatriote palermitain, avec quatre nymphes dodues en couple avec diverses bêtes et disposées dans une espèce de Kamasutra qui les offre à l'épaisse giclée de l'eau de Rome tandis qu'en son centre, un mâle humain nu étreint un dauphin si fort que l'eau en jaillit, symbolisant ainsi la domination de l'homme sur la nature. Mon regard s'est particulièrement attardé sur la nymphe des lacs qui se tenait *a pecorina* avec un cygne en guise de tapis. C'était sûr, j'allais devoir me battre.

Je voulais fréquenter les salles bondées de l'université de sciences politiques de la Sapienza, où bougeaient encore, m'avaient dit mes amis anar de Palerme, les derniers restes de ce qui avait été un des plus puissants et des plus subversifs mouvements sociaux de l'après-guerre en Occident, mais pour me loger, je dus aller jusqu'à Ostie. Je m'aperçus que la longueur du trajet jusqu'à la fac était largement compensée par bien des avantages : on pouvait arpenter des plages en se droguant doucement de leur mélancolie hivernale, et en s'éloignant de la mer pour circuler entre les grosses casernes des HLM, trouver des petits bars-pâtisseries comme je les aimais, bon marché, avec du peuple et sans touristes ni bourges de la capitale. Et en plus, j'avais découvert une palestre qui donnait des cours de boxe gratuits. Je dois dire que j'ai eu plus de brutes surprises à l'université que chez les boxeurs.

J'ai trouvé presque tout de suite un travail qui me permettait de suivre les cours, puisque c'était dans un établissement situé à deux pas de chez moi. Je n'avais que cent mètres à faire pour passer de mon immeuble lugubre à la via Amerigo Vespucci, sur le front de mer, où se trouvait l'endroit qui s'appelait, en italien dans le texte, *Blue Lagoon, Beach Club Night & Day*. J'étais censée y travailler de 18 heures à minuit mais en réalité, je ne rentrais souvent qu'à 3 heures du matin. Ça me convenait :

les heures supplémentaires étaient payées double au noir et les pourboires augmentaient au fur et à mesure que la nuit avançait. À partir de 22 heures, l'immense salle à 150 couverts, close de baies vitrées sur trois côtés, était occupée pour moitié par des représentants des différents groupes de la malavita romaine : les deux ou trois tribus de roms sédentarisés, les successeurs de la bande de la Magliana, les Albanais de Tor Vergata et les Nigérians de la Piazza del Popolo, les Calabrais, les Napolitains, les Siciliens et les Romains d'appellation contrôlée, ces derniers presque tous du quartier de l'EUR et tous admirateurs de son bâtisseur à grosse mâchoire ; l'autre moitié était constituée de membres de la belle société romaine venus s'encanailler : aristocratiques rombières, présentatrices télé vêtues en escort-girls et escort-girls rêvant de devenir présentatrices, plus de somptueuses transexuelles qui concentraient visiblement les appétits des mâles en costard-cravate accompagnant les dames : de toute la faune présente, c'étaient ces derniers, politiciens entrepreneurs, intellectuels de télé et footballeurs éditorialistes, les plus bruyants, les plus grossiers, les plus radins.

Dans les cuisines, la coke circulait, ça aidait à tenir le rythme pour amener sur les tables magnums de Dom Pérignon, huîtres, langoustes et mozzarellas. Nous étions pilotés par le chef de salle Beppe, un sexagénaire long comme un jour sans pain, à l'éternel sourire triste, implacable répartiteur de tâches mais toujours prêt à amortir les chocs entre nous, la clientèle et les frères Lombardi, les adipeux jumeaux maîtres des lieux. Quant à savoir s'ils en étaient les réels propriétaires ou seulement des hommes de paille gérant l'affaire pour un consortium de truands dont une bonne partie se gobergeaient là un soir sur deux, c'est la cour d'appel de Milan qui finira par le dire d'ici quelques années, puisque voilà deux décennies qu'une procédure a été entamée pour éclaircir la chose mais que d'appels en dépaysements et de cassations en amnistie partielle, ça traîne. Toujours est-il que la dernière fois que j'ai fait escale à l'aéroport Leonardo da Vinci, il y a un mois, retour de l'Himalaya, c'était le soir et mon avion survolant Ostie dans son virage final, j'ai vu nettement l'enseigne géante du Blue Lagoon clignoter comme d'habitude, ses reflets froids s'étalant sur la mer jusqu'à un kilomètre du rivage.

J'ai travaillé dans cet établissement de 86 à 89, tout en réussissant bien dans mes études, malgré plusieurs changements d'orientation, et malgré le fait que j'ai dû défenestrer un *docente* un peu trop entreprenant (heureusement, son bureau était au rez-de-chaussée et j'ai reçu un tel soutien du groupe féministe qu'il n'a pas songé une minute à réclamer des sanctions contre moi). À la Sapienza, je n'ai, pour des raisons mystérieuses, jamais rencontré Sonia qui y enseignait pourtant la sociologie, et jamais croisé Antonin, qui venait parfois l'attendre, m'a-t-il raconté plus tard, à l'entrée principale, sur la piazzale Aldo Moro, avant d'aller dîner chez elle dans le quartier voisin de San Lorenzo, que je fréquentais beaucoup aussi. Mais c'est ainsi : Antonin et moi, nous ne nous sommes jamais rencontrés quand le hasard y poussait, pas plus dans les trattorias bon marché autour de la via dei Volsci, que quelques années plus tôt à Paris dans le sillage de Georges Nicotra. En revanche, c'est sur l'esplanade devant la fac, dédiée au souvenir du politicien tué par des gauchos, que j'ai appris l'assassinat de mon oncle par des fachos. J'avais caressé plusieurs fois l'idée de retourner le voir à Paris, je lui avais même écrit deux ou trois fois et il m'avait répondu en m'invitant avec beaucoup de gentillesse, il me proposait même de me payer le voyage mais il n'en était pas question, je ne voulais plus jamais rien devoir à personne. Le manque d'argent aggravé par l'addiction à des drogues chères, mes errances sentimentales et sexuelles, et aussi le vrai profond plaisir que j'éprouvais à étudier, recluse des journées entières dans mon appartement d'Ostie, quand le mauvais temps vidait les rues ou plus encore, aux beaux jours, quand l'Italie et l'Europe entière étaient à la plage à cent mètres de chez moi, tout cela avait sans doute joué pour me faire renoncer au voyage parisien. Mais peut-être la vraie raison était-elle le souvenir de la tristesse qui teinta chaque heure de mes journées parisiennes, après que j'eus découvert mon corps (petit et boulot).

Après trois années d'études intenses et chaotiques marquées par plusieurs bifurcations, je m'acheminais vers une *laurea* en sciences politiques quand, à quelques jours de distance, j'ai appris la mort du *zu* Georges et j'ai été virée de mon boulot. En franchissant le grand portail du campus, j'ai aperçu sur l'esplanade Orecchione : c'était un inspecteur de la Digos, la police politique, un type légendaire chez les étudiants politisés, les grandes oreilles qui lui valaient son surnom servant sans doute à capter leur attention pendant que les vrais infiltrés faisaient leur travail. Il était en grande conversation avec un homme d'une cinquantaine d'années dont je perçus instantanément, impossible de vous dire pourquoi mais n'importe quel Italien comprendra, qu'il était français. Il me sembla qu'Orecchione me montrait d'un mouvement du menton et je pressai le pas en direction de l'arrêt du tram. Je ne savais pas ce que ces deux-là tramaient mais j'avais un cours de boxe dans une heure à Ostie et donc pas de temps à perdre. J'ai réussi à attraper le 19 et je suis allée m'asseoir au fond. Une minute plus tard, le Français que j'avais repéré est venu s'asseoir à côté de moi et m'a souri tout en montrant une carte barrée de tricolore.

– Bonjour, mademoiselle, je sais que vous parlez français, vous l'étudiez et vous avez de bons résultats, moi, je comprends un peu l'italien quand on parle lentement, mais c'est tout.

– Qu'est-ce que vous me voulez ?

– J'ai des choses à vous dire et d'autres à vous demander. Je peux vous offrir un café ?

D'un côté, ma curiosité était éveillée : pour quelle raison un flic français pouvait-il s'intéresser à une étudiante italienne ? D'un autre côté, je n'aimais pas son teint rougeaud de mafieux, je n'aimais pas sa grosse moustache genre permanent de la CGIL, je n'aimais pas ses petits yeux de comploteur à la sauce P2, je n'aimais pas ses lèvres de viveur socialiste, je n'aimais rien du tout chez lui. Je me suis levée et j'ai marché jusqu'au niveau de la porte, on n'était qu'à deux arrêts de la station de métro Policlinico. L'homme s'est approché de moi et m'a chuchoté :

– Votre oncle, Georges Nicotra, a été assassiné.

J'ai soufflé, bouche ouverte, comme après un direct mal encaissé et j'ai attendu d'être sur le trottoir pour libérer les larmes. L'intensité de ma peine m'a étonnée. Tout à coup, je me rendais compte à quel point je l'aimais, le *zu*. Peut-être le seul homme que j'avais rencontré jusque-là qui m'avait donné tout ce qu'il pouvait sans rien demander en échange – ou alors, juste un peu de bonne humeur. Dans un état de tristesse hébétée, j'ai accompagné le flic jusque dans un café-pâtisserie. Une fois assis devant nos *espressi*, il s'est présenté :

– Brigadier de police Gérard Verjat.

Deux jours plus tard, au Blue Lagoon, c'était un de ces soirs d'hiver où des bourrasques de pluie donnaient à la salle des airs d'aquarium inversé. On était le 22 décembre, l'oppressante atmosphère des fêtes de fin d'année pesait de tout son poids de guirlandes clignotantes et de pères Noël suspendus, la clientèle des soirées se démenait chaque jour un peu plus, comme si elle cherchait à atteindre une espèce de paroxysme dans cet idéal type d'Italien de la fin des années 80, qui ne tarderait pas à triompher jusqu'au sommet de l'État en la personne de Berlusconi, mais que déjà les télés promouvaient avec acharnement : le personnage du *buontempone*, le bon vivant, le joyeux drille qui sait goûter aux plaisirs de la vie sans se prendre la tête ni se laisser emmerder par les communistes et les juges, tout en gardant une foi inébranlable dans sa propre bonté. *Italiani brava gente* : on pouvait voir la force de cette légende à la manière dont telle tablée de promoteurs, publicistes et soubrettes accueillait les *vucomprà*, les vendeurs à la sauvette plus ou moins noirs qui, brandissant leur pathétique pacotille et sourire immense vissé sur le visage, venaient répéter la phrase qu'on attendait d'eux et qui leur valait leur surnom (caricature de leur prononciation de *vuoi comprare ?*, "tu veux acheter ?").

Ce soir-là, j'avais suivi du coin de l'œil le sketch d'une tablée ordinaire avec un natif d'une de nos anciennes colonies. Spécialisée dans des apparitions télé comme potiche dépoitraillée d'un nabot en costard qu'elle embrassait régulièrement sur sa calvitie, une *showgirl* fit mine de s'intéresser aux lunettes clignotantes que le bétonneur d'une zone archéologique prétendit lui acheter en plusieurs exemplaires, un assesseur à la culture de gauche offrit un verre de champagne au vendeur qui refusa, tout le monde rigola et puis à la fin, avec une tape sur l'épaule, on le renvoya avec un billet glissé dans sa poche avec tant d'ostentation que, plutôt qu'un pourboire, il semblait qu'on lui versait là un dédommagement pour ce que le bon peuple italien avait fait au sien : l'extermination des armées du Négus par les gaz, les camps de la mort en Libye ou l'esclavage dans les plantations somaliennes (oui, je faisais de l'histoire aussi, à la Sapienza). Entretemps on s'était livré avec lui à de divertissantes allusions à ses nombreuses femmes, à son odeur ou à la taille de son sexe, tout cela sur le ton d'une bienveillante paillardise.

Et c'est avec une égale bonhommie que l'un des convives, comme je passais à proximité de leur table, m'a mis la main au cul.

Sans lâcher le plateau que je tenais sur la paume gauche au-dessus de ma tête, j'ai pivoté et mon swing du droit, décrivant un demi-cercle presque parfait, l'a cueilli par la gauche dans le cou. Pendant que le plateau dégringolait sur leur table, j'ai doublé avec un direct dans l'oreille. Le type a poussé un cri étranglé, il est tombé de sa chaise et j'ai foncé jusqu'à la cuisine. Je haletais comme après un cent mètres haies et mes oreilles bourdonnaient tellement que je ne comprenais rien de ce que, avec de grands gestes véhéments, me disait Giovanna. C'était l'amie palermitaine rencontrée aux premiers jours à la fac, celle par qui j'avais trouvé l'appartement et le job, et à sa mine, je voyais bien qu'elle n'était pas contente. J'ai foncé aux toilettes du personnel et j'ai vomi. Au bout d'un moment, on a frappé à la porte de la cabine.

– C'est moi, a dit Beppe. Tu es attendue au bureau.

J'ai ouvert, j'ai levé les yeux vers lui. La mine grave, il a secoué la tête, a écarté les bras sans mot dire. Puis, poussant un grand soupir, il a ouvert la porte des toilettes avec un geste me montrant le chemin.

Dans le couloir qui menait au bureau des frères Lombardi, je n'ai croisé personne, et en passant devant les portes battantes des cuisines, il m'a semblé qu'y régnait un silence inhabituel. Dans la pièce décorée d'innombrables photos de VIP posant en compagnie des jumeaux, les frères Lombardi étaient assis côte à côte derrière le meuble d'acajou des années 30 parfaitement vide qui leur servait uniquement de symbole de puissance, gestion et comptabilité se déroulant dans un ailleurs inconnu. Sur un coin du bureau était assis un grand gaillard portant sous son costard un chandail noir collant qui mettait en valeur des pectoraux impressionnants. Les petits yeux des jumeaux se plissaient tandis qu'ils me toisaient, l'air indigné, le troisième homme se contentant de me fixer sans aucune expression. Ce type me flanqua immédiatement la trouille. C'était qui ? Un gros bras chargé de me châtier ? Un flic ?

Les frères échangèrent un regard et l'un d'eux parla :

– Tu es virée, bien sûr. Pour faute grave. Mais tu as de la chance…

– Oui, reprit l'autre, sur intervention de M. Scudo, ici présent…

Il adressa un signe de tête au gaillard qui ne broncha pas.

– … le client que tu as agressé ne portera pas plainte. Tu devrais commencer par remercier M. Scudo.

Je ne répondis rien, occupée que j'étais à contenir la colère qui recommençait à bouillonner en moi. Comme le silence durait, le premier des frères, je crois qu'il s'appelait Pietro, intervint à nouveau.

– En plus, M. Scudo a demandé que tu aies ta paye jusqu'à la fin du mois, je ne sais pas si tu te rends compte ?

– Tu devrais le remercier, insista le deuxième qui s'appelait Gino.

Je soutins son regard sans répondre puis baissai les yeux sur mes chaussures, tandis que Pietro se levait.

– M. Scudo a demandé à te dire deux mots. On va vous laisser. Après, tu passes au vestiaire récupérer tes affaires et tu ne remets plus les pieds ici.

Se levant à son tour, son frère me tendit une enveloppe.

– Ton salaire. En liquide. Je suppose que ça ne te dérange pas ? ajouta-t-il avec un ricanement.

Je pris l'enveloppe et ils sortirent. Scudo regarda la porte se refermer sur eux et secoua la tête.

– *Amazza che faggiani, questi due*, s'exclama-t-il en pur romanesco : putain, quels crétins, ces deux-là.

Toujours assis sur son coin de table, il me sourit d'un sourire qui ne ressemblait ni aux mimiques obligées durant le travail, ni aux torsions de lèvres libidineuses de certains clients, ni non plus aux monstrations de dents des commerciaux et autres télévisuels, et pas davantage aux sourires de mes camarades féministes tellement débordantes de sororité la première et dernière fois que je suis allée à leurs réunions. Il avait un sourire sympa, quoi. Puis il passa de l'autre côté du meuble, prit place dans un des fauteuils patronaux et m'invita à m'asseoir dans l'autre. Je m'exécutai, nous fîmes pivoter nos sièges et on se causa à quelques décimètres l'un de l'autre. J'ignore pourquoi, mais j'étais sûre qu'il n'y avait rien d'équivoque dans cette proximité.

– Bon, alors, dit-il, cette tête de nœud de Palomaro se l'est bien mérité, son *cazzoto*. T'as un bon swing, pas de doute. Pas encore beaucoup de puissance, mais le mouvement était bien. Et le coup dans les oreilles, bien vicieux, tu l'as quasiment assommé. Mais fais attention, quand même, le premier coup que t'as donné, c'était à deux doigts de la carotide, y a un point là, où elle passe avec la jugulaire, si tu tapes trop fort, là, *lo sdraji,* tu le tues.

J'ouvris la bouche pour me justifier mais il m'interrompit :

– T'en fais pas, c'est le porte-serviette d'un conseiller du Municipio 10, c'est chez moi, ça... ils font ce que je leur demande, il va s'écraser.

– Merci, réussis-je enfin à articuler.

Après avoir attendu quelques secondes comme s'il pensait que j'allais développer mon remerciement, Scudo reprit :

– Je sais qui tu es. Ça fait presque trois ans que je t'ai repérée dans ma salle. Oui, précisa-t-il en voyant mon sourcil se froncer. La palestre où tu t'entraînes gratis, elle est à moi aussi. Je suis obligé de me renseigner sur tous les nouveaux venus, et toi, tu passes pas inaperçue. Avec ton accent de Palerme... précisa-t-il en croyant le mimer avec des ouvertures exagérées de la bouche. J'ai eu qu'à demander aux amis de là-bas. Je sais que ton père est encore pour un moment à l'Ucciardone, et qu'il se tient bien...

Je me suis levée.

– Écoutez, j'ai dit, moi, je ne veux plus avoir rien à faire avec ces gens-là. Y compris mon père. Surtout mon père.

Il a rigolé.

– Mais bien sûr, je comprends. "La légalité, la légalité, la légalité." C'est le mot d'ordre des gens que tu fréquentes à la fac. Bon, suis ta route, pas de problème. Tu peux continuer à venir boxer gratis chez moi. Et si un jour, tu en as marre des tiques que tu fréquentes, conclut-il en utilisant le terme employé par les fascistes et les flics pour désigner les gauchistes, j'aurai du boulot pour toi. Pas difficile et qui rapporte gros.

J'étais maintenant tout près de la porte et la colère m'avait reprise, j'ai donc osé :

– Quel genre de boulot ? Prendre l'avion avec des capotes pleines de coke dans le cul ? Ou sucer vos VIP ?

Il s'est marré :

– *Mortacci tua ! Annvedi' la ragazzina !* Ah ben merde ! Voyez-vous ça, la gamine !...

Il a tendu le bras vers moi, levant et baissant plusieurs fois la main pour me faire signe de revenir.

– Allez, calme-toi, viens là... *A Zorro, ariccojte 'a sciabbola,* allez, Zorro, rentre ton sabre... Reviens t'asseoir... Je sais que t'as la tête fine. Tu dois t'y connaître, en ordinateur ?

– Oui... enfin, non, je sais pas, dis-je, décontenancée par le sourire attendri avec lequel il me regardait. De toute manière, ça m'intéresse pas.

Je suis sortie en claquant la porte et je me suis enfuie à toutes jambes sous la pluie battante jusqu'à mon appartement où j'ai rassemblé mes peu nombreuses affaires avant de revenir via Amerigo Vespucci. Par intermittences, des éclairs éclairaient la mer comme en plein jour et le déluge se poursuivait sans faiblir. Le temps m'a paru long avant l'arrivée du bus qui m'a conduite au métro et il était une heure du matin quand, trempée et glacée, je frappai à la porte d'un appartement de San Lorenzo. Là vivaient trois de mes camarades d'amphi, avec qui j'avais suivi des cours de sciences politiques et participé à deux ou trois assemblées. Elles m'ont bien accueillie et j'ai dû entamer cette expérience dont la seule perspective jusque-là m'avait fait horreur: une colocation. Mais cette horreur-là n'était rien à côté de celle qui me saisissait à l'idée de me retrouver dans le giron d'une mafia.

La personne dont je me suis sentie la plus proche à Rome, ma copine Rita, m'avait surnommée Olga la Tempesta. Mes explosions de colère et mes ouragans de fureur ont été vite fameux chez les *compagni*, les camarades avec qui j'ai suivi la course de la panthère. Le 27 décembre, Rita et mes deux autres colocataires, toutes trois extrêmement antagonistes (contestataires, dirait-on en français) et néanmoins tout à fait italiennes, c'est-à-dire très respectueuses des rites familiaux, étaient parties depuis plusieurs jours dans leurs villages respectifs et je pouvais donc jouir de l'appartement pour moi seule, en procrastinant sur les tâches ménagères et en suivant mes rythmes de sommeil très personnels. C'est donc à 15 heures environ que je pris mon petit-déj' au bar d'en bas et j'appris la nouvelle du jour, sur laquelle la télé de l'établissement tournait en boucle. À quatre heures du matin, Tiziano Virinè, dix-neuf ans, rentrait chez lui en voiture quand, à l'approche du Grande Raccordo Annulare, le périphérique très extérieur de Rome, il avait vu une panthère noire. On aurait pu penser à l'abus de liquides ou de substances diverses s'il n'avait appelé le 113 et si, de la voiture de patrouille survenue bientôt, trois policiers abasourdis n'avaient aussi vu, de leurs yeux vu, le félin. Détournant le regard de l'écran, je m'aperçus que tout le bar et le quartier, et la Ville ne parlaient que de ça.

Le jeudi 28, on avait enregistré des centaines de signalements de la présence d'une panthère au nord de Rome. Le vendredi 29, dans la zone de La Rustica, à l'est de la capitale, des moutons étaient égorgés dans une bergerie et on retrouvait sur place des empreintes ne laissant pas de place au doute. Le samedi 30, vers 17 h 30, c'est une domestique de la styliste Laura Biagiotti, un concierge et un hôte de son château de la via Palombarese qui l'aperçoivent. Le mardi 2 janvier 1990, elle est repérée sur la via Casilina, on l'encercle, elle réussit à s'échapper.

Dès le premier jour, je fus parmi les tifosi les plus enthousiastes de la panthère. J'étais ravie à l'idée de sa puissante et cruelle beauté échappant aux fusils hypodermiques, aux filets, aux dompteurs célèbres et à tout le bataclan des hommes indisposés par sa sauvagerie. Dans la même période, un mouvement né début décembre à la faculté de lettres et de philosophie de Palerme (décidément, j'avais du mal à échapper à cette ville) prenait de l'ampleur. Après les fêtes, les occupations d'universités s'étendirent à toute l'Italie. On protestait contre la réforme projetée par le ministre socialiste Ruberti : ce n'était que la première de toutes celles qui, de part et d'autre des Alpes, allaient s'employer à faire entrer les capitaux privés dans les universités et à y établir des hiérarchies qui aggraveraient un peu plus la tendance à faire l'enseignement à deux vitesses que réclamait l'économie ultra-libérale : le haut du panier high-tech concentrant les capitaux pour produire les dirigeants de demain, et le reste consistant en miséreuses facs où l'on se bousculait autour de l'unique photocopieuse, où la pluie tombait parfois dans les amphis, où les profs passaient l'essentiel de leur temps à chercher des crédits pour des projets de recherche dont les dirigeants n'avaient rien à foutre, et des petits boulots pour leurs doctorants, afin de remplir au mieux leur double mission de fabrication de précaires sous-payés et de gardiennage d'une jeunesse dont il fallait retarder au maximum l'entrée dans les chiffres du chômage.

Nous n'avions bien sûr pas le recul qui me permet aujourd'hui d'en parler ainsi, mais nous avions quand même une assez claire perception des enjeux en descendant dans la rue, sous les quolibets haineux du centre droit, et les commentaires mielleux du centre gauche qui se partageaient alors (et se partagent toujours) le pouvoir. J'ai pris conscience assez vite de l'ampleur de ce qui se passait dans ma génération et c'est donc portée par un double enthousiasme, pour le mouvement en train d'enfler et pour la bête échappant aux barreaux, que je me souviens d'avoir crié très tôt au téléphone, peut-être le 28 ou le 29 décembre, à Rita qui n'était pas encore rentrée de chez les siens :

– *La pantera, siamo noi!* La panthère, c'est nous!

Quelques jours plus tard, un publicitaire a souhaité faire don de ce slogan au mouvement et de Rome à Turin, de Catane à Bologne, on l'a retrouvé sur la banderole de tête des manifs. Si je soutiens ici mon invérifiable antériorité sur le publicitaire, ce n'est pas pour m'en vanter, car les idées, dans ces moments-là encore plus qu'à l'ordinaire, sont *dans l'air* et nul de ceux qui les formulent ne peut prétendre en être propriétaire. Non, si je raconte ça, c'est parce que je voudrais qu'on comprenne dans quelles circonstances je découvris ce qui, désormais, compterait par-dessus tout pour moi : que rien ni personne ne m'enferme plus jamais derrière les barreaux de désirs qui ne seraient pas les miens.

Et la conviction que pour cela, j'étais prête à tout. Y compris, s'il le fallait, comme une panthère dans une bergerie, c'est-à-dire sans discours ni prêche, par pure pulsion vitale, ouvrir des gorges.

À Rome, le 15 janvier, nous avons envahi la faculté de lettres, nous avons fait irruption dans les bureaux du président, en exigeant les clés du bâtiment, ainsi que l'accès au fax pour nous permettre de communiquer avec les autres facs et le reste du monde. Le professeur Tartaro résista un peu et finit par céder, non sans nous lancer sur un ton sardonique : "Mais est-ce que vous saurez vous servir du fax ?" Nous lui avons démontré que oui, en tissant le réseau *retefax*, précurseur des mailing lists, qui maintint les facs en constante liaison sur les événements du jour. Et nous sommes allés plus loin. Dans une des toutes premières assemblées, j'ai fait la connaissance d'Alberto, étudiant en sciences appliquées, qui m'a parlé des possibilités d'un réseau d'une autre sorte en train de se constituer. Il utilisait les ordinateurs Vax des facultés scientifiques, reliés entre eux par le réseau DeceNet, et avec quelques-uns de ses amis, nous avons créé Okkupanet, premier *social network*, comme on dit en italien, qui devint une des principales sources d'information sur le mouvement de la place Tian'anmen. En effet, les autorités chinoises ignoraient alors les ressources de la télématique (comme on sait, elles se sont bien rattrapées depuis), ce qui a permis pendant un moment à la soussignée et à ses amis d'alimenter les journaux italiens en exclusivités sur ce qui se passait en Chine.

Alberto était beau, avec cette dégaine si répandue alors, tignasse mal peignée, menton mal rasé, ses affreux gros pulls et surtout ses yeux noirs pétillants. Ses mains étaient caressantes et pleines de bonnes intentions à l'égard de mon corps, même si elles n'ont jamais trouvé vraiment le chemin de mon plaisir. Mais j'aimais le voir jouir, et dormir à mon côté.

La panthère n'a jamais été retrouvée. Et le mouvement étudiant que les journaux avaient rapidement baptisé *la pantera* s'est terminé comme la plupart des mouvements : par des compromis syndicaux encadrant la défaite et une pluie de calomnies de la presse de centre droit et de centre gauche. Parmi celles-ci, les plus efficaces furent celles proférées à l'occasion de la participation d'un ancien des Brigades rouges à un séminaire autogéré intitulé “Vieux et Nouveaux Mouvements”. Le refrain de la fascination de la *pantera* pour la violence politique a commencé à être entonné.

À l'heure du reflux, je me suis remise à la coke et j'ai commencé à travailler dans un peep-show. Comme il était hors de question que je reprenne contact avec ma famille ou que je retourne à Ostie, et comme j'avais grand besoin d'argent, pour la drogue ainsi que pour les cours de boxe, de krav-maga et de boxe française que j'enchaînais chaque après-midi (je n'allais plus en cours et j'avais perdu le contact avec Alberto), montrer mon cul et me contorsionner à l'intention d'invisibles inconnus me parut un compromis acceptable avec la prostitution que je voyais pointer à l'horizon de ma vie. Vu le peu de plaisir que me donnait mon corps, je pouvais au moins l'utiliser pour en donner aux autres, et tirer un profit de ça. Ça se passait via Cavour, pas très loin du Colisée, dans un sex-shop où tout le monde, patron, caissier-videur et femme de ménage compris, était très correct avec moi. Ça a duré trois mois.

Puis un soir, vers une heure du matin, comme j'allais partir, le caissier m'a dit que le patron voulait me voir. Dans son bureau, assis en face de lui, m'attendait le brigadier Gérard Verjat. Le patron m'a annoncé que ce monsieur, un policier français, lui avait été recommandé par la Questure et qu'il souhaitait me parler. Puis il s'est levé, a contourné le meuble pour gagner la porte. Avant de la franchir et de la refermer, il m'a murmuré : “Dans quoi tu t'es fourrée ?”

Verjat m'a souri :

– Vous réussissez aussi bien dans le spectacle que dans les études, il me semble, a-t-il dit.

Je l'ai fixé. Non, je ne le lui demanderais pas. Je ne voulais pas savoir s'il avait fait partie de ces pauvres types qui venaient de se branler dans le noir en me regardant. Je me contentai de le haïr de toutes mes forces.

– Asseyez-vous, m'a invitée Verjat en me montrant une autre chaise disposée devant le bureau. J'en ai pour cinq minutes et après, je vous promets de vous laisser tranquille.

– Je préfère rester debout. Qu'est-ce que vous voulez ?

– La même chose que la dernière fois qu'on s'est vus… Tu te souviens de ce que je t'ai demandé ? demanda-t-il en me donnant soudain du tu.

En réalité, je ne m'en souvenais que très vaguement. Dans le café-pâtisserie de la via Regina Margherita, il m'avait expliqué que Georges avait été abattu de trois balles tirées à bout portant en bas de chez lui. Il y avait eu une revendication qu'eux, les enquêteurs, ne prenaient pas au sérieux. En revanche, le mode opératoire – deux tueurs à moto, un calibre 38, un coup de grâce – faisait penser à un règlement de comptes de la pègre. Est-ce que j'avais une idée de qui avait pu faire cela ? J'avais secoué la tête. J'étais noyée de chagrin, incapable de réfléchir, et puis Georges ne m'avait jamais parlé en détail de ses affaires criminelles, ni passées ni présentes. Il m'avait seulement dit, à plusieurs reprises, que les fachos voulaient sa peau, qu'on ne lui pardonnait pas d'avoir dénoncé dans son livre et ses articles les liens entre l'extrême droite et le milieu. Au bout d'un moment, je n'avais plus écouté ce que me disait le brigadier, j'avais cessé de répondre à ses nombreuses questions et j'avais pleuré en silence. On nous regardait. Le Français avait fini par se lever en poussant un soupir exaspéré. Et il était parti sans même payer son café.

– Tu te souviens de la dernière question que je t'ai posée l'autre jour ?

J'ai secoué la tête.

Le sourire bonhomme de Verjat a brusquement cédé pour laisser apparaître une expression d'hostilité froide et scrutatrice. Celle du flic déterminé à faire cracher le morceau, avec les dents s'il le faut.

– Tu as entendu parler des bocaux, oui ou non ?

J'ai secoué la tête :

– Les bocaux ? Je ne sais pas de quoi vous parlez.

Il s'est levé, son visage s'est rapproché du mien, j'ai senti son haleine de café et tabac mêlés.

– Et les lingots ? Non plus, tu n'en as jamais entendu parler ? lança-t-il en me scrutant toujours plus près...

Je me suis reculée d'un pas.

– Des lingots ? Des lingots de quoi ?

– D'or, répondit Verjat exaspéré.

– Jamais, non. Georges ne me confiait rien.

– Pourtant, il a dit à plusieurs personnes que tout ce qu'il avait, ce serait un jour pour toi. Que tu serais son héritière.

Ça, comme on dit dans les polars français, ça m'en bouchait un coin. Moi, héritière de Georges ? Ça me laissait de stuc.

– Fais pas cette tête... comme si tu l'ignorais.

Il approcha de nouveau son visage du mien.

– Écoute-moi bien, maintenant. Je n'ai pas la possibilité de te faire interpeller par les collègues italiens. Pour le moment, en tout cas. Mais je peux te faire beaucoup d'ennuis. Qu'est-ce que tes petits camarades révolutionnaires diraient s'ils savaient comment tu gagnes ta vie ? Et que tu prends de la coke, alors que ce sont les gens de l'autre bord, les fachos, qui ont la haute main sur le trafic ? Tu ne crois pas qu'ils te soupçonneraient d'être une indic ? Surtout si mon collègue, celui que vous surnommez Orecchione – tu vois je suis bien informé –, surtout si Orecchione laisse échapper une allusion sur toi au bon moment, en faisant comme s'il ne s'était pas aperçu qu'un de tes copains gauchistes l'écoutait ? Qu'est-ce que tu en penses ? Si tous tes copains pensaient que tu es une "infâme" ? C'est comme ça que vous dites, non ? Je ne te demande pas de les trahir, justement, ça ne me regarde pas vos conneries de gauchos italiens, on a assez à faire avec les français, je te demande juste de répondre à cette question : si Georges devait cacher des lingots, ils seraient où d'après toi ?

Son regard était très fixe et je le soutins quelques secondes sans mot dire. Le jeu du regard, je connaissais ça depuis la Kalsa. Il s'impatienta.

– Alors ? Tu me donnes une réponse, oui ?

Ma réponse, il ne l'a pas vue venir, ce fut mon talon dans son plexus.

En sortant de la boutique sur la via Cavour, j'ai pensé que j'allais encore devoir déménager. Loin de Rome.

Le polar d'Antonin – SUITE DEUXIÈME
Protection

Trois jours après la mort de Georges, j'avais téléphoné à Gégé pour lui demander s'il savait comment contacter la nièce de notre ami et il m'avait répondu que, justement, Karl et lui voulaient m'en parler, de cette petite. On avait donc dîné ensemble chez Boffinger, et ils m'avaient raconté une histoire. Le jour de l'assassinat de Georges, ils s'étaient précipités dans un immeuble voisin de chez lui, où ils savaient qu'il possédait une cave que les flics n'avaient pas encore perquisitionnée et, deux portes forcées plus tard, ils s'étaient emparés de ce qu'ils pensaient être la plus grosse partie de ses maigres richesses, reliquat d'anciennes activités : 10 000 francs en liquide et quelques bijoux – lesquels, bien refourgués, pourraient en rapporter autant. Karl et Gégé m'apprirent que Georges leur avait affirmé à plusieurs reprises vouloir que sa nièce hérite de tous ses avoirs. Eux, ils avaient autre chose à faire que chercher l'héritière de leur ami, mais ils tenaient le petit pactole à ma disposition pour que je le transmette à la gamine, si j'arrivais à lui mettre la main dessus. (La main dessus, je l'ai mise assez vite, on le sait mais on sait aussi que ça glissait entre les doigts.) La veille de notre rencontre, Gégé avait contacté de vieilles connaissances romaines qui l'avaient adressé à des amis d'Ostie, lesquels avaient interrogé une de leurs employées, amie d'Olga, et celle-ci leur avait répondu qu'à sa connaissance, elle se trouvait à Cagliari. J'avais justement, deux semaines plus tôt, reçu l'invitation annuelle des amis du festival Marina Cafè Noir.

Mais quand eut décollé d'Orly l'avion pour Rome où nous prendrions, Sonia et moi, la correspondance pour Cagliari, je n'avais toujours pas imaginé comment je ferais bénéficier Olga d'un héritage bien plus conséquent, celui qui dormait dans un coffre du Luxembourg. Je souhaitais la faire profiter de cette fortune en lui dissimulant au maximum les circonstances qui m'avaient conduit à en être une sorte de gérant. Comment ? À l'atterrissage à Cagliari-Elmas, je n'étais pas allé beaucoup plus loin que cette conclusion : il fallait d'abord que je cerne sa personnalité. Vingt ans plus tard, cette dernière opération n'étant toujours pas terminée, il a bien fallu que je joue autrement mon rôle de notaire officieux du truand Nicotra.

Dans mon B&B de la via Cavour de Cagliari, après qu'elle eut exprimé à haute voix son désappointement de n'avoir pu zigouiller son violeur présumé, je lui ai annoncé que plus ou moins 20 000 francs, soit l'équivalent de 7 millions de lires, l'attendaient à Paris. Au lieu de se réjouir, elle s'est mise en colère :

– *Cazzo*, et toi, tu savais ça, et tu m'as refilé royalement 600 000 lires pour me baiser ?

J'ai écarquillé les yeux.

– Qu'est-ce que tu racontes ? Je te les ai données sans contrepartie.

Elle m'a dévisagé et puis elle a éclaté de rire. Qu'est-ce qu'elle était jolie quand elle riait, avec, en plus, du Nutella au bout du nez !

– C'est vrai que c'était plus compliqué que ça, concéda-t-elle en s'essuyant.

– Mais toi, pourquoi tu avais un besoin si urgent de cet argent ?

– Pour m'acheter ma dope, m'a-t-elle rétorqué sans barguigner, en me regardant droit dans les yeux.

Je me suis efforcé de ne pas ciller et j'ai articulé :

– Je m'en doutais. C'est quoi, ta dope ?

– Coke. T'en veux? demanda-t-elle en tirant de sa poche un carré d'aluminium. Quand tu t'es levé, ce matin, je faisais semblant de dormir mais dès que tu es sorti...

– Non, merci. Il va falloir te débarrasser de tes mauvaises habitudes... ajoutai-je tandis qu'elle se faisait une ligne au bord de la table.

Son visage s'est assombri et elle a eu un mouvement de recul, tout son corps tendu comme si elle s'apprêtait à bondir vers la porte. Ou sur moi.

– *Porco dio*, c'est quoi, ça? Tu veux prendre ma vie en main?

– Non, je voudrais que tu la prennes, toi, en main. Mais on en discutera quand tu auras le pognon.

Elle se détendit et sortit un tronçon de paille de sa poche.

– *Bene. Meglio cosi.*

Comme rien ne la retenait vraiment à Cagliari, la perspective de l'oseille qui l'attendait, et aussi, tout autant, la promesse que je lui avais faite de l'aider à reprendre des études à Paris, l'ont convaincue de prendre l'avion avec moi. C'est entre Fiumicino et Orly qu'elle m'a raconté l'épisode Verjat. Je retrouvais une vieille connaissance qui m'avait peu quitté depuis le dépôt d'une cantine dans une arrière-cour de Belleville: la trouille.

– Mais toi, demanda-t-elle, cette histoire de lingots, ça te dit quelque chose?

– Non, dis-je.

Je détournai les yeux vers les prairies de nuages halogènes sur lesquelles courait l'ombre de l'avion. Après le désastre de mes amours avec Isabelle et Sonia, je m'étais pourtant promis de ne plus jamais mentir à une femme que j'aime.

De la phrase qui précède doit-on conclure que j'aimais Olga? Non, c'était bien trop tôt, il fallait d'abord qu'on fasse connaissance, et cela prendrait quelques années. En attendant, je me contentais d'être fou amoureux.

Et de lui mentir, car il n'était pas question que je l'associe à la kyrielle de délits que représentaient la possession et la jouissance de ces lingots. J'ai donc poursuivi sur la voie de la tromperie en élaborant un mensonge dont je ne suis pas fier – mais tout de même satisfait. Dominique, à qui j'avais soumis le problème, en parla à son amie de la rue Froidevaux et celle-ci, non sans avoir au passage réclamé que je lui donne des nouvelles, l'avait orienté vers une lessiveuse d'argent sale un peu particulière : une très discrète fondation luxembourgeoise dont l'objet officiel était d'encourager des vocations et de soutenir des projets d'entreprise par l'attribution de bourses. Moyennant la présence de ma part de lingots dans ses coffres, l'institution se chargerait de verser une mensualité confortable à Olga, pour l'encourager à reprendre ses études. Je pourrais récupérer le reliquat quand je voulais, après retenue d'un solide pourcentage. Quand j'ai appris à ma protégée que j'avais résolu ses problèmes financiers en lui dégottant une bourse, elle s'est jetée dans mes bras et m'a embrassé sur la bouche.

C'était un élan enfantin et je me suis gardé d'essayer d'en profiter, d'autant qu'elle avait repris des cours de boxe française avec un vieux pote à moi de la CNT et que celui-ci, après quelques séances avec elle, m'avait lancé devant une pinte de Leffe : "T'engueule pas avec Olga, parce que si tu t'en prends une, elle te démonte la tronche." Je ne tenais pas à avoir la tronche démontée, ni d'ailleurs à m'engueuler avec elle. Mais ce dernier point n'était pas facile. Les humeurs d'Olga étaient encore moins prévisibles que celles de l'Etna. Au troisième jour de notre présence dans l'appartement de Francis (de retour d'Arménie, il s'était mis en ménage avec une Africaine-Américaine et je lui sous-louais son logis), j'étais venu au salon annoncer à ma jeune amie que le dîner était prêt et l'avais trouvée endormie sur le canapé. Une joue sur la joue d'un oreiller, un poing sous le menton comme une penseuse couchée, l'autre main alanguie sur la hanche et s'ouvrant vers le ciel, au bout de ses longues jambes ses pieds nus disposés en obliques parallèles, les lèvres entrouvertes et gonflées par le souffle, elle était irrésistible. Je ne résistai pas.

Je lui ai caressé le front.

Elle m'a collé un pain.

– Putain, me fous pas tes mains sales sur le visage ! a-t-elle gueulé en s'asseyant.

Tombé sur le cul au sol, me frottant le menton, j'ai geint :

– Mais ça va pas la tête ? Elles sont propres mes mains !

– Elles puent !

Je les ai reniflées :

– Enfin, quoi ! C'est de l'eau de Cologne à la lavande !

J'avais préparé des artichauts en barigoule pour accompagner l'épaule d'agneau en croûte de tapenade, et comme je n'aime pas avoir des odeurs de cuisine sur les doigts, je me les étais ensuite soigneusement lavés et parfumés.

– Justement, a-t-elle rétorqué. La lavande, ça pue.

– Ça pue ?

On s'est fixés un instant, moi toujours le cul sur la moquette, la douleur irradiant du menton aux oreilles, et elle assise dans le canapé, en appui sur ses poings serrés, sa jambe gauche agitée d'un tremblement. Puis elle a commencé à me raconter.

Quand elle a fini son histoire avec l'oncle Guido, j'ai compris qu'il me fallait ranger mes fantasmes dans le placard poussiéreux des interdits justifiés, et qu'il ne me restait plus qu'à sublimer.

Donc, j'ai sublimé. Pour cela, j'ai été bien aidé par Isabelle et par Sonia. Et ce fut pour moi comme une démonstration de ce que j'avais beaucoup perdu quand elles m'avaient quitté : l'une et l'autre ont été impeccables. Pas trace de la moindre manifestation de jalousie de leur part. Isabelle a dirigé Olga vers un service de Saint-Lazare où des amis addictologues l'ont aidée à se débarrasser, au moins provisoirement, de la coke, et Sonia l'a aidée à s'inscrire à Paris I. Isabelle n'a fait aucun commentaire sur les vingt et un ans de différence d'âge entre Olga et moi, et ce n'est qu'après plusieurs années que la Picarde noire de Napoli m'a demandé :

– Tu la baises ?

– Non.

– C'est bien.

– Pourquoi, c'est bien ?

– Parce que si tu la baises, tôt ou tard, tu le paieras très cher.

Je n'ai pas pu lui demander de développer. Nous étions dans une manif, seule occasion que j'avais de la rencontrer encore, à part les enterrements. C'était à Paris, durant la grande grève de fin 1995, ce moment merveilleux où la machine sociale s'immobilisa dans la lumière gelée de l'hiver, où on tenait des assemblées dans des salles perdues sur la toundra des rails et où il ne fut nul besoin d'une plate-forme informatique payante pour que tout le monde transporte tout le monde. On était à Denfert, sous le lion, les robocops allaient charger et je cherchais du regard les voies de fuite. Quand la première lacrymo tomba, non loin de nous, Sonia a secoué sa chevelure où j'ai aperçu un peu de gris et je me suis rappelé une phrase de Nic Pizzolato, dans *Galveston,* que j'avais beaucoup enviée : "La beauté lui venait facilement." Puis Sonia a voulu aller crier des slogans à la con avec ses collègues chercheurs et moi je lui ai dit que j'allais plutôt rejoindre les trouveurs.

De fait, j'ai écouté ce qu'avaient trouvé Karl et Gégé qui m'attendaient dans un bistrot du boulevard Arago, à deux pas des hauts murs d'un de leurs lieux de villégiatures passées. Au-dehors, des manifestants fuyaient une charge des forces de l'ordre. Comme nous n'étions pas encore dans ce XXIe siècle où la police républicaine n'hésiterait plus à entrer dans les établissements de boisson pour briser des os et éclater des chairs, on éprouvait une sensation de havre au milieu de la tempête, assez en accord avec le caractère réconfortant des dernières nouvelles. Gérard Verjat était hors d'état de nuire.

Mes deux copains, à qui j'avais demandé comme un service de se renseigner sur le personnage, avaient utilisé leurs canaux de communication avec la maison Poulaga et ils avaient pu reconstituer la dernière étape du parcours professionnel hors norme de Verjat – et même, *in fine*, y contribuer. À son retour de Rome, où il était allé tarabuster Olga, de nouveaux scandales de corruption et de détournement de fonds ayant éclaté, le brigadier avait découvert qu'un nouveau rôle l'attendait : celui de fusible. Les enquêtes judiciaires avançaient sans hâte mais sa disgrâce avait été actée. Il avait perdu sa voiture de fonction et son bureau, on l'avait redirigé vers un sous-sol de la préfecture. Ses efforts pour rallier à sa cause sa loge maçonnique avaient obtenu l'effet contraire et elle avait fini par l'expulser. Ensuite (ou par conséquent) son syndicat lui avait retiré tous ses mandats, et ses supérieurs l'avaient renvoyé en commission de discipline. C'est alors que Karl et Gégé s'étaient opportunément rappelés ce qu'un de leurs amis braqueurs leur avait raconté, au sujet d'une perquisition menée par Verjat et deux acolytes, et ils avaient trouvé des arguments convaincants pour qu'il livre son récit à un journaliste de *Libé*. Lequel, en préservant l'anonymat de sa source, avait publié un article intitulé : "Les profitables perquisitions du brigadier". À deux jours d'une audience de la commission qui s'annonçait pour lui catastrophique, Verjat s'était fait interner pour dépression profonde. À sa sortie, qui n'était pas pour demain, le passage en commission lui serait sans doute épargné en échange d'une mise à la retraite anticipée.

Je levai mon demi de Krieg.

– À votre santé, les amis, je vous dois une fière chandelle.

On a trinqué, bu, et Gégé, avec son sourire de chic type, m'a dit :

– À ce propos...

Il n'a pas continué et j'ai scruté les deux sourires bonhommes en face de moi.

– À ce propos ? À propos de quoi ?

Karl a pris un air embêté.

– Écoute, nous prends pas pour des crevards, hein... mais on a eu des frais, dans cette histoire.

Gégé a hoché vivement du menton :

– Oui, oui, des frais...

J'ai soupiré :

– Oh, mais je veux bien vous rembourser, moi... Combien ?

Gégé a pris un air gêné :

– Oh, on est entre amis, hein. Des vieux amis de Georges qui sont devenus amis entre eux, hein ?

C'était mon tour de hocher :

– Oui, oui, OK. Ça vous a coûté combien, ces recherches ? Dites-moi...

Karl a poussé un grand soupir avant de se lancer d'un air navré :

– En fait, il ne s'agit pas juste d'un remboursement, tu vois. Mais, disons, genre, d'une protection... Il faut qu'on reste en alerte, qu'on garde le contact avec des types, et donc qu'on leur lâche un billet de temps en temps...

– Mais pourquoi ? ai-je articulé dans un clapotis d'angoisse.

Gégé est intervenu :

– Verjat pour l'instant, il est sur la touche, chez les barges, mais on sait jamais. Ce genre d'animal peut toujours se remettre en selle. Et puis, il n'y a pas que lui… Il y a ses potes aussi, d'autres flics, et des gens qui font des affaires…

J'ai secoué la tête. Je ravalai l'angoisse, libérant la voie pour la fureur qui montait. Mais je me suis contenu, j'ai fait signe au serveur de remettre ça, j'ai attendu qu'il ait posé les verres pleins et soit reparti avec les vides. Puis j'ai répondu aussi calmement que je pouvais.

– Je ne vois pas où vous voulez en venir. Je n'ai pas besoin de protection, je vous ai juste demandé de vous informer sur un type qui a sans doute trempé dans l'assassinat de Georges. Après, je vais la continuer, moi, cette enquête… je veux savoir pourquoi Georges a été tué, et par qui. Et je veux en faire un bouquin, pour montrer les connexions du crime et de la loi.

Karl a ricané et Gégé a pris un air peiné :

– Allez, cherche pas à nous embrouiller avec ton histoire de bouquin. Olga m'a raconté la visite de Verjat, et l'histoire des lingots.

J'ai encaissé. Je lui avais pourtant demandé de garder ça absolument pour elle. Mais… Gégé a soupiré :

– N'oublie pas qu'on connaît Olga depuis plus longtemps que toi. Quand elle a débarqué à Paris, Georges l'a vite adorée, mais il était dans un tourbillon et moi, j'ai pris cette gamine en affection, je me suis occupé d'elle, j'ai été un genre de… de parrain pour elle…

– De parrain, c'est le mot, ai-je ricané.

Il n'a pas relevé, poursuivant :

– Tu devrais pas te vexer, on te propose juste une association.

– Nous aussi on veut protéger Olga, a assuré Karl, en souvenir de notre copain.

– Oui, ce qu'on veut, avant tout, c'est protéger Olga, a insisté Gégé.

Je tentai de déchiffrer leurs faces. Est-ce qu'ils se foutaient carrément de moi, ou y avait-il quelque part dans leurs expressions un peu de sincérité ?

– Bon, alors, qu'est-ce que vous voulez ?

– Dix pour cent, ont-ils articulé en chœur.

J'ai toussé, mais c'était seulement à cause des gaz lacrymo qui filtraient sous la porte que le serveur venait de verrouiller. Au-dehors, on grenadait, on criait des slogans, divers projectiles volaient dans les deux sens. Les chiffres, je m'en foutais. Ce qui ne passait pas, c'était que j'avais fini par éprouver pour ces deux-là une amitié authentique. Et je découvrais... quoi ? Que la proximité d'un gros tas de pognon les rendait tout à coup moins drôles et plus intéressés ? Pourquoi m'en étonner ? Parce que j'avais eu la double chance d'avoir eu une maman qui aimait lire, et d'avoir fait les bonnes rencontres, je pouvais me prévaloir à présent de la qualité d'auteur. De cette position certes peu lucrative mais qui rapportait bien un peu quand même, est-ce que je pouvais en vouloir à Karl et Gégé de chercher à grappiller du fric dès qu'ils en voyaient passer, eux qui ne savaient rien faire d'autre ?

Dans l'espèce de concours Lépine que l'humanité a lancé depuis des siècles pour tenter de définir ce qui la distingue vraiment des animaux, on me pardonnera d'apporter ma petite contribution : il me semble que les humains sont les seuls êtres qui se racontent leur vie, et dont le récit la change. Mais si les vies humaines sont avant tout des flux d'histoires, il en est des plus intéressantes que d'autres. Et si j'avais réussi à en capter quelques-unes pour en faire des livres, les deux bandits en face de moi, eux, les vivaient jusque dans leurs détails les plus ennuyeux – ceux que, justement, j'épargnais au lecteur, puisque c'était mon boulot. L'écrivain est un filtre à récits, comme le flic et le magistrat sont des filtres à violence. Mais tandis que les rapports de police et les attendus de jugements ont pour unique visée de maintenir l'ordre social, les narrations créatrices portent des émotions et des pensées que l'ordre jamais ne contiendra tout à fait. Cette différence dans l'appréhension du monde n'est pas sans conséquence sur la manière d'appréhender les protagonistes des récits que fabriquent ces diverses professions. À la différence des représentants de la loi, le littérateur authentique ne trouvera en lui aucune légitimité pour regarder de haut ceux qui ont vécu dans leurs corps ses histoires. Seuls les flics, les juges et les mauvais écrivains méprisent les personnages de leurs récits.

Je respirai donc un grand coup puis m'efforçai de sourire en demandant :

– Dix pour cent de quoi ?

– Des fonds luxembourgeois, dit Karl.

Et comme je sursautai, Gégé précisa :

– Olga m'a dit d'où lui venaient les virements. Et on s'est un peu renseignés.

– Pas longtemps avant de mourir, ajouta Karl, Georges nous avait dit qu'il t'avait confié une cantine avec du pognon. Alors, on a fait deux plus deux…

Je gardai le silence en évaluant du regard cette version malfrat de Zig et Puce.

– Si on fait affaire, argua Karl Zig, je te monterai une combine qui permettra de mieux dissimuler l'origine des mensualités d'Olga.

– Et on continuera à ouvrir les esgourdes pour savoir ce que deviennent les débris du réseau de Verjat, ajouta Gégé Puce d'un air convaincu.

– Et pour être avertis si Verjat sort, et dans quel état, compléta Zig.

– Ce serait dans l'intérêt de tout le monde, conclut Puce.

Mon regard s'attarda un moment sur un manifestant recroquevillé sous un porche que les habitants de l'immeuble avaient refusé d'ouvrir et qu'un groupe de CRS s'employait à tabasser : heureusement pour lui, ils étaient trop nombreux et se gênaient mutuellement. Puis un gradé rappela le groupe et le type mal en point se leva en se tenant les côtes. Il avait du sang sur le front.

Je revins à la conversation.

– D'accord. Dix pour cent pour la protection d'Olga. Mais, juste un détail : je ne crois pas que vous ayez pu percer le secret bancaire luxembourgeois…

Karl rigola.

– Ah non, ça, tu vois, même les Services s'y cassent les dents…

– Alors, comment serez-vous sûrs que ce que je vais vous verser correspond à dix pour cent du butin ?

Ils prirent un air douloureux.

Zig – On est entre amis, non ?

Puce – On se fait confiance, non ?

– C'est ça, oui, opinai-je, on est entre amis et on se fait confiance.

Flics et manifestants avaient disparu. Je terminai mon verre.

– Je vous rappelle pour vous donner le fric. Cent mille francs pour que vous assuriez nos arrières.

Ils ont échangé des regards, manifestement sur le thème de ma loyauté. Tout à coup, j'en ai eu marre de leur rouerie naïve et de leur bonne-mauvaise foi. Je me suis détourné d'eux et j'ai contemplé la rue vide.

Pourvu que leur intéressement dans l'affaire serve vraiment à protéger Olga…

Au-dehors, les fumées se dissipaient. En dedans, l'angoisse s'épaississait.

Olga est entrée dans ma vie quelques années après Rétive.

Jamais nom d'animal ne fut plus mal choisi. C'était quelques jours après le retour de Cagliari, j'étais à Paris, et Isabelle à Ayguière, dans la maison que nous gardions en commun malgré la séparation de nos corps. Elle se trouvait au salon, en train de travailler un dossier de sans-papiers quand une chatte noire de quelques mois à peine se hissa sur le rebord d'une fenêtre et gratta la vitre avec des miaulements déchirants. Isabelle a ouvert et la bestiole a sauté dans ses bras. Une heure plus tard, celle-ci ayant été abondamment rassasiée, caressée et quelque peu nettoyée de matières collantes indéterminées avant de s'endormir sur un coussin indien, celle-là m'appelait pour me demander ce que j'en pensais, si nous pouvions la prendre sous notre protection et la tenir désormais pour une hôte fixe du chemin des Cenelliers. Comme Isabelle voulait contenir son propre enthousiasme, elle chercha une notation négative et trouva seulement que la bête s'était montrée assez rétive au nettoyage, sur quoi, pressé que j'étais de retourner à une traduction dont la date de remise était échue depuis deux mois, je sautai sur cette occasion de me montrer conforme au politiquement correct libertaire :

– On la garde, bien sûr. Et on l'appellera Rétive.

Ça sonnait bien, même si c'était complètement à côté de la plaque. Deux semaines plus tard, quand je suis arrivé à Ayguière pour un séjour de quelques mois, je me suis assis sur la terrasse face à la vallée, Rétive a sauté dans mon giron et elle n'en est jamais plus partie.

Olga n'a pas rempli ma vie de douceur mais elle y a mis de la drôlerie, de la gaieté, des intensités poétiques inattendues et des mélancolies soudaines, un sentiment de complétude : bref, malgré la définitive absence au monde de ce Bonheur à la poursuite duquel les Étatsuniens ont arrimé leur indépendance puis le destin du monde (avec les résultats qu'on sait), beaucoup de bonheurs. Cabrioles au salon, démonstration sur ma personne des mouvements de combat qu'elle venait d'apprendre – en retenant bien les coups mais en faisant toujours un peu mal –, cantilène de berger sarde soudain entonnée au milieu de la nuit, rap napolitain ou du 9-3, kitschissime chanson de variété italienne des années 60, discours pompeux de politicien ou bavardage de vedette télé mimés avec une poilante exactitude, explosions ravageuses de colère contre les stupidités de l'époque (et gare à moi si je cherchais à introduire des nuances), elle avait des trouvailles magnifiques (baptiser "un BHL" l'étron qui resurgit toujours malgré la chasse d'eau plusieurs fois actionnée) et des inventions expressives ("la politique de la peur") que je lui piquais volontiers.

Si je lui ai transmis un peu de savoir concentré sur certains sujets comme la pratique de la traduction littéraire et l'écriture du français, l'histoire des courants révolutionnaires et celle des avant-gardes artistiques, elle m'a fait partager son savoir diffus sur les subtilités de la langue et de la politique italiennes, et sur leurs variantes siciliennes. Très vite, elle s'est très bien débrouillée en français écrit, à quelques charmants italianismes près. Sa présence à mes côtés m'apportait un plaisant écart face aux particularités françaises.

Par exemple, elle m'accompagnait souvent dans les salons du polar où elle appréciait le taboulé servi par les associatifs, l'humour potache et l'ivrognerie adolescente pratiqués par beaucoup de mes collègues, l'intelligence de certaines prises de parole et le confort de presque tous les hôtels, mais elle était chaque fois stupéfaite par la vision de ces rangées d'écrivains assis des journées entières derrière des piles de livres. La jouissance narcissique de rencontrer un lecteur (mieux, une lectrice) lui exposant longuement ce qu'ils avaient aimé dans ses livres, ou celle, masochiste, de voir les admirateurs du voisin défiler en jetant un regard vide sur sa propre pile, l'un ou l'autre de ces plaisirs peuvent-ils expliquer l'obstination de l'auteur de polar français à retourner dans ces halls lugubres que les collectivités locales réservent à la culture, sur ces sièges toujours incommodes, pour de longues heures à peine interrompues par des gobelets de café faiblard ou des verres de rosé assassin apportés par les jolies bénévoles ? Apparemment, oui.

Comme on voit, la présence d'Olga à mes côtés m'a aidé à me poser les bonnes questions.

Mais pas à répondre de manière satisfaisante à la principale : pourquoi faisions-nous tout ensemble, sauf l'amour ? Nous dormions enlacés, dans un bonheur d'être ensemble troublé seulement par les coups de genou qu'elle m'infligeait pendant ses cauchemars. Et j'aimais ça, comme j'aimais sentir sa présence dans la maison d'Ayguière, l'entendre à l'étage qui chantonnait ou qui parlait à Rétive, entendre son souffle tandis que nous bêchions côte à côte au jardin, la voir bâiller puis me sourire en descendant à la cuisine, j'aimais la voir à la fenêtre de l'appartement de Paris, j'aimais la voir marcher rue de Belleville avec des coups d'œil de félin dans la savane, j'aimais quand elle m'imposait des séances de gainage ou d'abdos commando et quand elle entreprenait de m'apprendre le fouetté, j'aimais sa cambrure pendant les séances de boxe française avec son prof moustachu d'Ayguière et ses fossettes quand elle me souriait, j'aimais qu'elle m'appelle "mon petit mentor chéri" ou alors "Antonino" ou même "Antoninetto". J'aimais qu'elle me console de mes déconvenues professionnelles en m'expliquant avec beaucoup de sincérité que je valais mieux que tous ces gens. J'aimais la voir nue dans la salle de bains.

On baisait pas. Et alors ?

Pour ma part, ça aurait pu durer encore vingt ou quarante ans comme ça. Mais un soir, à Paris, elle est rentrée la mine sombre.

– T'es vraiment un pauvre type, m'a-t-elle annoncé.

J'ai fait pivoter le siège, tournant le dos à l'ordinateur.

– Qu'est-ce qui se passe ? ai-je soupiré.

– *Pezzo di merda!* Pourquoi tu me donnes pas d'un coup tout mon pognon ? Pour quoi faire, cette comédie de la bourse d'étude ? Tu veux garder la main sur moi, hein ?

– De quoi tu parles ?

On s'est expliqués. Elle venait de voir Gégé, sorti depuis peu d'un court séjour à Fresnes pour détention d'arme, et dans l'émotion des retrouvailles, son parrain (c'était le titre qu'il s'était définitivement attribué) avait fini par tout lui balancer – à moins qu'il n'ait voulu se venger de mon récent refus de cracher au bassinet. Depuis que je leur avais versé les dix pour cent du pactole luxembourgeois, si Karl n'avait plus rien réclamé, Gégé me demandait de temps à autre un coup de main pour le tirer d'une mauvaise passe, à moins qu'il ne me proposât un investissement dans ses trafics de bagnoles. La dernière fois, c'était juste avant qu'il plonge et je venais d'avoir un coup de fil de ma banque, je l'avais envoyé balader.

J'ai donc expliqué à Olga que j'avais voulu attendre pour être sûr que nous n'aurions pas d'ennuis du côté de la bande des flics ripoux mais qu'à présent, comme ils ne s'étaient pas manifestés depuis cinq ans, que Verjat était toujours interné, j'avais l'intention de mettre à sa disposition l'entièreté du capital juste après la soutenance de sa thèse, prévue au printemps.

Une semaine plus tôt, je m'étais rendu aux funérailles de Salvatore. Trois heures de retrouvailles pour le ban et l'arrière-ban du tiers-mondisme armé, du marxisme hétérodoxe et de l'activisme anar. Il y avait de vieilles belles gueules, des messieurs bien mis et des dames mystérieuses, un peintre de renom, des écrivains de qualité, plusieurs poètes ivrognes et quelques adorables vieilles hippies. Des cheveux blancs, des cheveux gris et des jeunes crinières exagérées. Pendant que notre vieil ami était consumé par le feu, des femmes qu'il avait aimées s'embrassaient, des porteurs de valise évoquaient des souvenirs de mitraille et d'attente tendue dans des ports, on fumait le cigare, une bouteille de tequila tournait. Si j'avais eu le moindre doute à ce sujet, ce qui n'avait jamais été le cas, le cercueil bon marché et l'enveloppe qui circulait pour participer aux frais des funérailles auraient achevé de me convaincre que j'avais eu raison de me fier aveuglément à l'intégrité de Dom.

La copine de la rue Froidevaux et moi, on a parlé finances. Apparemment, grâce à la spéculation sur l'or, les virtuoses luxembourgeois avaient triplé la somme disponible. Ma conquête d'un jour m'a expliqué les procédures à suivre pour récupérer l'argent en liquide ou le transférer sur des comptes français.

Puis, il y avait eu des discours, tout le monde avait chanté *El pueblo unido jamás será vencido* et on avait pleuré.

Maintenant Olga m'expliquait qu'elle ne voulait pas de ce fric, qu'elle allait ramasser ses affaires et partir, et que je ne m'avise pas d'essayer de l'en empêcher, ajouta-t-elle avec son regard de *killer*.

– Tu m'as menti ! Pourquoi tu m'as menti ? cracha-t-elle en commençant à faire son sac. Tu sais que je supporte pas ça. Comment tu peux passer ton temps à dénoncer les mensonges des politiciens, et mentir dans ta propre vie ?

– C'était pour te protéger.

Elle releva la tête :

– Me protéger ! Comme la mafia ?

Fin du dialogue. Sur ma page, il n'y avait plus de réplique.

– Tout ce que tu voulais, c'était me garder dans ton giron, asséna-t-elle en tirant la fermeture à glissière.

C'eût été un excellent dernier mot si elle n'avait commis la faute de goût, au moment de franchir le seuil, de me lancer, son sac sur l'épaule :

– Et dire que pendant tout ce temps, t'as même pas été foutu de me baiser.

– On dirait que tu le cherches, me dit la dame de la rue Froidevaux sur l'épaule de qui j'étais venu pleurer.

– Que je cherche quoi ?

– À être quitté. Par peur de devoir quitter.

– C'est quoi ce baragouin psy, ai-je marmonné dans son cou, ses cheveux doux me chatouillant une oreille.

– Tu es du genre à ne pas avoir le courage de quitter, si j'en crois ton histoire avec deux femmes, avant Olga.

– Tu parles d'un courage, tu parles d'un exploit. Faire de la peine à quelqu'un qu'on aime.

– Oui, c'est terrible de peiner une personne aimée. Mais il y a pire : c'est de lui mentir. C'est juste une manière d'augmenter la peine en la reculant.

– Oh, eh, ai-je grogné en lui serrant plus fort le sein gauche, je ne suis pas venu pour me faire gronder.

– T'es venu pour quoi, alors ?

– Pour faire ce qu'on vient de faire et qu'on va refaire.

On l'a refait, puis :

– En tout cas, elle avait raison, Sonia : tu as bien fait de ne pas la baiser, la petite, tu l'aurais payé cher.

– Mais pourquoi, enfin ? me suis-je récrié en écartant mon bassin du sien pour me mettre sur le dos. À cause de la différence d'âge ? Ça voudrait dire que nous deux...

– Merci pour la délicatesse. Oui, j'ai vingt ans de plus que toi, comme toi, tu en as vingt de plus qu'elle. Mais moi, je ne suis pas ta mentor, ta prof, ta protectrice, ta marraine... Toi, normalement, tu ne devrais pas avoir à me faire payer, un jour ou l'autre, d'avoir tout mélangé. On ne peut pas aider quelqu'un à se construire tout en lui mettant la main dans la culotte.

– Bof, ce sont des généralités...

– Non, ce sont des faits tirés de l'expérience humaine... Si tu l'avais baisée, elle t'aurait fait payer beaucoup plus cher, crois-moi... Moi, tu ne me feras rien payer, n'est-ce pas ?

– Qu'est-ce que tu fais, tu me touches encore la bite ?
– Tu n'as plus envie ?
– Si, mais je ne suis pas sûr de garder l'érection que tes doigts habiles…
– Allez, viens, et t'as qu'à penser au cul de cette petite pute pendant que tu me baises encore, ça te fera tenir.
On a donc baisé, encore et encore et je n'ai plus pensé à Olga, c'est ce qui m'a fait tenir.

Le vide terrible qu'elle avait laissé derrière elle, j'ai commencé à le remplir d'inquiétude. Pourtant, à la différence de ce qu'il en était avec Rétive, l'espérance de vie jouait en sa faveur. Je n'avais pas à imaginer le jour où je la découvrirais morte, ou bien celui où on m'annoncerait qu'elle l'était. Les statistiques étaient de son côté et je m'en réjouissais. Mais ne pas avoir de nouvelles d'Olga me plongeait dans des affres. Après la séparation, Isabelle et Sonia l'avaient revue, elles avaient assisté toutes deux à sa soutenance qui s'était très bien passée, j'étais heureux de l'apprendre et ce fut pour moi l'occasion de me demander pourquoi moi, qui avais abandonné les études supérieures en proclamant mon mépris de l'université, j'avais tant insisté, je m'étais tant démené pour qu'elle reprenne et réussisse les siennes.
D'abord, les temps avaient changé mais pas comme le prévoyait ma génération en écoutant Dylan. À l'âge d'Olga, je savais qu'en cas de renoncement aux rapines, je pourrais trouver sans mal cette denrée abondante que nous méprisions tant : du travail. À présent, elle se faisait rare, et les travailleurs étaient contraints de se battre pour continuer à être exploités. Ensuite, à cela qu'on sait tous, s'ajoute ce que je ne savais pas bien moi-même : l'obscure certitude qu'il fallait accumuler des protections autour d'elle. Une bonne place bien calée dans la pyramide sociale en serait une.

– Tu aurais dû faire des enfants, me dit Isabelle quand, un matin de petit-déjeuner commun à Ayguière, je lui communiquai mon angoisse de n'avoir plus de nouvelles d'Olga.

– Qu'est-ce que tu racontes ?

– Tu aurais dû faire un enfant avec moi et un avec Sonia, énonça mon ex-amante toujours amie en se beurrant largement son pain. Tu aurais eu moins de mal à nous quitter, ajouta-t-elle en ajoutant une bonne cuillerée de gelée de coings maison sur la tartine. ... Puisque tu serais parti tout en ayant l'obligation de revenir régulièrement, et avec un enfant, tu aurais eu un objet d'angoisse plus simple et socialement plus facile à traiter.

Sur quoi, elle trempa la chose bien graissée et sucrée dans son thé amincissant.

– Un peu tordu, non ? répliquai-je en touillant mon café. Et puis, tu as oublié qu'on n'en voulait pas, d'enfant ? Qu'il n'y a pas d'enfant heureux dans un monde malheureux ?

Je baissai les yeux sur ma tasse mais m'abstins de la porter à mes lèvres.

– Ça, c'était tes conneries idéologiques. Moi, j'en voulais pas parce que je voyais bien que toi...

– Oh, laisse tomber, va. Comment ça se passe au cabinet ?

Isabelle me dévisagea et ce qu'elle vit lui fit sans doute pitié, car elle accepta la diversion.

– Je me suis engueulée avec mes consœurs.

Ses voisines de bureau avaient participé à la bataille pour que les auteurs de viol soient renvoyés en assises alors que jusque-là, leur crime était la plupart du temps traité en correctionnelle. En conséquence, les peines s'étaient beaucoup alourdies, et Isabelle, qui avait soutenu avec ses amies le Comité d'action des prisonniers, jugeait très souhaitable que le viol soit enfin pleinement reconnu comme un crime mais étrange que d'anciennes militantes de l'abolition de la prison combattent désormais pour y envoyer plus longtemps un certain type de criminel…

– Tu m'écoutes ? m'a demandé soudain Isabelle.

Non, je ne l'écoutais pas. Je pensais à Rétive que je n'avais plus vue depuis l'après-midi de la veille et je guettais la chatière.

Comme Sonia, Isabelle ignorait l'existence des lingots. Elle m'avait fourni la main-d'œuvre pour le transport de la malle de Honfleur à la rue Rébeval, et j'avais été amené à lui parler des bocaux, mais après la mort de Georges, quand j'avais découvert l'or au fond de certains d'entre eux, je ne lui en avais dit mot. De son côté, malgré sa fureur contre moi, Olga, manifestement, avait eu assez de jugeote pour ne pas parler à mes deux ex du trésor en dépôt au Luxembourg. Mon avocate aux yeux dorés ignorait donc pourquoi j'aurais pu lui signaler que, comme les paranos ont parfois des ennemis, les anxieux ont quelquefois des raisons de l'être. Elle n'aurait pas davantage saisi à quel point mes inquiétudes avaient été multipliées par une rencontre faite à Paris deux semaines plus tôt : Verjat venait en effet de sortir de son HP.

Un matin, comme j'émergeais du porche de mon immeuble rue de la Folie-Méricourt, on me héla de l'autre côté de la chaussée et je vis à la terrasse du bar un obèse qui levait le bras. Je traversai.

– Verjat, dit-il en levant vers moi son visage.

Avec quelque peine, je parvins à apercevoir derrière le derme gris semé de poils blancs, qui semblait gonflé plus d'air que de graisse, la tête que j'avais scrutée tant de fois sur photos. Ses traits étaient littéralement *défaits*.

D'une voix atone, avec des blancs entre les mots, il articula :

– Asseyez-vous, j'ai quelque chose à vous dire.

J'hésitai.

– Ça concerne aussi Mlle Olga Nicotra.

Je m'assis. Il émit un bruit que je reconnus pour un petit ricanement.

– Je ne peux pas vous offrir de café, j'ai de sérieux soucis financiers.

Ses petits yeux me scrutaient. Je fis signe au garçon qui avait fait mine de s'approcher que je ne voulais rien.

– De santé, aussi, reprit-il… Des soucis de santé, précisa-t-il en réponse à mon regard interrogatif. J'ai plusieurs pathologies qui me donnent une espérance de vie à deux ou trois ans.

Nouveau ricanement. Je n'avais rien à dire.

– Vous avez quelque chose à moi, énonça-t-il.

– Je ne vois pas…

– Ta gueule. Ferme ta gueule.

De la haine pure dans les yeux, le rouge au front, le souffle court, il avait une très visible poussée d'adrénaline qui faisait trembler son gros corps gélatineux. Il inspira, expira.

Me sourit. Oui, me sourit.

– Écoute-moi, dit-il en reprenant une voix monocorde. Vous trois, Karl Heinfeld, Gérard Delcroix dit Gégé et toi, vous m'avez pas seulement pris ma part d'or, vous avez aidé mes ennemis à me détruire. Moi, je suis sorti d'HP plus ou moins pour mourir. Mes amis sont entaulés ou se planquent. Et je suis surveillé, non seulement je dois pointer tous les mois mais en plus je sais que je suis surveillé. Je pourrai jamais récupérer mon pognon, on me le confisquerait et on me poserait trop de questions sur sa provenance. Mais ne triomphez pas trop vite…

Il me sourit encore de ce bizarre sourire, ni ricanant ni joyeux, comme venu d'ailleurs.

– Moi, je vais dégager dans pas longtemps. Mais toi, le temps qu'il te reste à vivre, tu le vivras avec ce que je vais te dire. Je me suis débrouillé pour qu'un jour quelqu'un vienne te demander des comptes. Dans un an, dans dix ans ou dans trente, je ne sais pas. Mais je sais que ça arrivera. Et toi, tes copains et ta petite pute, vous paierez cher, tu peux me croire… Alors, là où je serai, je rirai.

Il m'a souri encore et puis il a baissé les yeux sur son verre de vin blanc qu'il a vidé d'un coup. Il a fait signe au garçon de remettre ça. Je me suis levé et je suis parti.

La trappe de la chatière claqua et Rétive se coula à l'intérieur. Son beau pelage noir étincelait de rosée et elle tenait dans sa gueule une mésange qui poussait des petits cris. Je vis tout de suite que la bestiole avait une aile cassée et qu'il n'y avait plus rien à faire pour elle.

S'abandonner

Je voyageai. Je ne connus ni la mélancolie des paquebots, c'est trop cher, ni les froids réveils sous la tente, trop inconfortable, mais l'étourdissement des paysages et des ruines, oui, bien sûr, et l'amertume des sympathies interrompues était une vieille habitude.

De temps à autre, mon corps entrait en collision avec un autre, on tentait de ne faire qu'un, cela occupait une fraction du temps qui passe puis il était passé et chacun reprenait sa liberté d'errer.

Bref, je rigolais pas.

La malle que je croyais avoir détruite sous la presse d'un atelier de Seine-et-Marne était sur ma poitrine. Verjat l'y avait posée, et elle pesait de tout son poids de bocaux anormalement lourds. J'avais peur. Pour moi et surtout pour Olga.

Je prenais assez régulièrement de ses nouvelles auprès d'Isabelle et de Sonia. Et de Karl aussi : si je n'avais plus aucun contact avec Gégé, le géant roux prenait au sérieux son rôle de protecteur – et sans doute aussi considérait-il que son sort était associé au mien comme à celui de la petite nièce de Georges.

Début octobre, nous nous sommes retrouvés dans un bar à champagne qu'il avait voulu me faire connaître, sur le boulevard Beaumarchais, à deux pas de la droguerie où avait eu lieu le braquage. Karl m'annonça que Verjat venait de mourir d'une crise cardiaque. D'après lui, les réseaux de Verjat étaient anéantis. Il m'apprit aussi qu'Olga vivait maintenant à Marseille, dans un squat qui organisait des débats et des concerts et offrait un lieu d'accueil pour migrants et sans-logis. Elle travaillait à mi-temps dans une librairie et elle avait un amoureux fixe.

– Tu sais ça comment?

– Je l'ai vue la semaine dernière, elle était de passage à Paris, elle m'a téléphoné. Elle veut écrire un livre sur Georges et elle voulait m'interviewer à ce sujet.

– Un livre sur Georges? C'est peut-être pas une bonne idée de remuer ça... Sans compter que je ne sais pas qui ça peut intéresser, c'est déjà une vieille histoire.

– Oui. Tu as raison. Mais tu la connais, si elle s'est mis un truc en tête...

– Je la connais, oui. Elle va bien?

– Très bien. Je crois que ça lui fait du bien d'avoir un mec fixe. Elle a l'air amoureuse.

– C'est bien. Il fait quoi, le mec?

– Il est ébéniste. Damien... il était avec elle quand on s'est vus. Un beau garçon, un grand gars très calme. Je crois qu'il l'apaise.

– C'est bien, répétai-je, et avec un effort qui me déchira les entrailles, je restai impassible et changeai de sujet: Bon, et toi, ça va? T'as l'air prospère, constatai-je en montrant la bouteille de Drappier zéro dosage qu'il avait commandée.

– On se défend. Je suis à fond pour le traité de Maastricht.

– Comprends pas.

– Le carrousel TVA, ça te dit quelque chose?

– Rien du tout.

– Si un jour tu te décides à investir un peu du pognon luxembourgeois, je t'expliquerai comment l'Europe, ça peut rapporter gros.

Karl avait encore pris du poids, s'était un peu tassé mais il était monté en gamme dans la qualité du costard. Entre ses grosses paumes circulait sans cesse le dernier Nokia qui intégrait le mythique jeu "Snake", et possédait la fameuse touche “Navi”. Ses gros doigts tournaient et retournaient la chose comme un joujou multicolore. Son accueil avait été aimable mais avec retenue, plus rien à voir avec les bruyantes blagues d’ex-taulard.

– Tu as des nouvelles de Gégé ?

– Il me cause plus depuis six mois. Il m’avait encore demandé de lui prêter du pognon, et je l’ai envoyé chier. La dernière fois que j’ai entendu parler de lui, c’est par Olga. Elle l’a vu lui aussi, il paraît qu’il n’avait pas l’air bien, il picole. Il lui a dit qu’il s’était rangé des voitures, et que maintenant il a un métier clean, il fait dans la brocante.

– Clean ? Ah bon.

Sur un échange de moues, le sujet fut clos.

Sur quoi Karl a réitéré sa proposition de faire prospérer à sa manière une partie de ce qu’il appelait mes “fonds bruxellois”, mais j’ai décliné. Je ne voulais pas toucher à cet argent. J’aurais voulu le mettre à la disposition d’Olga, en ayant la certitude qu’elle saurait le dépenser sans se faire remarquer, mais rien n’était moins sûr. Et de toute manière, elle m’avait dit en me quittant qu’elle n’en voulait pas. Le mieux aurait été que ce fric disparaisse définitivement. J’aurais aimé que les virtuoses bruxellois se plantent un bon coup et que cet or passe dans une autre escarcelle que la mienne, bref, qu’il s’efface définitivement de nos horizons.

D’un autre côté, c’était tout ce qui me reliait encore à elle.

Karl faisait la gueule à cause de mon refus, j’avais le bourdon, on a terminé le champagne sans presque plus rien dire et on s’est séparés sur le seuil du bar sans qu’aucun des deux ne propose un dîner comme les autres fois. Les lumières d’un feu tricolore se reflétaient sur le trottoir humide. Il tombait une pluie froide et grise. Le dur métier de vivre était photogénique.

Crii. Crii. Crii… Écho. ÉÉÉcho. ÉÉÉcho… Crii… ÉÉÉcho ÉÉÉÉcho…

La forme grande encore loin.

Crii. Crii. Crii… ÉÉÉÉÉcho…

La forme grande rapprochée. Beaucoup de petites formes bonnes à manger bougeant autour. Crii. Échoo. Crii. Échoo.

Beaucoup petites formes tendres voltigent.

Cri. Écho.

Une petite forme plus grosse craquante immobile.

Virevolte. Vire. Volte.

Manger. En haut en bas. En haut en bas. Là. Ici. Là là là. Cri. Écho.

Petites formes tendres voltigent.

Manger. Manger.

Vire.

Bouger bouger bouger. Cri. Écho.

Volte.

Cr. Éch. Cr. Éch.

Forme craquante immobile.

Manger.

Frappant en parade chassée ce qui a frôlé sa joue, l'avant-bras d'Olga s'est déclenché avant même qu'elle se réveille. Puis ses yeux s'écarquillent, elle voit.

Sur la couverture, entre son visage et le cou de Damien qui lui tourne le dos, éclairée par la lumière de la Plaine qui filtre entre les rideaux, elle distingue très bien ce qu'elle a tapé. Perdue dans les voilures pointues de ses ailes préhistoriques, une minuscule bête au tout petit museau arrondi et doux la fixe de ses yeux noirs. La femme et l'animal se considèrent. Puis, tandis que son propre regard se brouille de pleurs, Olga voit les paupières s'abaisser sur les yeux ronds.

Elle fond en larmes. Damien se réveille, allume la lampe, se retourne, voit à son tour la chauve-souris.

– Je l'ai tuée ! C'est moi ! C'est moi qui l'ai tuée, sanglote la jeune femme en montrant l'animal immobile.

Le garçon lui pose une main sur l'épaule et regarde de plus près.

– J'ai pas fait exprès ! dit-elle d'une voix de petite fille.

– Attends.

Il prend la boule beige dans sa main, la scrute.

– Mais non, elle n'est pas morte.

Il marche jusqu'à la fenêtre, écarte un rideau, tend la main au-dessus du vide, l'ouvre, la boule disparaît.

– Tu vois, elle vole !

– Je ne vois rien, gémit Olga, assise dans le lit.

– Ah là, moi non plus, je vois plus rien, mais je t'assure qu'elle a volé.

Il revient près d'elle, l'enveloppe dans ses bras, la presse contre sa vaste et tiède masse de muscles.

Quelques jours après ma rencontre avec Karl au bar à champagne, Isabelle m'a téléphoné pour m'apprendre le suicide de Gégé.

– Il s'est tiré une balle dans la bouche, m'a-t-elle informé brièvement. Tu veux venir aux funérailles ?

J'y suis allé. Au palmarès des derniers hommages, celui-ci n'arrivait pas en tête. Le voisinage de Gégé au cimetière d'Aubervilliers était moins prestigieux que celui de Dominique au Père-Lachaise. La seule célébrité du lieu était celle, toute relative, de Hocine Belaïd, militant communiste, employé communal tombé le 28 mai 1952, sous les balles d'une police française réprimant la manifestation contre la venue à Paris du général Ridgway, adepte de la guerre bactériologique nommé au commandement militaire de l'OTAN. Les tours d'immeubles prolétariens bouchant l'horizon, le ciel parcouru d'épaisses nuées opaques, l'assistance clairsemée (Karl n'était pas venu) : le dispositif de la désolation était en place. Et puis Olga est arrivée à grands pas pressés, marchant entre les tombes vers celle-là encore ouverte comme si elle avait des comptes à y régler. Elle s'est immobilisée tout au bord de la fosse et, d'une voix claire, a annoncé qu'elle allait chanter une chanson que Gégé aimait beaucoup. Elle a entonné *Mariposa.*

Tout le temps qu'a duré la complainte sarde, j'étais en transe. Puis elle s'est tournée vers moi et a fondu en larmes entre mes bras.

J'avais fini par racheter son appartement à Francis, qui vivait maintenant avec une seconde génération, comme on disait à l'époque. Rue de la Folie-Méricourt, où elle m'avait accompagné, j'ai servi un thé à Olga. Pendant le trajet en métro, on avait échangé quelques propos navrés sur Gégé. Ensuite, elle m'avait fourni sur sa vie à elle depuis qu'elle était partie, des renseignements que je possédais déjà, plus un autre, non :

– Je ne vis plus avec Damien. Il a rencontré une autre femme.

On a bu le thé en silence. Puis elle m'a souri. Elle avait toujours ces fossettes qui me donnaient envie de rapetisser jusqu'à pouvoir m'y lover.

– Tu me désires toujours ? m'a-t-elle demandé.

– Oui.

– Tu veux qu'on fasse l'amour ?

– Si tu en avais envie, oui, je voudrais, je voudrais vraiment. Mais…

– J'en ai envie.

– Tu en as envie vraiment ?

Elle s'est levée et s'est approchée de moi.

Deux heures plus tard, on a bu encore du thé et le goût de son sexe qui imprégnait ma bouche s'est mêlé à celui de l'Earl Grey. J'avais quand même pas mal fait l'amour dans ma vie, mais je n'imaginais pas que de telles délices fussent possibles.

– En me quittant, Damien m'a dit que je ne savais pas m'abandonner. C'est vrai que je ne sais pas m'abandonner ?

– S'abandonner... Quelle drôle d'expression. Si c'était possible... se laisser soi-même comme un bagage, dans un hall d'aéroport ou sur la voie publique...

– Mais il faudrait se récupérer, quand même... avant d'être détruit par les démineurs.

On s'est tus quelques secondes et elle est revenue à la charge :

– Tu n'as pas répondu : je ne sais pas m'abandonner pendant l'amour ?

– Mais si, ai-je menti en me disant qu'un jour il faudrait que je renonce à mentir aux femmes que j'aime en ne leur disant que ce qu'elles ont envie d'entendre.

Elle s'est levée, a commencé à se rhabiller et c'était aussi beau à voir que quand elle avait fait l'inverse.

Quand elle eut terminé, j'avais à peine commencé à me revêtir mais elle se planta devant moi, bras croisés, avec un air grave grave, le premier "grave" signifiant "très" suivant une acception en train de s'imposer et je restai donc en chaussette (une) et caleçon pour écouter la suite.

– Si c'est vrai que j'ai réussi à m'abandonner à toi, ça signifie peut-être que mon problème, c'est que je place mal ma confiance...

– Pourquoi tu dis ça ?

– "Ami(e)s pédophiles bonjour !"

Je détournai le regard.

– Ah ça !

– Oui, ça.

– C'est vieux.

– C'est honteux.

– Oui, c'est honteux.

J'ai commencé à balbutier :

– Un article de *Quetzal* particulièrement con... Je n'en suis pas fier. Bon, il n'était pas de moi, mais j'étais directeur de publication, j'en suis responsable... Ce n'est pas une défense de la pédophilie, mais il y a des formules qui me sont insupportables, en les relisant... les temps ont changé, on vivait sous l'impérialisme du désir sans se poser de questions sur les relations d'emprise... je ne vais pas te ressortir le numéro de la revue de Sollers où toute une intelligentsia s'est vautrée bien davantage que nous... je peux juste te dire...

Je marquai une pause, car je venais de penser : "*je peux juste te dire ce qu'Aron a fini un jour par dire à Sartre*", mais ce n'était pas le moment de faire le malin. Alors, je me contentai de conclure, sans mentionner que c'était une citation :

– Qu'est-ce qu'on a pu raconter comme absurdités durant toutes ces années !

Pendant quelques secondes, elle continua de me scruter sans plus rien dire. Puis elle décroisa les bras. Et sourit.

– Ça va. Tu peux finir de te rhabiller. Tu as échappé au goudron et aux plumes.

J'ai ri jaune.

On passa au salon. À propos de jaune, il s'était fait l'heure de l'apéro, j'ai sorti le pastaga en l'honneur de la néo-Marseillaise. Et, en dépit de l'eau gelée qui au-dehors tombait sur Paris, j'ai pris des glaçons au frigo et des olives et du sirop d'orgeat.

– En fait, dit-elle après la deuxième mauresque, au départ, je voulais juste te voir pour t'annoncer que j'ai pris une décision.

– Tu n'avais pas prévu que tu tomberais enfin folle amoureuse de moi ?

– Rêve pas trop, pépé. C'est pas parce qu'on a tiré un coup...

– Chut. Arrête-toi. J'aime pas quand les blagues virent à l'aigre... Sois gentille de me laisser encore un peu sur mon petit nuage. Qu'est-ce que tu as pris comme décision ?

– J'accepte le fric de l'oncle Georges.

– Ah, très bien, parfait… On va organiser ça…

Je nous resservis une tournée et demandai :

– Tu veux sortir dîner ou je téléphone à la pizzeria en dessous ? Leur margherita est très bien…

– Eh, je ne t'ai pas dit que je voulais passer la soirée avec toi… allez, fais pas cette gueule, oui, la pizza, très bien, mais ça ne t'intéresse pas de savoir ce que je compte faire de ce fric ?

– Mais si.

– Eh bien, je vais le donner à la Cause. C'est pour ça que je voulais connaître ta position sur vos conneries d'autrefois. Parce que si tu ne les désavouais pas, j'aurais eu du mal à faire accepter ton pognon par les camarades…

– C'est pas mon pognon… et c'est qui tes camarades ? Et c'est quoi, la Cause ?

– Je vais dire aux camarades que c'est toi qui nous finances avec de l'argent qui vient de tes activités de bandit politisé dans ta jeunesse… et les camarades, c'est les copines et les copains du squat… Avec cet argent, on va pouvoir racheter l'immeuble et créer des coopératives d'artisanat pour les migrants et les sans-logis…

– Fais gaffe quand même avec ce que tu vas leur raconter sur l'origine des fonds… Le mieux serait de rester dans un flou mystérieux, les militants adorent ça, en général, les trucs plus ou moins clandestins… Mais je vois que tu n'as pas une seconde pensé à réaliser le programme qu'on affichait, nous, dans notre jeunesse : "Ne travaillez jamais."

J'ai pris la bouteille d'orgeat pour nous offrir une troisième tournée.

– C'est vrai, a dit Olga en avançant son verre. Mais toi non plus. Tu aurais pu te passer de travailler, grâce au pognon de Georges.

– Oh, je n'ai jamais considéré que cet argent était à moi.

– Mais tu ne t'es jamais senti coupable ?

– Coupable de quoi ?

– Tu ne t'es jamais dit que c'est peut-être à cause de toi que Georges est mort ?

Je suis resté bloqué dans mon geste, la bouteille de pastis suspendu dans les airs.

– Comment ça ?

– Tu n'as jamais pensé que si tu avais rendu à temps les lingots à Georges, on ne l'aurait pas tué ?

– J'y ai pensé, mais si Georges avait su qu'il y avait des lingots dans les bocaux, il ne m'aurait jamais confié la cantine, et si après, il l'avait deviné, il aurait tout fait pour les récupérer très vite, tu sais. Même quand il m'a dit qu'il y avait maldonne, il n'a jamais fait allusion à la cantine. Non, je ne me sens pas coupable. Pas de ça, en tout cas.

– Et d'après toi, comment se fait-il qu'il ait ignoré le contenu des bocaux ?

– Tu connais les circonstances du braquage ? Oui ? Alors, le type à l'arme longue, c'est Georges. C'est lui qui surveille les convoyeurs pendant que Barnum transfère les sacs. Je pense que c'est Barnum qui était en contact avec les flics qui ont indiqué le coup, et lui seul qui connaissait l'existence des lingots. C'est lui qui a transféré le butin dans la 4L puis dans un 4x4. Au moment où ils ont abandonné la 4L, Georges est reparti avec la moto dont on a retrouvé les traces à côté de celles du tout-terrain. Et Barnum s'est chargé de ranger fric et lingots dans des bocaux dans une cantine… ce con croyait qu'avec un peu d'adhésif sur les bocaux, les billets échapperaient à l'humidité. Il a enterré la cantine dans un endroit convenu avec Georges. Mais ensuite, ils ont été balancés, peut-être directement par les flics ripoux. En tout cas, Georges a été acquitté et Barnum est mort en taule. Quand le moment est venu de partager avec les ripoux, Georges leur a dit que tout ce qui restait du braquage, c'était des billets pourris et ils ont pensé qu'il cherchait à les arnaquer. D'où l'attaque de la droguerie en laissant une arme avec ses empreintes, histoire de faire pression sur lui… peut-être n'avaient-ils pas prévu de tuer, seulement de laisser traîner le pistolet avec les empreintes… peut-être que ça s'est mal passé, que Lepreneur a voulu jouer au héros… Il y a un tas de détails que nous ne connaîtrons jamais. En tout cas, quand il est ressorti de taule, comme il ne livrait pas l'or, ils ont fini par le flinguer.

Pendant qu'elle réfléchissait là-dessus, on prit le temps de croquer des olives et boire nos mauresques à petites gorgées, puis je demandai :

– Il paraît que tu veux écrire un livre sur Georges ?

– Un livre ? Qui t'a dit ça ?

– Karl.

Elle a haussé les épaules.

– Il a mal compris. Je lui ai dit que je voulais faire une enquête. Mais c'est pour un journal qu'on veut créer avec mes amis. Un bimensuel.

– Un genre de *Quetzal* ?

Elle a encore haussé les épaules.

– Pas du tout. Pas un machin ultra-confidentiel de théories absconses et d'extrémisme verbal. Un bimensuel d'enquêtes et de récits sur les luttes en cours.

J'ai bâillé.

– Ça a l'air intéressant.

Elle a fait sa mauvaise tête :

– Tu sais où tu peux te le mettre, ton petit ton condescendant ?

– Mais pas du tout… Je…

– Laisse tomber, va… Bon, je crois que je vais y aller…

– Tu t'en vas ? Tu ne restes pas avec moi ce soir ?

– J'ai besoin de réfléchir sur ce qu'on va faire ensemble… ou pas…

– Mais…
Je cherchais désespérément quoi objecter :
– … et la pizza ?
– Quoi, la pizza ?
Je balbutiai :
– Tu ne veux pas goûter la pizza de la pizzeria en bas ?
C'était tellement incongru qu'elle rit.
– Bon, d'accord, on va la bouffer, ta pizza. Après, je vais rentrer.
Je n'osai pas poser la question, mais elle y répondit quand même :
– Chez Sonia, c'est elle qui m'héberge.
Avec un gros effort, en partie infructueux, pour ne pas éprouver de mauvais sentiments devant cette excluante complicité féminine, je téléphonai à la pizzeria.
Quand les cartons odorants furent posés entre nous, Olga fit à son tour un effort visible pour reprendre un air aimable.
– Au fait, il faudrait que tu me donnes le contact de Rolande.
– Rolande ?
– Oui, la fille d'un ami dont tu as publié le texte sur ton blog. Il est fort, son texte, même si je trouve qu'elle pousse le bouchon un peu loin…
Elle a sorti un papier de sa poche et me l'a tendu.
J'y ai jeté un coup d'œil. Elle avait imprimé le texte en question, souligné des passages, écrit en marge des trucs du genre “à creuser”, “très bien”, “non” ou “exagéré” et même “gros délire”. Ma gorge s'est serrée. J'ai dévisagé Olga, j'ai considéré son expression enthousiaste et j'ai décidé que ce n'était pas possible, ce coup-là, je ne pouvais pas mentir.
– C'est-à-dire que… Rolande, c'est moi, ai-je articulé.
– Qu'est-ce que tu racontes ?
– C'est moi qui l'ai écrit.

– Quoi ?

– C'est un texte parodique… j'ai été sidéré que plein de gens le prennent au sérieux…

Tandis que le visage d'Olga s'assombrissait à la vitesse d'un ciel tropical annonçant l'ouragan, ma voix devenait chaque seconde plus incertaine :

– Je n'aurais jamais cru que toi… tu puisses… enfin… un truc comme "touche pas à ma souffrance", ça t'a pas mis la puce à l'oreille ?

Elle a secoué la tête. La colère palpitait dans ses narines. Je sentais qu'elle allait s'y abandonner. Je cherchais quoi dire pour la retenir.

Elle a articulé :

– Au fond, tu te moques de tout. Tu n'as aucune idée de ce que c'est qu'une parole authentique.

Sur cette sentence, elle a baissé les yeux vers la boîte ouverte devant elle. Un lancer de pizza brûlante au visage, c'est un bon gag visuel.

Mais je vous assure, ça fait mal.

Contre la farce du consentement mutuel,
pour une guérilla féministe
Par Rolande

1. Dans un monde où, depuis le néolithique au moins, tous les hommes sont dominants, toutes les femmes dominées, la notion de consentement mutuel apparaît comme une mauvaise farce du discours démocratique. Quand règne sans partage la domination masculine, tout rapport sexuel entre un homme et une femme ne peut donc être qu'un viol.

2. Nul n'a encore essayé de faire croire qu'il aurait existé un consentement mutuel entre colonisateur et colonisé. Et malgré tous les efforts de la novlangue managériale, nul ne croit qu'il existerait une égalité de pouvoir entre capitalistes et salariés. Qu'on ait inventé le mensonge du consentement mutuel pour occulter la violence primitive à l'origine du rapport sexuel est le signe qu'il fallait à

tout prix en dissimuler le caractère fondamentalement inégalitaire.

3. Aux yeux de la femme, l'exploitation de l'homme par l'homme est un problème entre exploiteurs.

4. Nous faisons de notre souffrance une identité et de cette identité une politique. C'est pourquoi, au fond, il faut l'admettre : nous chérissons notre souffrance. Loin d'y voir un comportement morbide, j'y vois au contraire un retournement radical du stigmate. Aimons notre souffrance. Entretenons-la, caressons-la, approfondissons-la, c'est à ce prix, au prix d'une souffrance accrue, d'une blessure toujours ravivée et volontairement infectée, que nous pouvons faire reculer la domination masculine.

5. Notre souffrance c'est nous, et tous ceux, toutes celles qui entreprennent de la "guérir", c'est-à-dire de la diminuer dans la thérapie, de l'euphémiser dans un discours ou de la transcender dans l'action politique sont nos ennemiEs. Touche pas à ma souffrance !

6. Pour celles d'entre nous qui supportent encore le rapport hétérosexuel, il ne s'agit donc pas de s'y refuser mais au contraire de s'y adonner en jetant sans cesse notre souffrance à la face du partenaire, en lui faisant sans cesse sentir son rôle d'exploiteur et en lui montrant par la parole et par les actes que l'idée de consentement mutuel est une farce. Regardez-les bien pendant l'acte sexuel, quand l'excitation s'accroît, quand ils approchent de l'orgasme, voyez avec quelle ardeur ils nous la mettent profond leur grosse idéologie du consentement mutuel : en réalité, ce qui les fait jouir, ce qui fait reluire jusqu'au plus gentillet de nos mâles féministes de salon, c'est l'idée qu'ils entrent en nous en force. Le viol est un fantasme universel, le vrai fond de toutes les fantasmagories masculines. Tant que nous n'aurons pas fait rendre gorge aux hommes là-dessus, tant que nous n'aurons pas éradiqué le père de tous leurs fantasmes, ils nous domineront.

7. Seule cette guérilla étendue à des centaines de millions de lits pourra faire entrer en crise la masculinité qui nous opprime, et accessoirement opprime aussi les hommes.

Le journal de Guillaume – 2

Mon cher journal, nous sommes le 24 décembre 2009 et après t'avoir écrit ces quelques mots, je dînerai d'une soupe en sachet accompagnée de pain de mie tartiné d'un fromage industriel à pâte molle. Puis, tandis que tout autour de moi, en ce quartier typique des classes moyennes d'une ville moyenne, les lumières continueront de scintiller dans les appartements où des familles sont assemblées pour le repas de Noël, j'irai me coucher et, bercé par les bonnes fées Bromazépan et Zolpidem, j'éteindrai dans ma tête. J'ai vingt-trois ans et, après d'excellentes études au lycée Stanislas à Paris où, grâce aux relations du Capitaine, j'avais été admis en internat, j'ai renoncé à présenter le concours de la rue d'Ulm et, après quelques tâtonnements, je suis devenu vigile dans un centre commercial de la périphérie d'Orléans.

Il y a quatre ans, à la même date, nous étions réunis en famille dans la villa du Faron et en apprenant mon renoncement aux études supérieures, ma mère a pleuré. Longtemps. Je l'ai même entendue sangloter dans la nuit. Par la suite, mon psy m'a suggéré que c'était peut-être pour ça que j'avais pris cette décision radicale : pour pouvoir entendre ma mère sangloter dans la nuit, comme je l'avais entendue si souvent sangloter dans la nuit sur la mort de mon père. Mais ce serait sur ma vie à moi. Quand, au moment de la bûche, j'avais annoncé la nouvelle, ma mère avait ouvert la bouche sans qu'aucun son n'en sorte et les larmes avaient commencé à couler. Comme le Capitaine ne s'exprimait plus depuis son AVC, c'est sa douce épouse, ma grand-mère, qui a tenté :

– Tu es sûr de ce que tu fais ? Ce n'est pas du gâchis, ça ?

– Mais non, ai-je répondu d'un air content de soi, comme ça, je ne risque pas de devenir un de ces intellos de gauche que maman déteste tant, pas vrai, maman ?

En fait, je me souviens, en voyant la mine ravagée de ma mère, j'ai eu comme une sorte d'espèce de remords, et du coup, j'ai mangé la moitié de la bûche que les autres ont délaissée. J'en ai même repris le lendemain au petit-déjeuner avant de foncer à la gare, avant que les autres n'émergent de leurs chambres. J'emportais dans ma valise à roulette un dossier jaune.

Pendant la nuit, je m'étais réveillé dans le silence de la villa. Les sanglots de ma mère avaient cessé, et dans la pénombre, j'ai distingué sa silhouette sur le seuil. Elle a eu un mouvement du bras, un objet est tombé sur le lit, à côté de mes pieds.

– Quand tu te décideras à grandir, m'a-t-elle dit à mi-voix, tu liras ça.

Puis elle m'a tourné le dos et elle est retournée se coucher. Elle n'a plus pleuré. Ni cette nuit-là, ni les quelques fois où je suis revenu à Toulon pour la voir, et pas même sur le lit d'hôpital, quand elle m'a répété qu'elle n'avait aimé que lui. Depuis l'annonce de mon changement de vie, nous n'avons plus échangé que des propos insignifiants. Durant mes rares visites, ma mère ne me demandait pas d'informations sur mon existence et je ne lui en fournissais pas. Elle n'a jamais fait allusion à cette grosse enveloppe jaune qu'elle avait jetée sur mon lit et qui est maintenant dans le fond d'un tiroir, sous des factures EDF et des prospectus de clubs de tir sportif.

Je ne l'ai toujours pas ouverte. Je pressens comme une odeur de lourds secrets familiaux et ça m'emmerde à l'avance. À moins que j'aie la trouille d'y découvrir des aspects du passé qui me fassent vivement regretter de m'être employé avec application à démentir les espérances de Germaine Lepreneur. *Ascension et Vengeance* : tel était le mélo dont ma mère m'aurait voulu le héros.

Quand j'envisageais encore de faire des études, j'avais caressé un projet de master d'histoire des littératures populaires. De Manzoni à Edward Bunker en passant par Edgard Allan Poe et Frédéric Dard, depuis l'âge de treize ans, je me suis imprégné de centaines de récits. Mais, malgré maman qui aimait tant le Comte de Monte-Cristo, je lui ai toujours préféré Arsène Lupin ou Fantômas. En ce qui concerne Antonin Gandolfo, ses romans policiers, que je trouve pas si mal, et ses traductions, surtout, m'intéressent bien davantage que ses bouquins d'enquête et d'intervention politique. J'ai d'ailleurs lu le *Cas Nicotra* comme un polar, sans trop m'interroger sur le rapport entre son récit et la réalité des faits. Derrière la mort de mon père, simple fait divers sordide comme l'a décidé la justice, ou résultat d'un mystérieux complot aux ramifications plongeant jusqu'au cœur de l'État si j'en crois les innombrables allusions dont ma mère m'a gratifié durant des décennies, je ne perçois que de la crapulerie. Rien, n'en déplaise à ce vieil anar de Gandolfo, qui permette de remettre en cause le fonctionnement des institutions ou leur existence même. Après tout, alors que le climat médiatique ne lui était pas vraiment favorable, Nicotra a été reconnu innocent à deux reprises, non ?

Personnellement, et au contraire de ce qu'aurait voulu ma mère, je ne me sens pas trop concerné par cette histoire. D'accord, mon papa a été tué, c'est injuste mais je n'ai pas envie de me mettre en boucle là-dessus. À la différence de Germaine, je ne vais pas me la jouer victime pour le restant de mes jours. J'ai une vie de merde, mais de ça, le principal coupable, c'est pas un mystérieux braqueur. C'est moi.

En revanche, les personnages de ce feuilleton m'intéressent. Nicotra, d'abord, il me semble que derrière ses déclarations grandiloquentes, il y a un drôle de type, mélange de filou manipulateur et de révolté sincère, mais dans quelles proportions ? Et les avocats : Nathan, l'aristo anarchiste, Isabelle Fournier, la belle idéaliste, Matué, un crobard de Daumier. Barnum, le complice, personnage trop négligé par l'intrigue. Et Gandolfo : pourquoi, en dépit de ses positions extrémistes, s'être voué à la Cause de ce qui était visiblement plutôt une sympathique crapule qu'un héros révolutionnaire ? Et puis, il y a un truc bizarre chez ce petit gros. Il s'est mis à écrire sur le tard, non ? Vers trente-cinq ans... Et qu'est-ce qu'il faisait avant ? Sa notice Wikipédia n'en dit rien. Dans ses interviews, il reste toujours dans le flou à ce sujet, il fait des allusions à des trucs illégaux mais je pense qu'il a eu une vie de merde comme moi, et qu'il a envie de s'inventer un passé, sans l'oser vraiment.

Et n'oublions pas la nièce de Georges... Olga Nicotra, la Sicilienne... cette femme dont j'ai lu une récente interview, à propos de son livre d'enquête sur la criminalité policière, elle disait en passant qu'elle n'avait pas renoncé à identifier les assassins de son oncle qui se cachaient derrière le sigle “Honneur de la Police”.

Sur la photo accompagnant l'article, elle est d'une beauté renversante.

Et il y a aussi cet affairiste, comment s'appelle-t-il, Heinfeld, oui, Karl Heinfeld...

Ce soir, comme souvent, en attendant que la chimie opère, je vais sans doute me repasser dans la tête quelques épisodes de la série Nicotra. Mais si ça ne me concerne pas, pourquoi est-ce que j'y pense si fréquemment ? Je me le demande en gagnant la chambre. Ce sont mes contradictions, conclus-je. Pas besoin de me déshabiller, puisque je suis en pyjama depuis le début de l'après-midi. Demain, je ne travaille pas, je peux bien prendre double dose d'anxiolytique et de somnifère, si je dors toute la journée, elle passera plus vite. Je m'étends en serrant sur mon cœur plaquette de Lexomil et tube de Stilnox.

Plus tard, des bruits sous ma fenêtre me hissent hors de ce sommeil profond comme un tombeau que les molécules procurent. Des portières claquent, de la musique d'autoradio s'élève, brusquement coupée, puis des voix d'hommes éméchés et de femmes pompettes s'échangent souhaits de bonne nuit et conseils de prudence. Des rires. Un enfant pleure.

Je pense à un détail de l'interview d'Olga Nicotra. Le journaliste dit qu'elle est mariée avec Gandolfo, et qu'elle vit avec lui dans une île éolienne, une de ces îles au large de la Sicile… comment déjà ? J'ai le nom de l'île sur le bout de la langue mais mon nez est encombré, j'ai respiré par la bouche et ma langue est complètement desséchée. Je me lève pour boire un grand verre d'eau, ça tourne, je n'aurais pas dû avaler tant de whisky après la soupe.

Quand même, ce Gandolfo, il doit avoir vingt ans de plus qu'elle. C'est pas vraiment un Apollon, et il n'est même pas riche. Quelle bizarre équipe.

En bas, la conversation s'éternise, on se redit à quel point c'est sympa de se retrouver en famille. Je fais couler l'eau quelques secondes, pour éviter qu'elle soit tiédasse et je bois enfin. Sur ma langue, l'eau a un goût salé.

Les confessions d'Olga – 3
L'épouse

Trois jours après avoir empizzé Antonin, je suis rentrée à Marseille. J'ai profité de la voiture de trois camarades, dont l'un parlait sans arrêt et en l'écoutant débiter des banalités de base du discours militant, contre le nucléaire, contre la chasse aux migrants, contre les bavures policières, contre l'ultra-libéralisme, contre ceci et contre cela, je songeai : "C'est exactement ce que je pense mais comment se fait-il que, dit par lui, ça me paraisse aussi con ?" Le trajet me parut bien long. On est arrivés en fin de journée et le lendemain à l'aube, le squat était évacué. On est montées sur les toits (on était deux tiers de filles), on a crié des slogans, des tuiles ont glissé, visant des casques, on a fait 48 heures de garde à vue. J'ai été poursuivie pour "violence en réunion" et "outrage et rébellion" et jugée deux mois plus tard, j'ai pris six mois de prison avec sursis et 172 heures de travail d'intérêt général dont je ne me suis jamais acquittée. J'avais trente-trois ans, un doctorat et toujours pas d'idée claire sur quoi faire de ma vie.

Entre la garde à vue et le procès, j'ai revu Karl qui était de passage à Marseille pour affaires, je ne sais plus comment c'est venu dans la conversation mais à un moment je lui ai parlé des îles Éoliennes où, à l'âge de quinze ans, j'avais fui la maison pendant 48 heures avec un couple d'anars palermitains, et ça m'est sorti comme ça, sur un mode plutôt ironique, je crois, je lui ai signalé qu'il y aurait là-bas d'excellents investissements à faire dans l'industrie touristique. J'avais lu dans *La Repubblica* que les bourgeois milanais, un peu las des Maldives devenues trop populaires à leur goût, redécouvraient le charme du maquis, des phénomènes volcaniques et de la *malvasia*. La convoitise s'est allumée dans l'œil de Karl et il m'a proposé d'aller prospecter pour lui. Il me payait le voyage et si je lui trouvais des bons plans, il m'intéresserait aux bénéfices.

En 1983, avec Giorgia et Paolo, les complices de mon escapade de jeunesse, nous avions campé au sommet de l'île de Salina, à la Fossa dei Felci. Le soir, sous la braise du ciel, nous contemplions depuis l'arête rocheuse le reste de l'archipel, la côte de la Sicile qui s'étirait sur l'horizon et l'Etna au loin, enté de sa lueur de cratère. Soulevées par la brume, les îles flottaient au-dessus des eaux, sur la mer des rêves. J'ai souvent cherché les mots pour décrire cet instant mais ils n'ont cessé de se dérober comme des formes dans le brouillard. À défaut de savoir raconter ce souvenir comme il le méritait, j'allais l'exploiter. Moi qui avais participé à la bataille contre la gentrification d'un quartier de Marseille, j'apporterais une contribution éminente à celle de Salina. Il y aurait bientôt des villas à jacuzzi sur les pentes de la fosse des Fougères et du mont des Poireaux.

Je suis rentrée à Marseille début juillet et j'en suis repartie le 18, pour Gênes. Des appels avaient été lancés à travers le monde pour rallier ce beau port où devait se tenir une assemblée des puissants de ce monde. Ce devait être l'apogée de ces contre-sommets où les "multitudes en marche" allaient affronter "l'Empire". Sur la somme que Karl m'avait donnée pour vivre à Salina, j'avais économisé assez pour investir dans une nouvelle technologie, la photo numérique. Munie de mon Nikon D1, je suis partie faire un reportage pour *Y*, la revue créée par un groupe d'amis marseillais.

Le 19, à un moment de la manifestation dite des immigrés (où l'immense majorité des manifestants n'en étaient pas), les dizaines de milliers de personnes qui défilaient dans une rue descendant d'un coin de la vieille ville vers le front de mer se sont mises à taper contre un de ces murs de containers dressés par les autorités en divers points stratégiques. À cet endroit, la muraille métallique nous séparait des installations de la foire où logeait l'armée policière. Les coups en rythme de milliers de mains résonnaient loin au-dessus de la rade. C'était joyeux et triste à la fois. Joyeux parce que tout le monde, punks à crinières et profs à lunettes, vieux représentants de la culture ouvriériste et jeunes ultra-piercés, porteurs de banderoles et individus sans appartenance revendiquée, tout ce monde qui parlait tant de langues d'Europe et d'ailleurs, en avait trouvé une commune : frapper en chœur ce symbole de la paranoïa des puissants. Tous ensemble, on cognait, et il n'y avait pas encore eu la mort place Alimonda ni de sang sur les murs à l'école Diaz ni de tortures à la caserne Bolzanetto, pas une seule lacrymo tirée et les premières appréhensions, la peur que pas assez de monde n'arrive, l'annonce de trains annulés et de bateaux grecs refoulés, tout cela s'était dissipé, il n'y avait que des chants et des drapeaux, et le plaisir d'être si nombreux. C'était triste parce que nos poings cognaient du fer, du fer inébranlable. Trois jours plus tard, quand j'ai retrouvé à Lyon Antonin parti en pleine nuit par crainte d'une de ces perquisitions *search and destroy* qui ont animé sa dernière nuit génoise, quand nous nous sommes retrouvés à une terrasse de café où des gens sirotaient, détendus, devant une place ensoleillée grouillante de promeneurs, on avait l'impression de débarquer de la lune.

Pour bien comprendre ce qui s'est passé à Gênes en ces jours de colère, il faut essayer de se représenter une ville aux avenues immenses et vides, avec une population réduite à quelques individus apparaissant fugitivement aux balcons ou, plus rarement, au coin des rues, avec tous les commerces fermés, pas un bistrot, pas une alimentation, très peu de voitures : un après-midi du 15 août imposé pendant quatre jours par l'arrivée des chefs du monde. Avec le défilé incessant des véhicules de police de tous types, blindés compris. Avec les grilles *New Jersey* (en italien dans le texte) et les robocops barrant les rues de la zone rouge. Avec, obsédant, nuit et jour, le bruit des hélicos au-dessus de nos têtes. C'est sur ce grand théâtre vidé par le battage sécuritaire et médiatique, dans ce loft paranoïde aux dimensions d'une ville, dans ce haut lieu d'expérimentation des techniques de surveillance et de répression, que se sont déroulées les scènes retransmises par les écrans planétaires. Partout, le regard rencontrait des caméras, des appareils photo et des micros : ceux des médias mondiaux, ceux des flics, ceux des manifestants s'entre-filmant et s'entre-photographiant. C'était la première fois que je voyais ce phénomène d'auto-voyeurisme manifestant, auquel la technologie du téléphone donnerait bientôt un si prodigieux développement.

Je retrouvai par hasard Antonin le vendredi 20 vers midi. C'était au stade Carlini, que la municipalité avait prêté aux *tute bianche*, une branche du gauchisme italien qui, dans les années suivantes, tenterait sans succès une reconversion électorale mais qui pour l'heure préparait “l'assaut à la zone rouge”, le quartier interdit où se tenait le sommet. Avec beaucoup de sérieux, ces jeunes gens semblaient vouloir se déguiser en Superman, en Bibendum ou en joueur de football américain avec des rembourrages en tapis de sol, mousse, bouteilles de plastique. Beaucoup étaient munis de casques et de masques à gaz, certains maniaient de grands boucliers et d'autres manœuvraient en groupe des parois roulantes et transparentes. On se livrait à des répétitions qui n'étaient pas sans évoquer certaines émissions de jeux télévisés.

Antonin se trouvait avec deux des Wu Ming, un collectif d'auteurs bolonais dont il avait traduit quelques livres et qui étaient en train de s'équiper en plaisantant sur la suite. J'ai fait la bise à Antonin et je lui ai présenté Damien. L'ébéniste avait pris place lui aussi dans le car des Marseillais avec lesquels j'étais venue. Nous avions bavardé pendant le trajet et je m'étais aperçue, à mon grand étonnement, que rien ne se passait ni dans mes tripes ni dans mon cœur ni dans aucune autre partie de moi tandis que j'observais les mouvements de ces lèvres qui, quelques mois plus tôt, m'avaient tant émue. Mais ce n'était pas le moment de communiquer ce genre d'information à Antonin, qui sourit à Damien, qui le lui rendit et les deux mains qui m'avaient le plus récemment touché le cul se serrèrent.

Quand le moment du départ arriva, le mégaphone répétait qu'on ne sortirait pas si quelqu'un avait une arme défensive, il s'agissait seulement d'"utiliser son corps" et de le "protéger des coups". Le cortège regroupait dix à quinze mille personnes, avec plusieurs milliers en tenue protégée et quelques centaines dans la formation en tortue des légions romaines. Des têtes de cochon en plastique mou et des boucliers peinturlurés marchaient devant. Il y avait des équipes-extincteurs pour les lacrymos, beaucoup de gens munis de gants pour les renvoyer. Et un long camion plateau pour une sono surpuissante dans laquelle la passionaria des autonomes de Padoue hurlait sans arrêt : "Nous allons défoncer la ligne rouge, nous entrerons dans la zone rouge."

Nous ne sommes entrés nulle part, juste en contact avec les flics un peu avant la gare de Brignole. Les corps ont bel et bien été "utilisés", mais par la police, comme tapis de sol, et rien ne les a "protégés des coups". Les premiers rangs ayant été abondamment tabassés et gazés, des incontrôlés sont heureusement intervenus pour résister autrement qu'en prenant des raclées, le feu et la fumée ont commencé à s'élever. La via Tolemaide sur laquelle nous nous trouvions s'est révélée une gigantesque nasse, barrée qu'elle était sur le côté droit par la falaise du viaduc des voies ferrées, tandis que des pelotons de robocops surgissaient côté gauche des rues perpendiculaires. Il m'est venu l'image de la *camera della morte*, cette enceinte de filets vers laquelle on rabattait les thons en Méditerranée avant de les massacrer au harpon.

Canons à eau et pluie serrée de grenades. Coups de matraque, coups de godillots, piétinement des poitrines et des ventres et des bas-ventres, acharnement contre les blessés dans un grand respect de l'égalité des sexes et des âges. Étouffement de masse, crachats, vomissements, évanouissements, retraite précipitée. Tout le bric-à-brac de boucliers, de rembourrages, de casques et de masques s'est éparpillé au sol, parmi les flaques d'eau, les taches de sang, les vêtements déchirés. Suivant une technique meurtrière remontant aux années 60, des fourgons de carabiniers ont commencé à foncer à toute vitesse dans la foule, à trois de front.

Place Alimonda, un coup de feu est parti d'une jeep, et Carlo Giuliani, jeune Génois qui le matin même hésitait encore entre la plage et la manif, a été tué. Comme le montrent plusieurs photos, dont l'une est de moi, d'autres policiers ont visé la foule, et peut-être tiré aussi, mais sans toucher personne. Un pistolet au moins a été perdu, un Beretta 92FS, l'arme en dotation des carabiniers. Il est actuellement rangé dans un tiroir de mon bureau, à Ayguière.

Damien, Antonin et moi, nous nous trouvions rue d'Odessa. Je faisais des photos, essayant de cadrer les mouvements des corps sans saisir de trop près les visages. Nous ne le savions pas mais, à quelques mètres de là, Carlo gisait au sol depuis de longues minutes. Les secours tardaient et, devant les caméras des journalistes, un manifestant invectivait les policiers qui se taisaient, immobiles. Puis l'un des flics a semblé se réveiller et a crié au protestataire : "C'est toi qui l'as tué, je t'ai vu." Il s'est lancé vers lui, matraque levée, et le manifestant s'est enfui. J'ai reconstitué la scène par la suite, en la voyant filmée sous divers angles mais sur le moment, nous avons juste perçu le mouvement d'une foule qui refluait vers nous, des flics ont couru sur le trottoir d'en face. J'ai couru à mon tour, flanquée de mes deux ex. Damien a trébuché sur un bouclier en feu, il est tombé, un flic s'est précipité sur lui, je me suis précipitée sur le flic. Pas de fioritures techniques : je lui ai fait une très classique balayette.

Le flic, qui était déséquilibré vers la droite dans le geste d'asséner un grand coup de matraque, est tombé en arrière, son casque a résonné sur le pavé. Il s'est redressé à moitié sur une fesse, sa visière était relevée, sa pommette saignait et j'ai vu à la fois la haine dans ses yeux et sa main qui tâtait la hanche pour dégainer, mais l'étui était vide. Aussitôt après son regard et le mien se sont posés ensemble sur le Beretta qui avait glissé dans le caniveau. Toujours sur son séant, il a tendu le bras pour récupérer l'arme et là, je ne l'ai pas raté. Mon pied l'a cueilli sous le menton. J'ai ramassé le pistolet et j'ai recommencé à courir.

J'ai senti une main dans la mienne. C'était celle d'Antonin. Damien avait disparu dans la fumée. Mais nous l'avons retrouvé une heure plus tard, au stade Carlini. Des Napolitains de Sud Ribella et des *tute bianche* de Venise s'engueulaient violemment, se bousculaient, se crachaient dessus. On échangeait des *"testa da brombi !"* et des *"cucuzziello !"*. Des bruits couraient. La police allait venir évacuer le stade et pas en douceur. On racontait des perquisitions ultra-violentes dans les squats où logeaient des camarades, on annonçait la mort d'un jeune homme place Alimonda, et il se disait que d'autres tués avaient été signalés, que la frontière avec la France était fermée.

Damien tentait vainement de joindre Marie, son amoureuse venue de Paris pour le retrouver, mais les téléphones ne passaient pas. Il nous annonça qu'il allait à leur point de rendez-vous pour ce genre de situation, le Genoa Social Forum, espèce de fête de *L'Humanité* en plus triste, installée en front de mer, juste à côté des bâtiments de la foire où résidait la police, et où avaient lieu les débats et les rencontres des ONG protestataires. Antonin proposa qu'on l'accompagne, on aurait peut-être là-bas des informations plus précises sur la situation. Apparemment, notre bizarre trio avait du mal à se défaire.

Nous nous perdîmes et nous errâmes.

À un moment, nous nous trouvions dans un quartier totalement vide, et puis une rumeur est montée au bout d'une avenue. Au loin, un groupe de manifestants vêtus de noir venait dans notre direction. Dans notre dos, des sirènes ont hurlé et une colonne de fourgons de carabiniers nous a dépassés, roulant vers eux. Les manifestants ont disparu dans une rue adjacente. Le silence est retombé sur l'avenue aux fenêtres closes. Au bout d'une centaine de mètres, nous avons croisé un vieux Génois qui nous a renseignés sur le chemin vers la mer puis, montrant la colonne carabinière qui repassait, il a ajouté qu'à cause de ceux-là, pas des manifestants, il avait plus peur que pendant la guerre. Parce que là, a-t-il précisé, il n'avait pas d'arme.

Nous avons recommencé à marcher, il faisait très chaud. Ma bouteille d'eau circulait entre nous. À un carrefour, une douzaine de jeunes francophones masqués s'affairaient dans une station-service, trois d'entre eux tapant à coups de bâton sur les écrans de pompes à essence qui résistaient vaillamment, tandis que les autres sortaient de la supérette attenante dont ils avaient forcé la porte, des pots de yaourt et des paquets de biscuit plein les bras. Dans un geste qui se voulait manifestement festif, l'un d'eux répandit au sol des céréales de petit-déjeuner. Parmi les pillards, l'une d'elles m'interpella, c'était une copine de Paris qui me proposa un yaourt aromatisé à la mûre. Je lui dis que je n'aimais pas la mûre. Aux fenêtres, des Génois contemplaient la scène en silence, l'air atterré.

Un kilomètre plus loin, dans une autre rue déserte, un incontrôlé isolé, visage dissimulé par un foulard écarlate, torse nu mais drapeau rouge à l'effigie du Che lui enveloppant les épaules, s'acharnait sur le rideau de fer d'un tabac. À quelques mètres de lui, un prolo moustachu en marcel le regardait faire, bras croisés. Comme nous passions à leur hauteur, le second lança au premier, avec un inimitable accent génois : "Mais qu'est-ce que tu fous ? Tu démolis le tabac de mon quartier ? Tu veux des cigarettes ? Je t'en donne, moi." Nous avons laissé derrière nous le représentant de l'ancien prolétariat tendre un paquet de Marlboro à un représentant du nouveau. Plus loin, sur la via Torino, j'ai beaucoup photographié le Pink bloc en action : des centaines d'êtres emplumés, vêtus de rose, avançaient sur un air de samba en brandissant d'immenses cœurs pelucheux et des panneaux : "*God Save The Queer*", "*If I Can't Dance, It's Not My Revolution*", "*Je Suis Lesbienne et Je M'en bats les Couilles*", "*Puttane in Lotta / I Sbirri Non Sono I Nostri Figli.*" Sous leur poussée, un fort contingent policier reculait.

À l'angle de la via Torino et du front de mer, devant une carcasse de fourgon de carabiniers brûlée, Damien et moi avons pris la pose pour mon appareil, que tenait Antonin. Juste avant le déclic, je me suis retournée vers mon bel ébéniste et j'ai déposé un baiser sur ses lèvres, histoire de compliquer un peu la suite avec sa chérie (il venait de me confier qu'ils avaient un projet d'enfant). Ça n'a pas eu l'air de le tracasser beaucoup mais peut-être ignorait-il que cette photo se retrouverait en illustration de nombreux articles sur le G8 de Gênes.

Comme nous approchions de la scène du Genoa Social Center, où se succédaient les prises de parole, les téléphones se sont remis à fonctionner et des copains m'ont appelée, me confirmant la mort de Carlo. J'ai voulu monter sur la scène pour communiquer la nouvelle. Puis j'ai entendu ce que disait l'orateur du moment. Très exalté, il renvoyait dos à dos les flics et les casseurs, tout ça c'était de la politique, il ne fallait plus faire de la politique, il fallait refuser la violence et commencer par se réformer soi-même. J'ai vu que, dans l'audience, beaucoup de gens hochaient la tête en signe d'approbation et je suis redescendue. Je n'avais rien à faire là.

Pendant que Damien embrassait avec transports sa jolie amoureuse, Antonin m'a annoncé qu'il avait rendez-vous avec une attachée culturelle, elle conduisait une voiture à plaque diplomatique et partait pour Lyon cette nuit, avec son copain italien. On était sûrs de pouvoir passer la frontière sans encombre. Il y avait encore une place dans la voiture, est-ce que je voulais en profiter ? Son regard de chien bastonné me fit hésiter entre l'attendrissement et la colère. Il voulait profiter de la situation pour me remettre la main dessus. À manipulateur, manipulatrice et demie. J'ai opté pour une expression neutre et lui ai tendu la sacoche où je rangeais mes cartes mémoire et mes objectifs.

– Je veux voir la suite. Je vais rester jusqu'à demain soir. Mais toi, tu pourrais emporter les photos que j'ai déjà prises, on ne sait pas comment ça va tourner, ici.

– D'accord, a-t-il répondu.

Ses mains se sont refermées sur la bride du sac et j'ai vu dans son demi-sourire qu'il savait qu'avec le matériel photo je lui confiais le Beretta.

– Si tu veux, a-t-il proposé, on peut se retrouver à Lyon, demain ou après-demain. Je te donne mon numéro de portable… oui, j'en ai un, maintenant.

Je lui ai donné le mien. Nous étions de nouveau connectés.

Le surlendemain, au petit matin, dans la voiture d'amis lyonnais, tandis que nous montions la route en lacets menant à la frontière, tandis que, slalomant entre les blindés de carabiniers, nous réussissions à passer les divers barrages sans êtres fouillés, j'ai relu la proclamation qui m'avait convaincue de venir à Gênes. Je n'ai appris que bien plus tard qu'elle avait été rédigée par ces Wu Ming à peine entraperçus au stade Carlini.

> Nous sommes nouveaux, mais nous sommes de toujours. Nous sommes anciens pour le futur, armée de la désobéissance dont les histoires sont des armes, en marche depuis des siècles sur ce continent. Sur nos étendards est écrit "dignité". En son nom, nous combattons quiconque se veut maître des personnes, des champs, des bois et des cours d'eau, gouverne par l'arbitraire, impose l'ordre de l'Empire, réduit les communautés à la misère.
> Nous sommes les paysans de la Jacquerie. Les mercenaires de la Guerre de Cent ans razziaient nos villages, les nobles de France nous affamaient. En l'an du Seigneur 1358, nous nous soulevâmes, nous démolîmes les châteaux, nous reprîmes ce qui nous appartenait. Certains d'entre nous furent capturés et décapités. Nous avons senti le sang remonter dans nos narines, mais nous étions en marche désormais, et nous ne nous sommes plus arrêtés.
> Nous sommes les Ciompi de Florence, petit peuple des fabriques et des arts mineurs. En l'an du Seigneur 1378, un cardeur nous conduisit à la révolte. Nous prîmes l'hôtel de ville, nous réformâmes les arts et les métiers. Les maîtres s'enfuirent à la campagne et de là, ils mirent le siège à la ville. Au bout d'années d'effort, nous ayant vaincu, ils restaurèrent l'oligarchie, mais la lente contagion de l'exemple, ils ne purent l'arrêter…
> Nous sommes les tisserands de Silésie qui se rebellèrent en l'an 1844… les prolétaires insurgés de l'an de grâce

1848... Nous avons traversé le siècle de la folie et des vengeances, et nous poursuivons notre marche.
Eux, ils se disent nouveaux, ils se baptisent de sigles ésotériques : G8, FMI, WB, OMC, NAFTA, FTAA... Mais ils ne nous trompent pas, ce sont ceux de toujours : les écorcheurs qui razzièrent nos villages, les oligarques qui reprirent Florence... le gouvernement contre qui tonna Byron, le vieux monde qui rendit vains nos assauts et défit chaque marche vers le ciel.
Aujourd'hui, ils ont un nouvel empire, sur toute sa surface ils imposent une nouvelle servitude de la glèbe, ils se prétendent patrons de la Terre et de la Mer.
Contre eux, encore une fois, nous, multitudes, nous nous soulevons.
Gênes, Péninsule italique, 19, 20 et 21 juillet d'une année qui n'est plus d'aucun Seigneur.

Même après ce que nous avions vécu, ce texte était, à la relecture, toujours aussi beau. Le déchaînement de violence policière n'avait fait que me conforter dans la conviction que c'était une belle histoire que nous devions continuer à nous raconter.

Mais comme toutes les belles histoires, elle méritait qu'on l'enrichisse sans cesse de complexité. Dont celle-ci : j'avais la sensation d'avoir participé à une représentation théâtrale ratée.

Nuit du 4 août, prise du Palais d'hiver, barricades de 68 : j'avais assez étudié l'histoire pour me convaincre que tous les moments historiques ont une part de théâtralité. Les *tute bianche* avaient eu le mérite de vouloir utiliser cette théâtralité comme une arme. Les gens du Black bloc avaient eu le tort de croire un peu trop à leur propre théâtre (certains n'allèrent-ils pas jusqu'à prétendre que leur séance de bris de vitrine, certes de grande ampleur, était une "émeute populaire ?"). Mais les *tute* (du moins leurs chefs) s'adonnaient un peu trop à des mises en scène, dont je ne découvris l'ampleur que plus tard, en lisant un article d'un député vert qui avait participé aux négociations précédant une manifestation.

"*Il y a un an et demi*", racontait-il, "*au cours d'une réunion à la préfecture d'une ville du Nord, les responsables de l'ordre public et les leaders du mouvement discutèrent dans les moindres détails et, à la fin, se mirent minutieusement d'accord sur le fait qu'il y avait un point, signalé par un numéro de rue, qu'on pouvait atteindre avec l'accord des forces de l'ordre et un autre point, signalé par un numéro successif, non pas 'autorisé' mais toléré. L'espace entre les deux limites successives – une centaine de mètres – fut, ensuite, le 'champs de bataille' d'un affrontement sans aucune effusion de sang et à peu près entièrement simulé (mais n'apparaissant pas comme tel sur les images télévisées) entre police et manifestants.*" À Gênes, les chefs des *tute bianche* avaient été intoxiqués par leurs propres manipulations au point d'oublier qu'ils n'étaient que des *assistants des metteurs en scène*: ils prévoyaient de "défoncer la ligne rouge" sur quelques mètres pour ensuite proclamer la victoire, mais les chefs de la police et leur ministre en décidèrent autrement.

Et les seuls, finalement, qui n'ont pas fait du tout de théâtre, ce sont ceux qui ont frappé, torturé et tué. Tabasser jusqu'au coma, dénuder et humilier des femmes, arracher des piercings et obliger des gamins terrorisés à chanter des chants fascistes ne visait pas à "frapper des symboles" ou à "fabriquer de nouveaux mythes": il s'agissait juste de jouir. Même si ensuite, ils ont proféré de gros mensonges pour se couvrir et si la justice les en a pratiquement absous, les flics ont été les seuls dont les actes disaient leur vérité nue.

Je n'allais pas donner raison à l'imbécile sur la scène du Genoa Social Forum, je ne dirais pas que je ne voulais plus faire de politique, mais il fallait chercher une politique qui ne soit pas du semblant. Une politique qui dévoile ses acteurs dans leur vérité nue.

J'ai fait part de ces réflexions à Antonin dans le TGV Lyon-Paris et il les a utilisées dans un article qu'il publia peu après mais je ne m'en offusquai pas. J'avais l'habitude que les idées circulent entre nous, c'était un des aspects qui me plaisait dans nos relations. Ce n'est sans doute pas le seul puisque, avant la fin du voyage, il m'avait demandée en mariage, et j'ai dit oui.

Mais à deux conditions.

D'abord, j'ai tenu à l'avertir que je ne ferais plus jamais l'amour juste pour le plaisir de faire plaisir.

– Comment ça… quand on l'a fait, rue de la Folie-Méricourt… tu m'as dit que tu en avais envie ?

– J'avais envie de te faire plaisir. En fait, depuis toujours, quand je sens le désir chez un autre que j'aime bien, ou beaucoup, ou tout court… j'ai du mal à dire non… pour moi, dire à quelqu'un que je ne le désire pas, ça me semble horrible… C'est étrange, non ? Je ne m'aperçois de ça, et que c'est étrange, ça, je ne m'en aperçois que maintenant que j'en parle avec toi…

Il a grimacé, dégluti, soupiré.

– Eh bien, me revoir t'aura au moins permis de découvrir ça. Quoi que soit ce ça.

J'ai rigolé :

– Du coup, tu ne me demandes plus ma main ?

– Mais si. Je veux que tu sois ma femme. Et tu n'as pas besoin de ma permission, mais je te le dis quand même : tu continueras à vivre comme tu l'entends. Avec moi quand tu voudras, ailleurs et avec quelqu'un d'autre quand tu voudras. Et ta deuxième condition ?

– Ne me parle plus jamais de l'or de Georges. Fais-en ce que tu veux, donne-le à une cause, dépense-le pour toi. Mais pour moi, cet or est maudit, je ne veux pas qu'il entre dans ma vie.

– D'accord.

– Très bien. J'aime l'idée d'avoir un mari docile, Alors, pour commencer, mon cher futur époux docile, rends-moi ma sacoche.

– Tu ne veux pas attendre qu'on soit à l'appartement ? Tu la veux maintenant ?

– Oui, je la veux maintenant.

Il s'est levé, est allé fouiller la valise posée sur le porte-bagages au milieu de la voiture, m'a ramené la sacoche.

Je l'ai posée sur mes cuisses et entrouverte assez pour vérifier que le revolver était toujours là.

Ensuite, il m'a appris la mort de Rétive et on a pleuré ensemble.

Sur le quai de la Gare de Lyon, pendant que nous marchions dans le troupeau à roulettes, je me suis décidée à lui demander.

– Au fait, pourquoi tu veux te marier ? Je croyais que tu étais contre ?

– J'ai acheté la maison d'Ayguière, et je voudrais qu'après ma mort, tu en hérites. Et de tout ce que j'ai aussi… et tu t'occuperas aussi de mes intérêts moraux, tu vois… genre l'édition de mes œuvres complètes dans la Pléiade.

Je me suis immobilisée à la hauteur des escaliers menant au passage souterrain et au métro.

– C'est vraiment la raison que tu te donnes ?

J'avais pensé : “Alors, c'est le moyen que tu as trouvé pour me faire hériter de l'or de Georges ?”, mais puisque je ne voulais plus en entendre parler, je n'allais pas en parler. Et aussi : “Qu'est-ce que t'en sais que je ne vais pas mourir avant toi ?” mais je n'avais pas envie de donner ce genre de tournure à la conversation. Avant de répondre, il m'a dévisagée.

– Qu'est-ce que tu es belle… Disons que j'ai envie de jouer avec le signifiant mariage.

J'ai fait le demi-sourire qui lui plaît tant, celui qui met en valeur mes fossettes. Mais c'était de bon cœur. Pas du semblant. À ce moment-là, vraiment, j'étais sûre de l'aimer.

– T'es un mec un peu bidon mais une fois qu'on l'a accepté, finalement, ça ne devrait pas être mal de vivre avec toi. Je vais te laisser là, je prends un taxi, j'ai un rendez-vous de travail. On se reverra pour le mariage. Quand tu auras publié les bans, écris-moi aux bons soins d'Isabelle. Rendez-vous devant M. le maire.

Le polar d'Antonin – SUITE ET FIN
Pataka ! Pataka !

On sait où tu habites On va venir demander notre Dû Ta pute et toi vous allez Payer pour Nos Pères.

Signé Les Fils d'Honneur de la Police

La lettre était dans une enveloppe sans timbre ni inscription qui a été glissée dans la boîte cette nuit.

On est en février 2009. Mariés depuis bientôt sept ans, Olga et moi nous sommes installés dans la paix des ménages rarement réunis. Elle a peu de temps pour la vie conjugale, absorbée par ces diverses activités entre lesquelles elle n'a jamais su choisir, et pour lesquelles elle (j'aime bien ces redoublements d'"l") ne cesse de s'envoler à tire-d'aile : enquêtes sociologiques, reportages photographiques, traductions littéraires, pornographie. Mais elle aime revenir à Ayguière, là où dans la pleine nuit, même à travers vitres et volets clos, on entend un bruit blanc de déchirure sans fin dans l'étoffe du temps : l'eau de la Vieille qui coule.

Où Rétive est enterrée au fond du jardin.

Crissement des graviers sur le chemin des Cenelliers. Par la fenêtre, je vois le camping-car d'Olga qui se gare. Je descends de mon bureau pour l'accueillir. Quand je m'approche d'elle, elle se trouve devant la portière latérale du véhicule, en train de décharger ses bagages. Qu'est-ce que ça m'émeut quand ce corps se meut. Elle a quarante et un ans, ça fait pas un pli, pas de pli sur sa peau, rien n'a plié, rien n'a plissé chez elle. Sourire solaire, bécot, tu m'as manqué dit-elle, moi pareil, je l'aide à transporter ses choses dans sa chambre. Je lui montre la lettre.

– Encore des fils de, dit-elle. On est cernés par les enfants de ceci et de cela.

Olga déteste les gens qui font de leur naissance un enjeu politique. En préparant son livre jamais publié sur Georges Nicotra, elle s'était énervée contre le fantasme de son oncle sur "les armes transportées dans son berceau" par Giorgio, son père.

– Comme s'il avait besoin de ce genre de fantasmagorie pour ses propres batailles, avait-elle grogné. Dans le monde tel qu'il est, pas besoin d'avoir eu un pistolet sous ses couches, ni un père résistant, pour avoir envie de prendre les armes. Il y a trop de gens qui ont besoin de donner un sens à leur propre vie par rapport à papa, à l'héroïsme de papa, ou aux souffrances de papa, ou aux héroïques souffrances de papa.

Lui laissant la lettre entre les mains, je descends la glacière contenant des victuailles sardes à la cuisine. Je n'ai pas relevé sa remarque sur les "fils de". Parce qu'elle a raison. Mais aussi parce que ses raisons à elle, qui ne veut pas d'enfant, ne sont pas forcément raisonnables, puisqu'elles ont plutôt le visage de son père, figé dans sa grimace mafieuse, et celui de sa mère au regard soumis.

Elle descend me rejoindre, déballe deux sachets de *pane casau*, des paquets de *seadas*, de la poutargue... à chaque fois, je pousse des exclamations sur un ton que je voudrais plein de gaieté mais elle ne marche pas :

– T'es inquiet ? demande-t-elle, tandis que je remplis le filtre de la cafetière.

– Un peu, mais bon, dis-je.

Par chance, je suis pris d'un scrupule juste avant d'allumer le gaz : je dévisse, soulève le filtre rempli et j'ai en effet oublié de mettre l'eau.

– ... Mais comme aimait à répéter ton *zu*, poursuis-je en réparant mon oubli, "condamné à mort par des merdeux, tu vis centenaire". Tu as fait de belles photos, en Sardaigne intérieure ?

– Beaucoup, oui. Je les ai déjà envoyées à *Géo*, ça a l'air de leur plaire. Il ne me reste plus qu'à écrire l'article.

J'ouvre un paquet de *seadas*. M'en fourre une dans la gargoulette. Miel collant, miettes minuscules qui partent en tous sens dans la bouche. Grimace.

– Elles sont pas bonnes ?

– Mais si, j'articule, puis je fais un bruit dégoûtant.

Olga me regarde manger. Je renverse la tête en mâchant et grimace un sourire de clown avant de déglutir dans un effort visible.

– Ça ne s'arrange pas ?

– Lentement.

– Tu fais toujours tes exercices ?

– Pataka ! Pataka !

Il y a un an, j'ai été opéré d'un cancer d'une amygdale, consécutif à une infection par le papillomavirus. Comme ce virus sévit le plus souvent dans les vagins, d'où il faut d'ailleurs l'éradiquer rapidement pour éviter une lésion cancéreuse, j'ai pu me vanter, devant le sourire indulgent d'Isabelle, Sonia et Olga, d'avoir attrapé le cancer du cunnilingus. Elles étaient réunies autour de mon lit, et avec la sonde d'alimentation dans le nez et la perfusion multi-entrées dans le bras, je devais faire assez piètre figure pour qu'elles s'abstiennent de hurler quand je leur fis remarquer l'excellente atmosphère qui régnait entre elles, et qu'elles pourraient en profiter pour régler à l'avance les questions de préséances pour le jour où elles m'accompagneraient à ma crémation.

Tout s'est bien passé, sauf que j'ai maintenant un trou dans le voile du palais, ce qui induit qu'à peine placée dans ma bouche, une bonne partie de la nourriture a tendance à filer dans le pharynx en direction de la cavité nasale, d'où bruits répugnants, sécrétion abondante de mucosité amère se mêlant aux mets les plus exquis pour leur donner une saveur de morve, on regrette de donner ces détails mais il faut bien que le lecteur comprenne que la vie a pour moi désormais un drôle de goût. Et pourtant, je m'y accroche beaucoup, notamment à cause de celle qui est là en face de moi.

Pour tenter de compenser ces désagréments, j'ai eu droit à des séances de musculation du voile, ce qui m'a valu le plaisir de me rendre, deux fois par semaine, chez une jolie orthophoniste qui m'enseignait les exercices par l'exemple et donc me tirait la langue, me souriait exagérément et me mimait des bisous. Elle m'a également fait découvrir la jouissance de crier "pataka! pataka! pataka!" en appuyant bien sur les consonnes, ce qui me permet aussi d'amuser les enfants de mes amis en visite. Quant à manger, c'est une autre affaire.

– Je te connais. Tu m'as l'air vraiment inquiet… C'est cette lettre qui te tracasse tant?

Je hausse les épaules.

– Mais non. Maintenant que j'ai ma garde du corps…

Est-ce la référence à cette réalité: j'ai un corps? En tout cas, Olga a l'air toujours plus lasse de cette blague, allusion à ce jour où, dans la dernière manif à laquelle je participerai jamais, elle a donné quelques baffes à un petit chef du gauchisme parisien venu se chercher une réputation en m'agressant à cause de mes écrits non-orthodoxes sur Gênes 2001.

– Il y a autre chose qui te tracasse. Je vois bien.

Je me décide à m'apercevoir que j'ai oublié d'allumer le gaz sous la cafetière. Je me lève et c'est dos tourné, tandis que mes mains sont occupées, que je dis:

– J'ai lu un article de *La Repubblica* sur le meurtre de Gussandi…

Derrière moi, je l'entends:

– Ah, ça…

– J'en ai fait un tirage papier qui est sur mon bureau, au dernier étage. Si tu veux le voir…

Assassinat d'un boss sarde: la piste de la 'Ndrangheta
Hier, vers 4 heures du matin, Enio Gussandi a été abattu de trois balles de 9 mm parabellum. Cet homme d'affaires, accusé d'être à la tête d'un système mafieux qui racketterait les entreprises touristiques de l'île, bien des fois inquiété dans différents dossiers (fraudes aux financements européens, attaque à main armée, et même viol) était récemment sorti de prison après la cassation de toutes ses récentes condamnations. Le parquet de Cagliari avait aussitôt ouvert d'autres poursuites mais il était pour l'instant libre. Après la fermeture à 3 heures du matin, il était resté seul dans les murs du Blue Moon, établissement dont il est le gérant. Il aurait, semble-t-il, ouvert lui-même à ses agresseurs. Les enquêteurs subodorent une "réunion d'affaire" qui aurait mal tourné. On sait en effet que depuis quelques mois, la mafia calabraise a fait main basse sur le trafic de drogue sur l'île et Gussandi passait pour vouloir se relancer financièrement en investissant dans ce secteur. Tout en faisant allusion à cette piste, la police refuse pour l'heure de donner les éléments sur lesquels elle se fonde pour la privilégier.

– Bah, non, pas la peine, décline Olga, j'ai vu la télé à Alghero, dans un bar. Dès qu'ils n'ont pas de piste, les flics accusent les Calabrais.

Je me retourne pour affronter son demi-sourire, qui s'accentue quand nos regards se rencontrent.

– Tu crois que c'est moi? demande-t-elle. Tu me crois capable de ça?

Je hausse les épaules.

Je ne vais pas lui dire qu'après son départ, je suis allé regarder dans le tiroir de son bureau et que le Beretta 92FS, qui tire des balles de 9 mm, n'y était plus. Elle me répondrait sûrement qu'une femme seule campant dans les montagnes sardes, réputées pour leurs faits divers sanglants, a bien besoin d'un moyen de se défendre.

– Si les flics apprennent que tu étais en Sardaigne…

– Il n'y a pas de raison. Pendant mes deux mois sur l'île, j'étais presque tout le temps dans des villages minuscules et dans la forêt.

Je ne relève pas le "presque". Éviter de poser des questions fait désormais partie des règles de maintien de la paix dans notre bizarre ménage.

– Mais, reprend-elle, tu ne me dis pas ce que tu penses vraiment de cette lettre… tu crois que ce sont des enfants des flics du réseau de Verjat qui se manifestent ?

– Bah, tout est possible.

La cafetière a commencé à glouglouter. Je vais éteindre, je nous sers. Je goûte. Comment ai-je réussi à allier le trop-plein d'amertume avec la sensation de lavasse ?

– Très bon, ton café, dit-elle.

Une fois dans ma vie, je devrais essayer de mettre trois sucres comme elle. J'avance :

– Ça pourrait aussi bien être toi…

– Moi ? se récrie-t-elle. Comment ça ? Moi qui t'aurais envoyé cette lettre ?

– Ben oui, pour me convaincre d'accepter ta proposition qu'on déménage à Salina. Là-bas, on n'aurait pas que le soleil et la mer, on aurait aussi la protection de Karl. C'est vrai que là-bas, si des gens chelous débarquent, ils seront tout de suite repérés par les amis de notre ami…

– "Chelous." J'adore quand tu essaies de parler jeune.

– À moins que ce soit Karl lui-même, l'auteur de la lettre. Te mettre cette idée de déménagement dans la tête ne lui a pas suffi, il rajoute un coup de pression…

– Et pourquoi il ferait tout ça, d'après toi ?

– J'ai bien une idée, mais je n'ai pas le droit d'en parler.

Je vois dans son regard qu'elle a compris. Après toutes ces années, Karl n'a toujours pas renoncé à me faire investir l'or luxembourgeois dans ses trafics. Depuis notre mariage, nous passons chaque printemps à Salina, dans la propriété que nous loue Karl à un prix d'ami. Sur les bons conseils d'Olga, il a beaucoup investi dans l'île et depuis que Lola, sa femme, est morte, il y vit la moitié de l'année. Le reste du temps, il est à Marbella, avec ses quatre fils, dont les deux aînés ont déjà fait de la prison.

Olga s'approche de moi et, du bout de deux doigts, caresse la cicatrice de mon opération dans le cou, là où bat la branche droite de la carotide, et derrière elle, la jugulaire.

– Ça s'arrange bien, on dirait. Tu mets toujours la crème que t'a conseillée ton éditrice ?

– Oui. Tu sais bien que pour moi, ses conseils sont des ordres.

Ses doigts insistent dans la caresse.

– Tu sais qu'à cet endroit, si on frappe, on peut tuer ?

– Merci du renseignement, dis-je, après quoi, on casse une croûte puis je me lève pour aller travailler, non sans avoir échangé avec elle un chaste baiser sur les lèvres.

Au pied de l'escalier, je me retourne :

– Tu vas ressortir ?

– Non, je ne pense pas.

– On dîne ensemble ?

– Oui, bien sûr.

J'hésite, je voudrais m'abstenir mais ne peux m'empêcher de demander :

– Tu penses que tu viendras dans ma chambre, ce soir ?

– Je ne crois pas, j'ai mon article à écrire.

Dans la nuit, je m'éveille pour me demander à quoi ça rime tout ça mais Rétive n'est plus là pour me rendormir, alors je prends un cachet et plonge dans le sommeil chimique. J'y retrouve un rêve récurrent où, chauve-souris, je volette autour d'Olga endormie contre son amant. Sa main soudain me chasse et cette fois, elle me touche au cou.

Plus tard, dans la nuit, je veux croire que la chimie s'est dissipée quand je rêve ça : Rétive vient se poser sur ma poitrine pour me dire adieu, nous nous sommes tant aimés, mais je vais te quitter, et puis c'est fini, elle n'est plus là.

Le matin, j'annonce à Olga que je suis d'accord pour déménager à Salina.

Trois jours plus tard, je préviens Olga que j'ai des rendez-vous d'éditeurs à Paris et on convient de se retrouver dans une semaine à Salina. Nous entassons un premier déménagement dans le camping-car qu'elle conduira dans quelques jours jusqu'à Gênes où elle prendra avec son véhicule un ferry à destination des îles Éoliennes. De mon côté, je charge des livres, des archives et deux valises dans notre vieille 505 et je prends la route vers 9 heures. Mais à la hauteur d'Orléans, je bifurque vers l'est, je ne m'arrête que pour deux pauses indispensables sur l'autoroute et j'arrive à 16 h 30 à Luxembourg. J'ai un rendez-vous à 17 heures, dans les bureaux d'un discret établissement financier doté d'une chambre forte ultra-sécurisée. Une heure plus tard, je reprends la route et vers 22 heures, je m'écroule sur le lit d'un Formule 1 à hauteur de Dijon. Le lendemain, après une étape dans la vallée de Susa, où je salue au passage de vieux amis, je roule sans arrêt jusqu'à Naples pour ne pas rater le ferry des Éoliennes. Trois jours après mon départ de Limoges, dans le rougeoiement du couchant qui caresse la mer et les champs de pierraille de Malfa, sur l'île de Salina, je gare la voiture sur un terre-plein devant un édifice de briques muni d'une porte coulissante.

L'ensemble surplombe l'entrée d'un large chemin pierreux qui descend dans le maquis. Au milieu d'une plate-bande de géraniums, je trouve le pot cassé sous lequel sont cachées les clés. J'ouvre la porte du garage, en sors un quad, y charge mes bouquins, mes archives, mes valises et la mallette métallique à ouverture chiffrée contenant l'or de Georges – ou plutôt ce qu'il est devenu après la ponction de Dom pour la Cause, celle en faveur de Karl et de Gégé, les frais de fonctionnement, et une prodigieuse multiplication par l'alchimie spéculative. Une somme en euros qui m'a tant impressionné que je me perds un peu dans les zéros : en me concentrant, si on me le demandait, j'arriverais à la préciser avec une certaine exactitude. Mais personne ne va venir me la demander.

En tout cas, pas aujourd'hui.

Je rentre la voiture dans le garage, je ferme, monte sur le quad.

Le lendemain, à peine les doigts de rose de l'aurore m'ont-ils effleuré les paupières qu'elles se sont écarquillées sur la gloire des cieux, c'est l'heure de la rencontre d'Ulysse avec Nausicaa et j'ai dormi dans un sac de couchage, sur la banquette de la terrasse. J'ai eu un peu froid dans la nuit, mais elle était si belle, la Nuit, avec ses champs d'étoiles en haut, auxquelles répondaient les lucioles vaguant dans les vagues de parfum du maquis et tout en bas, sous la falaise qui termine le domaine, le ressac de Notre Mer. En plus, j'étais juste au-dessus du quad duquel je n'avais pas déchargé le butin.

En caleçon et T-shirt, j'ai placé sur le porte-bagage du véhicule, à côté de la mallette, un palan qui avait servi pour de récents travaux de rénovation du toit. Puis je me suis hissé sur le siège et j'ai mis en route.

À une centaine de mètres, j'ai arrêté le quadricycle et trimbalé palan d'abord, mallette ensuite jusqu'au bord d'un trou dans la terre.

Son diamètre est d'une dizaine de mètres. Un chemin étroit y mène, dans un bosquet d'arbousiers et des panneaux ornés de têtes de mort annoncent :

“Bocca del Diavolo – Beware Attenzione Speleologia Vietata/Speleology Prohibited.” Évidemment, l’interdit stimule, et depuis que nous avons loué la maison, nous avons vu plusieurs fois passer des spéléologues amateurs qui tentaient de descendre entre les parois de granit en voie d’arénisation mais ils ont renoncé assez vite, les chutes de pierre, la désagrégation de tout ce à quoi ils tentaient de s’agripper les ayant fort heureusement très vite découragés. Puis la municipalité a disposé un haut grillage avec un portail muni d’un cadenas.

La Bouche du Diable doit son nom au fait que, deux ou trois fois par an, des lueurs d’enfer illuminent ses profondeurs. Un soir où je cuisinais, seul sur la terrasse, un halo rouge sur le moutonnement des arbousiers m’a attiré au bord du trou, ça grondait dans les profondeurs. Retrouvant sans mal les techniques apprises dans ma jeunesse, j’ai ouvert le cadenas avec un fil de fer et je me suis penché sur le bord. Le feu aux entrailles de la terre éclairait en plein le seul lieu où l’on pouvait accrocher un palan, une aiguille de quartz qui s’élevait des profondeurs de l’abysse jusqu’à affleurer sous un buisson de ciste en surface. La lumière rouge perçait la mince paroi de granit en décomposition qui, en temps ordinaire, la dissimulait aux regards. Quelques mètres au-dessous du bord, il y avait un trou dans l’aiguille, comme une invite à y glisser un fil de titan pour recoudre cet accroc dans l’écorce terrestre. Palan, cordage, je n’ai certes pas les talents d’acrobate d’Olga, mais je me débrouille. C’est donc dans cette aiguille creuse-là que j’ai calé la mallette, et j’ai rebouché avec de la pierraille. D’en haut, quand il n’y avait pas le feu aux laves, c’était indécelable.

Je n’imaginais pas de meilleure cachette. Et si par hasard, du fond de la bouche du diable devait jaillir, comme il arrivait paraît-il tous les cinq mille ans, une giclée de magma, je n’imaginais pas non plus de meilleure fin pour l’or de Georges Nicotra.

Nous nous sommes donc installés à Malfa, dans une vie qui ressemblait beaucoup à celle d'Ayguière, hormis qu'au lieu de la Vieille en bas, il y avait la mer. Olga allait et venait sur la planète et je gardais la base. Parfois, quand elle rencontrait un homme qui lui plaisait, elle l'invitait dans sa chambre d'hôtel de Stuttgart ou dans son gîte des Pyrénées orientales et, si elle était d'humeur, elle branchait la mini-caméra espion pour me permettre de profiter sur mon ordinateur des plus belles visions imaginables en ce monde. À part les deux ou trois fois dans l'année où elle consentait à s'asseoir sur mon visage, c'était là toute notre vie sexuelle. Et je n'y trouvais rien à y redire.

Au bout d'un an, nous sommes allés marcher au Ladakh et elle m'a murmuré dans l'Oreille de Bouddha mais Bouddha était dur de la feuille, ce qu'elle avait à me dire s'est éclairci quand elle m'a annoncé au téléphone qu'elle rentrait pour régler avec moi les détails du divorce.

– C'est un peu compliqué, objectai-je. On a du monde à la maison. Le fils Lepreneur…

– Il est toujours là ?

– Oui, on a sympathisé. Au début, je croyais qu'il était venu réclamer son dû. Comme un "fils de", si tu vois ce que je veux dire. Mais non. Ce qui l'intéresse, apparemment, c'est de parler littérature avec moi… Tu veux vraiment qu'on divorce ?

– Antonin, j'ai de l'amour pour toi, c'est sûr, mais je n'en peux plus de ta présence dans ma vie.

– Les caméras dans ta chambre, on peut s'en passer…

– Ce n'est pas la question. Tu pèses sur moi de tout ton poids, tout le temps.

– Ah ben, là, non, je t'arrête, c'est pas une position qu'on a beaucoup pratiquée, il me semble.

Elle se tut une seconde, le temps de comprendre que c'était une blague vaseuse. Diversion rejetée :

– Le fils Lepreneur, on s'en fout. On trouvera moyen de se parler, toi et moi. Je suis là demain soir.

Clic.

J'avais un peu embelli le tableau. Depuis deux jours qu'il était là, Guillaume Lepreneur ne revendiquait rien, il voulait seulement bavarder mais, au milieu de mille considérations littéraires, il revenait souvent aux mêmes questions : pourquoi s'intéresser à un bandit comme Georges Nicotra ? Pourquoi, d'ailleurs, s'intéresser aux bandits ? Je lui avais répondu que c'était toute la société qui s'intéressait aux bandits, il n'y avait qu'à voir le succès du polar sur papier et à l'écran, et je lui avais sorti aussi la citation de Bataille que j'avais récitée à Nadeau mais ça n'avait pas eu l'air de le convaincre. Oui, mais, insistait-il, pourquoi Nicotra en particulier ? Je ne pouvais tout de même pas lui raconter l'enchaînement personnel qui, de Philippine évanouie à Jean emprisonné, m'avait conduit au parloir de Fleury en passant par la Hollande. Guillaume s'était aussi dangereusement approché d'un passé que je ne tenais pas à lui livrer quand il m'avait demandé si j'avais moi-même autrefois “contrevenu à la loi”. J'avais plaisanté sur le thème “t'es de la police ou quoi ?” et on était passés à autre chose.

Olga est arrivée à la fin d'une de ces journées de chaleur extrême où le moindre déplacement entraîne essoufflement et abondante sudation. Quand, venue à pied de la route 200 mètres plus haut, elle est apparue sur la terrasse, dans son débardeur Everlast gris pour homme et son short kick boxing thaï Nefertiti 1947, tenant son sac sur une épaule, bras droit haut levé sur une aisselle à peine humide, le teint frais comme au sortir du bain, j'ai pensé que jamais je ne pourrais vivre sans elle.

Dans un ciel de craie, des nuages immobiles et massifs comme des alignements mégalithiques rougeoyaient d'un couchant invisible. Pas un souffle ne venait de la mer. On a bu de la citronnade, elle était très bavarde. J'avais l'impression qu'elle voulait parler de tout pour ne pas parler de nous. Elle a aligné les sujets comme un journal d'actualité : les luttes de pouvoir au sein de l'ONG écolo pour laquelle elle devait faire un reportage photo sur des feux de forêt en Russie ; la situation catastrophique à Haïti après le tremblement de terre de janvier, la disparition des insectes et la grippe H1N1, cet étrange virus un tiers porcin, un tiers aviaire et un tiers humain, qui avait fait beaucoup de dégâts l'automne dernier et menaçait d'en faire encore chez les pauvres du monde. J'avais toussé toute la nuit, je m'étais tourné et retourné dans les draps trempés de sueur en me demandant si ma femme allait vraiment me quitter. Je la dévorais des yeux, j'essayais d'imaginer la vie sans elle, je me sentais brûlant. À un moment donné, une toux a répondu à la mienne.

– Il y a quelqu'un ? a demandé Olga.

– Oui, tu sais bien, Guillaume.

Elle s'est approchée de la balustrade, a regardé en dessous. Le jeune Lepreneur lisait sous le figuier, écouteurs sur les oreilles.

Elle est descendue, lui a pris un écouteur, l'a collé contre sa propre oreille droite.

Son visage s'est éclairé, elle s'est exclamée et si je ne l'ai pas entendue, car mes problèmes d'audition n'étaient pas arrangés par ce rhume en plein été, j'ai deviné sur ses lèvres le nom d'un de ses groupes favoris :

– Throes of dawn ?

Il a hoché la tête.

– *The Great Fleet of Echoes.*

Ils se sont regardés en rigolant et, prenant de grosses voix éraillées, ont chanté : *How frail is your mind / Are you far or close / To your dreams? / Watery-eyed and broke / In a life of decay / Do you think you are free?*

Deux êtres se rencontrent et une musique de rock finlandais s'élève dans leurs cœurs. L'atelier bavardage a été transféré sous le figuier et, une heure plus tard, Guillaume racontait à Olga comment, en pension au lycée Stanislas à Paris, il avait dû subir les branlettes de son parrain qui l'accueillait le week-end et Olga a évoqué Guido Nicotra, dont le fantôme (il est mort d'une cirrhose à la toute fin du siècle dernier) n'était plus réapparu depuis longtemps dans nos échanges. J'avais un Malvasia d'exception qui, quoi que passerillé, était bien sec et se buvait comme de l'eau. C'est ainsi que nous le bûmes, car il faisait chaud et soif. Olga a roulé l'herbe qu'elle était passée faucher sur nos terrasses d'Ayguière. À un moment, Guillaume a eu l'air *broke* et, l'œil *watery*, il a dit :

– Tu ne sais pas ce que c'est de ne pas avoir connu son père.

Et elle, du tac au tac :

– Tu ne sais pas ce que c'est de l'avoir connu.

Je me suis inséré à plusieurs reprises dans la conversation et on m'y a accueilli avec intérêt mais à un moment, ma vision s'est un peu brouillée. La soirée s'avançait, nous causions toujours. Puis j'ai annoncé que j'allais me coucher.

– Déjà ? a dit Olga, avant de me souffler : On parlera demain.

Dans ma chambre, je me suis allongé tout habillé, j'ai sombré.

Après un temps indéterminé, je me suis réveillé dans la nuit noire. Au jardin, une rumeur douce comme un roucoulement m'apprit que ça bavardait toujours. Je me suis dit, "Quand même, elle doit avoir vingt ans de plus que lui", et ensuite je me suis bien foutu de moi.

J'avais chaud, j'avais froid, j'avais mal à la tête, et soif, et envie de pisser, et des frissons partout, et peur de mourir et très envie d'être mort mais sinon tout allait bien.

Je me lève, je serre ma tête dans le cercle d'une lampe frontale sans l'allumer. En passant par la cuisine intérieure et donc en évitant la terrasse, je gagne la chambre d'ami. À tâtons, je trouve la grosse enveloppe jaune que Guillaume Lepreneur a posée sur la table de nuit le soir de son arrivée. Je n'ai pas l'impression qu'il l'ait touchée depuis. Je tends l'oreille, ça blablate toujours. Enveloppe en main, je me replie dans la cuisine.

J'allume la frontale. De l'enveloppe, je tire une lettre et une photo ancienne.

Sur le cliché, deux adolescents endimanchés années 50, elle col Claudine, lui pull en V et chemise col pelle à tarte, sourient à l'objectif. Ses traits à lui me disent quelque chose. Au dos est écrit à l'encre violette : "Moi et mon demi-frère, Lucien Barnum." La lettre est tapée à la machine, sans date :

Madame, lors de notre rencontre il y a un an, je vous avais dit que je n'en avais plus pour longtemps à vivre. Maintenant, c'est sûr, ce n'est plus qu'une question de jours. Avant de crever, je voudrais quand même vous répéter ce que vous n'aviez pas l'air de saisir. Nous étions cinq associés : moi-même, Georges Nicotra, votre demi-frère Lucien Barnum, votre mari et un associé que je ne nommerai pas. Georges Nicotra nous a tous volés. Je vous ai déjà fourni toutes les explications concernant l'attaque à main armée de Sin-le-Noble et le butin que Nicotra s'est entièrement attribué. Votre demi-frère, Lucien, nous avait mis en rapport avec votre époux qui, comme vous le savez, était aussi, à l'occasion, receleur. Au point où j'en suis, je peux maintenant vous dire la vérité : c'est mon associé qui a monté le coup contre Nicotra, le faux braquage de votre droguerie. Il voulait le faire casquer à tout prix. D'après ce qu'il m'a dit, il voulait seulement blesser votre mari mais votre mari a mal réagi et il l'a tué. Bref, je ne sais pas si c'est vrai, ce type est prêt à tout. C'est pour ça, comme j'ai de la famille, que je préfère ne pas le nommer. Ce qui est sûr, c'est que si Nicotra ne nous avait pas volés, votre mari serait encore vivant. Nicotra a bien mérité les trois balles que mon associé a fini par lui coller. Si je vous dis tout ça, c'est pour que vous me croyiez : je suis arrivé à la conclusion que le butin est entre les mains du scribouillard gauchiste, le dénommé Antonin Gandolfo. Voyez si vous pouvez récupérer ce qui vous est dû, à vous et à votre fils. Si vous ne le faites pas, un jour ou l'autre, c'est mon associé qui le fera. Et comme lui aussi, c'est une vraie pourriture, je préférerais que ce soit vous. Ou votre fils. Pour que vous puissiez enfin profiter de la vie. Pour moi, c'est fini.

Gérard Verjat

Je range lettre et photo dans l'enveloppe et retourne la reposer dans la chambre. Puis je sors sur la terrasse. Au jardin, on ne cause plus. Je tends l'oreille. Il me semble percevoir des gémissements étouffés, mais il n'est pas impossible que je fantasme. Je frissonne. Comment puis-je frissonner quand il fait si chaud ?

Je me replie dans ma chambre.

Quand je m'éveille, la lumière du grand jour m'agresse les yeux mais je n'ai plus de fièvre.

Cette nuit, j'ai rêvé. Je me suis levé, je suis retourné à la cuisine où j'ai pris le plus long des couteaux japonais. Dans la chambre d'ami, Guillaume et Olga dormaient enlacés. J'ai enfoncé le couteau dans le cou de Guillaume, Olga s'est réveillée, elle a voulu le défendre, ça m'a mis en fureur et pour la première fois depuis qu'on se connaît, je l'ai frappée. Là où elle m'avait dit de le faire. Dans la confusion du rêve, il a fallu beaucoup d'eau pour nettoyer la scène du crime puis deux corps se sont enlacés une dernière fois sur un quad, et des chauves-souris ont voltigé au-dessus de la Bouche du Diable. Après j'avais le goût de la chatte d'Olga sur les lèvres et je me suis réveillé.

Je les appelle :

– Olga ? Guillaume ?

Je vais dans la chambre d'ami. L'enveloppe a disparu. Et aussi le sac de Guillaume. Et celui d'Olga. Je regarde sur le chemin. Le quad est toujours là. Ils ont préféré partir à pied pour ne pas me réveiller avec le bruit du moteur.

On pourrait aussi imaginer que j'ai jeté leurs bagages avec leurs corps au fond de la Bouche du Diable. Et que j'ai nettoyé le couteau japonais avant de le remettre à sa place bien en vue au-dessus de la planche à découper.

On pourrait.

On préfère pas.

L'écran de mon ordinateur est encore éclairé, comme si on avait touché le clavier voilà peu.

Je m'approche, je lis :

Le journal de Guillaume – 3 /
Les confessions d'Olga – 4
On préfère sortir de ton histoire

Qui a écrit ça ? Eux ou moi ?

On préférerait que ce soient eux plutôt que moi.

On préférerait ne pas voir les deux hommes qui approchent en suivant le chemin entre les figuiers de barbarie.

La masse de Karl, qui tient sur l'épaule une arme longue. Une arme longue qui me paraît longue comme la lance du squelette entrant dans le jardin d'Éden sur une monture décharnée.

Et, bien sanglé dans un costard d'été, le corps compact et dur de l'associé de Verjat.
Ange Luciani.
On préférerait ne pas voir ça.

On préférerait plutôt qu'Olga me revienne après un beau tour du monde en compagnie de Guillaume.
On préférerait se raconter cette histoire-là.

Après tout, l'amour est-il autre chose qu'une histoire qu'on se raconte ?

Pataka ! Pataka ! Pataka !

NOTE DE L'AUTEUR

Je ne suis pas petit et je n'ai jamais été vraiment dodu : cela devrait suffire pour qu'on convienne que le narrateur n'est pas l'auteur. J'ai composé ce roman en tramant des histoires qu'on m'a racontées et d'autres que je me suis racontées. Ces récits entretiennent des rapports complexes avec la réalité, mais n'en sont nullement le reflet. Il serait donc parfaitement oiseux de vouloir reconnaître derrière les personnages des personnes existantes ou ayant existé.

À l'exception de Ronronnette qui n'a jamais été rétive et qui me manquera toujours.

L'idée de la chauve-souris comme métaphore de l'impossibilité pour un homme de savoir ce que ça fait d'être une femme m'a été inspirée par Elsa Dorlin, *Se défendre. Une philosophie de la violence*, p. 167 et 246.

L'article cité par Olga au chapitre "L'épouse" est dans *La Repubblica* du 14 juillet 2001.

Je remercie Anna Marck pour avoir remis de l'ordre dans mon chaos chronologique. Mais j'ai maintenu quelques anachronismes pour la cohérence interne du récit.

L'écriture de ce livre a bénéficié d'une aide à la création du Centre national du livre, et je l'en remercie.

Et surtout, merci à mes premières lectrices, Anne, mon épouse, et Anne Marie, mon éditrice. Elles savent ce que je leur dois.

Table

DU MÊME AUTEUR

CHEZ D'AUTRES ÉDITEURS

Romans et nouvelles

Tir à vue, Série noire/Gallimard, 1993

Comment je me suis noyé, Série noire/Gallimard, 1993

Saigne-sur-Mer, Le Poulpe/Baleine, 1995

Tonton tué, Souris noire/Syros, 1996

Le Sourire contenu, Fleuve noir, 1998

Je te dirai tout, Blanche, 1998

Colchiques dans les prés, Babel Noir/Actes Sud, 2000

La Révolution ne sera pas télévisée, La Mauvaise Graine, 2003

Il y a quelqu'un dans la maison, Souris noire/Syros, 2005

Nausicaa Forever (SF), Le Rocher, 2005

J'ai jeté mon portable (roman noir pour ados et autres), Rat noir/Syros, 2007

Saturne, Le Masque/J.C. Lattès, 2010. Prix 2011 des lecteurs Quais du Polar-20 minutes. Rééd. Folio policier/Gallimard, 2012

La Disparition soudaine des ouvrières, Le Masque/J.C. Lattès, septembre 2011. Rééd. Folio policier/Gallimard, 2013

Madame Courage, Le Masque/J.C. Lattès, septembre 2012. Rééd. Folio policier/Gallimard, 2013

Sur l'île de Lucifer, Snag/Geste Editions, 2018

Essais et enquêtes

Les Infortunes de la vérité, Orban 1981

Catalogue du prêt-à-penser français depuis 1968, Balland, 1983

Un coupable idéal, Roger Knobelspiess, Maurice Nadeau, 1986

L'Antiterrorisme en France, La Découverte, 1989

Collectif, *Libertaires et « ultra-gauche » contre le négationnisme*

La Politique de la peur, Non Conforme/Le Seuil, 2011

Le Monde des Grands Projets et ses ennemis. Voyage au cœur des nouvelles pratiques révolutionnaires, La Découverte, 2018

Imprimé en France par CPI
en mars 2021

Cet ouvrage a été composé par
Atlant'Communication
au Bernard (Vendée)

N° d'édition : 0553001 – N° d'impression : 162864
Dépôt légal : mai 2021

Imprimé en France